读一本书，就是交一个挚友。

王炜人可交，文可读，情可掬。

陶醉是一种感觉，一个境界，

落花红
LUO HUA HONG
落花白
LUO HUA BAI

◎ 王炜 著

陕西新华出版
太白文艺出版社·西安

图书在版编目（CIP）数据

落花红落花白 / 王炜著. -- 2版. -- 西安：太白文艺出版社，2017.9（2023.6重印）
ISBN 978-7-5513-1262-2

Ⅰ. ①落… Ⅱ. ①王… Ⅲ. ①散文集－中国－当代 Ⅳ. ①I267

中国版本图书馆CIP数据核字(2017)第186101号

落花红落花白
LUO HUA HONG LUO HUA BAI

作　　者	王　炜
策　　划	马占林
责任编辑	王明媚
出版发行	太白文艺出版社
经　　销	新华书店
印　　刷	三河市同力彩印有限公司
开　　本	787mm×1092mm　1/16
字　　数	320千字
印　　张	14.75
版　　次	2015年9月第1版 2017年9月第2版
印　　次	2023年6月第2次印刷
书　　号	ISBN 978-7-5513-1262-2
定　　价	52.00元

版权所有　翻印必究
如有印装质量问题，可寄出版社印制部调换
联系电话：029-81206800
出版社地址：西安市曲江新区登高路1388号（邮编：710061）
营销中心电话：029-87277748　029-87217872

陶　醉(代序)

　　王炜喜欢喝点小酒,这是高原男人的特点。每次我们见面,总要对饮几杯。微醺时节,王炜眉开眼笑,脸上泛着光彩,话语也渐渐稠起来,显得真诚可爱。

　　王炜喜欢唱信天游,这是陕北汉子的专长。那次在四川德阳参加中国西部散文家论坛,王炜代表陕西团出节目,他在台上吼起了信天游。虽然音响效果不行,字词含糊不清,但他很是投入,陶醉其中。

　　王炜喜欢文玩雅赏,这是兴趣广泛的象征。他尤其是对品茶之道以及紫砂壶鉴赏,颇有点研究。前几年,他主持的刊物搞社庆,他设计督制了一批紫砂产品做纪念物,红泥小壶,配以纸盒,雅致精美,可玩可藏。

　　王炜喜欢交朋结友,这是个人魅力的展示。不管是在陕北,还是西安,他都有一批铁哥儿铁妹儿们。那次四川之行,又增添了"川帮",过后几年,熟人相逢,人家总问:王炜呢,王炜呢?问得人直生忌妒。

　　最重要的,还是王炜喜欢写散文,这是他的毕生追求。他的散文与个人行踪趣味息息相关,选材平实,立意悠远,情思凝重,文字讲究。看看《我心中的蓝》一文的开头"露珠被阳光绊了一下,开始在那朵兰花上咯咯地笑。山塬有雾,丝丝缕缕攒动、展开,慢慢散去。阳光如水在山梁河谷间流淌,我听到花朵扇动空气的噼剥声。露珠笑得太厉害,惹得兰花剧烈地颤抖……"这种黄土高原上晨光中的诗情画意,让人着迷。

读一本书,就是交一个挚友。王炜人可交,文可读,情可掬。

陶醉是一种感觉,一个境界,一份信任,一掬温热,一帧回忆。

让我们陶醉在王炜和他编织的美文中吧。

中国散文学会副秘书长,陕西省散文学会会长　陈长吟

2015年4月7日于西安南郊·吉祥村

目 录

001　陶　醉(代序)

兰馨香远

003　我心中的蓝
007　茶花记
010　家在绿肥红瘦间
014　苦菜,永远的苦菜
016　中秋天上月
019　春光明媚
024　让我牵住你的小手
027　童稚粘心
029　鸟之语
032　窨　子

时光·童年

037　月光光
042　旷野中的课堂
045　一树梨花
048　小人书
051　旧唱片
054　纸缸盛米

057　打毛猴
059　捕　鸟
062　钻地洞
067　一条裤子的重量
071　欢　欢

我吃茶

075　茶　境
077　紫苑茶香
080　龙井问茶
083　武夷山上的大红袍
086　武夷访茶
092　紫茗有情
094　猪壶小品
096　无事去吃茶

水色天堂

101　呼伦贝尔一弘碧澈
103　望江楼一日千载
106　彩云之上
114　水色容颜
124　海南打台风
127　行者记忆

山的种种

135　大道绵山
137　山上的神祇
142　万花天香

145　传奇金丁山

148　大隐马头山

151　绵山之火

154　清凉之上菩提垂睑

158　神奇永宁山

164　烟雨黄山

167　玉龙是一尊神

乡村恬淡

173　关于一头骡子的遥远记忆

176　唢呐风吟

179　割　麦

182　无　夜

185　一个小镇一棵松柏

188　老虎坝的午后

岁月之上

193　佛如是说

196　苍穹有双眼睛

199　光明之引

201　你我如何能到达同一时空

204　让梦想装点生活

207　身体里的风

210　死亡是一个门洞

213　你的泪落在我的心里

218　仰望星空恬然一生

221　眉　醉

223　一万朵花的祝福

225　后　记

兰馨香远

秋日的山塬色彩斑斓

我心中的蓝

露珠被阳光绊了一下,开始在那朵兰花上咯咯地笑。山塬有雾,丝丝缕缕攒动、展开,慢慢散去。阳光如水在山梁沟谷间流淌,我听到花朵扇动空气的噼剥声。露珠笑得太厉害,惹得兰花剧烈地颤抖。这让我想起了一个清瘦的女孩。

她站在我右手边,队形紧密整齐,她正专注地看着体育老师做背越式跳高示范。老师四十多岁了,长得黑瘦精干,他顺利起步、转身、跃起,一个意外却在他横空跃起时出现了。他用力过猛,扯破了裤裆,露出红红的内裤。那点红被青春期的心灵放大,像一面旗子在我们眼前展开。在片刻的安静后是一片嘈杂的嬉笑声。她强烈地压抑着,但仍笑出声来,她娇弱的身体随着笑一颤一颤,像摇摇欲坠的花朵。我转过头她马上噤了声脸瞬间变红,红又水似的漫向她白皙的脖子。我记住了她的名字,虹,美丽的红呵!

在那朵兰花上我看到延安带着笑脸,从清晨的阳光中走来。山峦、沟谷、楼群都从梦中醒来了,旷野用它的亮丽诉说对美好一天的赞美。街道用匆促的人群、川流不息的车流招示新的一天的匆碌。母亲说她有一颗牙要让牙医拿掉,一件上衣要在洗衣店取回。新的一天将从她的银发上开始。

清晨的宝塔山站得笔直,它一直都是这样站着的,从宋朝的烽烟一直站成了民国的呐喊。范仲淹曾和它一样笔直地站在山头,手举长剑对着北方的烟云大喊"还我河山"。呼啸的北风将他的声音带向遥远的年代。在北方广漠的草原,一个叫赫连勃勃的草原汉子却雄心勃勃地计划着征战中原。不同的出发点指向完全对立的目的,爱恨总是在争夺中交织、展开。

天光明丽高远，一队大雁带着北方的清泉向南飞去。一群勇士此时正由南方跋山涉水，匆忙赶往糜谷生长的地方。胜利大会师让吴起镇生动成一段传奇。疲惫褴褛的巨人，站在山头提着如豆的灯火，欲将死寂的黑夜射穿。有人高唱征服的凯歌，有人已举起了抗争的旗帜。先知说哪里有赞美就去和唱，哪里有压迫就去反抗。土窑洞接纳了红军，受苦人看到了希望。宝塔站成了一个航标、一座灯塔。

大岭山绵延到天边

是爱的火焰呵！将生命照亮。在贫瘠的土地上长出了兰花花般水灵美艳的姑娘。水灵美艳的渴望，水灵美艳的芬芳。一朵花因一个女子而闪亮，一个村庄因一个女子而芬芳。芬芳的村庄生长芬芳的希望，一些花朵就这样在皇天后土悄悄开放。开成了一种传奇、开成了一种向往，开成了米脂婆姨的美名，在大江南北传扬。

据说是一个姑娘让五娃下定决心，放下了拦羊铲拿起了大刀、长枪。一个有着天的明朗、有着水的清纯、有着花的娇艳、有着酒的醇香的女子呵——兰花花，盛开在所有村庄，盛开在所有时光，盛开在所有陕北汉子心上的花儿呵！

虹有时站在我的右边，有时站在我的前边，我们总是在恰当的位置互相对望。她用绣花的手，挖小蒜的手，割麦子的手给我削出尖细的铅笔，给我送来红脸的杏子，散着热气的苞谷。

青线线（那个）蓝线线，蓝格英英的彩，生下一个女娃娃，实实的爱死个人。

五谷里(那个)田苗子,数上高粱高,一十三省的女儿(哟),就数(那个)兰花花好。

　　兰花花呵,说不尽的蓝,道不尽的彩。

　　那是一朵美丽的花呵!黄土地的精灵。因了延河水的灵秀,宝塔山的挺拔,她一出生就注定了与众不同,出类拔萃。

　　那是一朵倔强的花呵!她敢爱,爱得惊天动地,爱得炽烈感人;她敢恨,恨得心坚如铁,恨得义无反顾。她向一切压迫抗争,争幸福,争自由。

　　那是一朵忧伤的花呵!在那个自由被任意践踏的时代,在那个封建礼教笼罩的时代,人性是无法自由舒展的。兰花花不畏不惧用生命抗争,失败是命定的,她的美加重了生命殒落的分量。一个忧伤的故事,一曲忧伤的歌,在岁月中鲜活。

　　在无情的时代有情人有血泪,当红军的哥哥走出宝塔山,一走便是千万里,一走就是几十年。几十年呵!狼烟四起的几十年,血流成河的几十年。一些走成了杏子河弯弯曲曲的传说,一些走成了江南风雨凄迷的惆怅,一些直接走进土地成了无定河边的白骨——

　　一朵花是一腔幽幽的思念;

　　一朵花是一个热烈的企盼;

　　一朵花是一声长长的叹息。

　　兰花花哟,俊俏的陕北女子。她心中揣着一汪蓝,那是风的蓝,雨的蓝,恨的蓝,思念的蓝呵!她渴望一双蓝色的翅膀,那可以穿越死亡,穿越仇恨,穿越偏见,载着她和她的梦在自由岛尽情舒展的蓝翅膀。

　　虹说她不想辍学,不想嫁人,不想过早失掉梦想与希望。她就想站在我的前后左右,那个不远不近的地方上课、看书或者陪我坐着让时光燃烧,让岁月变老。

　　兰花花的渴望是世间痴情女子对美的渴望,对爱的渴望呵!那蓝在岁月之上照亮每一颗痴迷的心,照亮每一个明亮的眸子。那山的蓝,水的蓝,岁月的蓝,信仰的蓝啊!一直就蓝在我的眸子里,我的心上。

　　那蓝啊!是兰花花眼中滴出的一点清泪。被时光收藏,被岁月收藏,如今呵!流进了我的心中,流进了每一个纯真生命的心中,被记忆收藏。

华灯初上的延安市

  我一直在找寻生的因果,今天我找到了,就是你,你蓝色的预约呵!让我穿越茫茫黑暗来到你的身旁,举头仰望你的纯净,你的孤寂,你的自由。

  在宝塔山下,我终于明白,你的名字就叫蓝呵!天的蓝,海的蓝,宇宙的蓝,自由的蓝。

2009年11月发表于《中国艺术报》

武汉东湖公园怒放的茶花开得鲜亮热闹

茶花记

  花朵是胭脂红色，花瓣单薄、柔嫩，似笼着一层淡淡的雾霭。一如柔弱娇美的女子，高贵孤寂得让人心中隐了一丝丝怜惜。在一个雨过天晴的午后，我顺着河边的小路漫无目的地走着。在经过一栋单元楼时突然就呆住了，因那一盆山茶花。那盆置于阳台上的花，火焰般绽放出她生命最美丽的华彩。那艳丽、热情、充满温暖的色彩让我迷醉。能养出这样好的一盆花的主人会是怎样一个人呢？我有一种渴望与探寻的冲动，但在路边站了很久，终究没见到主人的面。后来我经常从那栋楼下走过，却再也没看到那盆在阳台上怒放的茶花，或偶尔会在阳台闪现的人影。但那惊艳一瞥已印入我的心底，那美的绽放，已深深打动了我。

  我在心中默默地絮叨，一定要购一盆茶花来养一养。但那花是南国的精灵，北方是很少见的，偶尔有卖花的人也只是带很少的几枝，很快便被人买走了。求之不得，心中愈是向往。

  一日朋友相约下棋，在其家中突然发现两株茶花。花叶萎缩、花枝干涩，花朵大多凋败。偶有打朵者也无精打采，似阅尽风尘的半老徐娘经不得细看。问其来处，说不久前在街上购得。初到家还是花红似火，娇艳美丽，但不几日却形貌大变，令人大失所望。友自语可能与此花无缘，难以长久了。我说既然这样送我一株养养吧，也许会耳目一新。他很痛快地答应了。我千恩万谢,小心翼翼地将花带回了家。把花放在向阳的窗台上,仔仔细细给花松了土,浇足水,盼望着奇迹出现。

人们穿着整齐鲜艳的服装一个个从巨大的帷幕后面蹦出来,在舞台上呼喝、跳跃,然后摆出各种姿势,做出各种造型。六一儿童节快到了,大家都在紧张地排练节目。我和几个男老师放下平时的威严与刻板,按编导的要求,在狭长的舞台上翻滚、奔跑,将一块巨大的丝绸布甩开、抖动。那个站在舞台中央扮演花仙子的女老师是音乐舞蹈学院毕业的。她身体纤长,容貌俊秀,一招一式都做得优美得体。她用优雅的肢体引导着我们这帮精力充沛、充满幻想的男子。在她的鼓励下我们拼命地抖动绸布为她扮绿叶。

在这种繁忙的活动中无暇顾及家中带回去的那盆茶花了,如何配合花仙子的表情动作,做好她的绿叶已成了我全力要做的事。她很努力,一个动作,一个细节都排练得很认真。有时还会突发奇想地设计出一些超出编导设定的场景。编导很认同她,我们只能在舞台的边角陪她"玩命"。看着她在舞台中央将纤长的身躯如柳条般弯曲、转动、变形,我想她的骨头应该十分柔软且充满弹性,那样才会让她在变形之后快速舒展挺拔。在剧烈的运动之后,她的肤色变得光洁而湿润,那俊俏的脸上现出淡淡红晕。我想起了雨后的茶花,娇嫩、鲜艳,光彩夺目。

一日,我无意间看到茶花灰褐色的枝杈间抽出了一些新芽,几朵含苞待放的花朵也似在努力着要张开。我充满了欣喜与期待,幻想着那美丽绽放的种种可能。那美好的绽放,是否在预示着我的桃花运也要跟着来临了呢?我开始渴望与女孩子交往,特别是与"花仙子"的交往。我做了一个奇怪的梦,我梦见自己变成了一枚叶片紧紧地依偎在"花仙子"身边,她已成了一朵红色的山茶花,香艳动人。我决定在节目演出之后就勇敢地向她表白,并向她承诺做她一辈子的绿叶。

六一儿童节到了,学校成了热闹的海洋,这是最通俗的比喻。大家脸上都洋溢着节日特有的喜悦,表演节目的人都很卖力,一个个节目精彩感人。"花仙子"用她优美的演技征服了现场的每一个人。演出结束后,一个高大略有些肥胖的年轻人,突然出现牵了"花仙子"的手离开了。这是谁都没有想到的,人们纷纷打问那男子的情况。据说那是一个阔少,他们何时拍拖的说不清,但他们似乎已经发展到亲密无间的地步。这令我很受伤,也让我固执地认为"花仙子"是视钱财如上帝,视才情如粪土的世俗主义者。

我的自信自得受到了严重伤害,情绪低落,垂头丧气。回到家我伤心地发现茶花全部枯萎了。枝杈干硬、灰暗,花朵也成了灰褐色,一部分掉在地上,还有几朵花蕾孤零零挂在枝头,似已被日光风干。其实茶花前几日就枯萎了,只是我没注意到罢了。它是如何枯萎的我搞不明白,看那干枯灰暗的枝丫好似从来不曾萌发过。我伤心了好一段时间,不知是为茶花还是为我还未开始就结束的恋情。

我下定决心一定要养一盆茶花让它在我的家中绽放,美丽、灿烂。我四处打听出售茶花的地方并托外出的朋友帮我购买。后来终于在一个花农手中买到了一盆娇艳吐翠的山茶花。拿回家中按照书上介绍的养植方法,悉心照料,百般关爱,但一个月后,花还是照样枯萎。我想不明白也不甘心。后来,每遇到茶花就买来养,但每次都是无言的结局。

没能将茶花养得香艳绽放,但我的桃花运却在一次次养花失败后来了。女子美丽、贤惠,她欣赏我的才情更看重我的执着。我们很快相恋相爱。女友说你试着养养别的花吧,也许可活呢。我按她的提议去花铺买来君子兰、扶桑、虎刺梅……这些花经我的养护全都拔绿吐翠,花开绚丽。女友笑说,是与茶花无缘吧,以后就别再养了。家中养花无数都可开花吐翠,唯茶花每养必死。但我还是一见到茶花就忍不住去买,养茶花无数竟没有一株在我手中抗过百日,难道真是与此无缘吗?我不知!但却为何又放不下呢?

2011年12月发表于《韩江》

家在绿肥红瘦间

春有桃花夏有蝶,秋有红叶冬有雪。

陕北的四季是分明的,热就热个天火落地,冷就冷个万木萧条。当然在陕北凡花草树木,不论多热的天,只要有水都可以活得朝气蓬勃,肆意纵情。但天冷了植物可受不了,冬天的冷风让河水成冰,万木萧条。冬天陕北的草木非死即僵,美丽的颜色被寒冷偷走,整个世界突然成了黑白两色,看得让人心烦。就想着如果有一波绿能照亮眼眉慰藉心灵该是一件多么惬意的事。

自幼羡美十数年,却无机缘伴天颜。

我喜欢养花有两个原因,一则是能让家中的空气好一点,更主要的原因是想在冬日满眼灰褐的世界中找寻到一丝绿意慰心慰眼。一日午后,在街边突然看见一个骑三轮车卖花的人,车子上几盆令箭荷花在阳光中绽放,如霞似锦。我一下就喜欢上了,买回家很精心地养护。但花蕾仍是一个个掉落,时间不长肥绿的叶片也枯萎了。令箭荷花的死让我心里难过了好长一段时间。多美的花啊,我怎么养不活呢?我不甘心,后来又陆续买回君子兰、海棠、玻璃翠、虎刺梅……刚买回来的花光鲜靓丽,但时间不长都成了一副病恹恹的样子。通常这些花在昏暗的屋子里最多待几个月就会死去,也有个别生命力强健的花能活到初冬,但绝熬不过一个冬天。家里靠炉火取暖,灰飞烟熏本身环境就很糟糕。火一熄灭,冷得似地窖,搁在门口的水都会结冰更别说花卉了,一个个全香消玉殒。一盆盆美丽的花朵,成了一个个花盆。家里满眼是养花的挫败感。这样时间长了慢慢对养花失去了信心,感觉和花似乎无缘,也就淡然了。

社会发展居室妙，花草与我情渐好。

　　随着经济快速发展，楼房如雨后春笋般一座座耸立起来。我家也离开了低矮的瓦房搬进了单元楼。屋子坐北朝南采光很好，太阳从早晨一直到黄昏都赖着不走，冬天有集中供暖不用再担心那利刀般的寒冷。住在这样舒适的房子里就又产生了养花的冲动。先是和几个养花的朋友索了些小的花苗子、可扦插的花枝，按书上介绍的方法进行养护。又陆续买了些容易活的品种在家里养。家中的花开始多起来，有吊兰、虎皮兰、四季海棠、玻璃翠、石蒜等。这些花大都是植株矮小的幼苗，是我学习养花的工具。一年后家里的许多花被我养得枝肥叶壮，绿意葱茏。

好花还需勤人侍，一片华彩几许恩。

　　人常说做事就怕认真二字，有此就是平凡的小事也能做出像样的文章来。鉴于以前养花失败的教训，我去书店买了《室内花卉养植知识》《花卉养殖手册》等书学习。认真了解每一种花的习性、喜好、养植特点，以及修剪方法。我用所学的知识去善待每一株花。和花接触多了也就对花越来越了解，每一

11

种花都有它们的气质与秉性。玻璃翠喜欢阳光,只有充足的光照它才会心花怒放,但它却惧怕火热的太阳,必须在有阴影的光照下才能正常生长。吊兰却见不得阳光。三角梅、芍药喜欢在光照通风好的地方生长。我把它们进行分类管理,虎刺梅、仙人球这些不怕晒的花就放在太阳可以直射到的阳台上,四季海棠、玻璃翠这些喜光却怕太阳晒的花则搁在书桌边。喜欢水的经常给喷洒水雾,喜欢肥的按时添加肥料。在我的精心呵护下,玻璃翠首先绽出了花蕾,接着是刺梅。仙人球直到第二年才抽出花蕾。辛勤的付出终于得到了回报。

在那些生机勃勃花草的鼓励下,我又陆续添置了玉树、君子兰、三角梅、蝴蝶兰、滴水观音、金钱树、栀子、酒瓶兰、桂花、蟹爪莲、文竹、水竹。家里绿色充盈郁郁葱葱,俨然成了植物的王国。文竹颜色鲜绿枝叶婆娑,玉树叶片肥厚色如碧玉,吊兰开着白色的小花,蟹爪莲的花红中带紫,蝴蝶兰的花形似紫蝶;桂花的花朵小似米粒,香气却汹涌澎湃不亚于牡丹;君子兰的花有太阳的光泽,靓丽持久;而栀子花素白高雅香味清淡迷幻;芍药花颜色艳红香味热烈奔放。有了花的点缀,屋子显得春意盎然生机勃勃。这些美丽的花卉不只装点了我的居室也装点了我的生活,让我在辛苦的工作之余心灵平静身心愉悦。

陕北冬季无颜色,常把新绿置家中。

朋友家搞了一个立体花园,花草繁多气势壮观。

在陕北最难熬的不是夏的酷热而是冬的寒冷。已入深秋,西北风便主宰了大地。那凌厉猛烈的风在天宇山塬扫荡。鲜绿的草被吹黄了,高枝上的树叶被吹落了。再来一场秋霜,那些花红柳绿的生命便被扼杀了,成了灰褐色。陕北大地变成了褪色的旧照片。所有的色彩、美丽都交给了寒风,从此便是一个山川大地无颜色的漫长冬日。在这样的日子里,能时时看到叶绿花红已成了难得的奢华。特别是在外面累了一天,被灰褐的世界搞得心情沮丧,觉得人生似乎都灰暗迷茫时,突然就在家中看到了翡翠的绿,宝石的红,孔雀的蓝,落日的黄,那是一种怎样的心情呵。世界的色彩还原了,疲累的身体松弛了,拥挤的心情开朗了,人生的目标清晰了。最喜欢周末在温暖的房子里坐在那些花树下读书或和朋友聊天。有时外面大雪纷飞四眼苍茫,但房子里绿肥红瘦,会给人一种美好的错乱感。好像一直是在春天里,一直是在新生的希望中。

我恋百花颜色好,百花报我佳人笑。

居住的环境好了,人的心情也会好起来。好多朋友问我为啥总是看到你脸上挂着快乐的笑容,你用什么方法来对抗生活中的烦恼无聊呢?我说应该向花学习,哪怕是一次微小的开放也认认真真,积极努力。时时能想到生命的美好,任何不如意的事也会看淡的。朋友到我家做客总是惊叹那些品种繁多、生机盎然的花卉。关于养花也就有了聊不完的话题,曾经到我家看花的美丽女子已开始和我共同关照家里的花卉。谈起往事,我问妻子当年是什么原因让她最终下定决心嫁给我呢?她笑笑说看见我养的花,一株株精神抖擞就认定是个可依靠的人。我暗暗偷笑,看来养花的好处还真是不少呵!妻子的脸瞬间变得绯红。

2013年6月8日于延安重玄阁

苦菜，永远的苦菜

我心充满悲伤。在和苦菜相守的几十年困苦日子中，我努力争斗的目标就是离开苦菜。但生活却是那般捉弄人，我打败了困苦却打不败苦菜。

那如手指般伸展的叶子并不鲜亮，绿中泛着深深的灰褐色。叶子边缘有锯齿，看上去丑陋灰暗，那些灰暗的叶子遮盖着我同样灰暗的童年。

栓儿得的是糖尿病，住了一次院。我去看他时他正在桌边吃饭。桌上一盘萝卜，一盘煮红薯，一盘苦菜。他正举着一叶苦菜往口中送，见了我忙招呼我坐。他又胖了一些，那肥胖的身体给他的一举一动都增加了额外的负担，他似乎每说一句话都要喘一口气。"你不是已吃够了么，怎么又吃上了？"我笑着问。

"唉，没办法，医生说这苦菜可以治我的病，只能再吃。真是难以下咽啊！"他苦着脸说。

那是一块种过麦子的熟地，苦菜黑压压地爬满了山坡。一些冰草、小蒜杂在里面，我和栓儿绕开冰草用小镢头抢收着那些纤瘦的小蒜和肥硕的苦菜。栓儿大我十多岁，已是个大小伙子了。他浑身都是力量，挖得又快又多。他每挖起一棵苦菜就会撇撇嘴，"又是苦菜，又是苦菜"地念叨。

我能理解他的埋怨，因为贫困，村里人整天吃苦菜黏饭、米汤吃得人心里发毛，但还得吃，人总不能把自己活活饿死吧！栓儿曾经发誓说，以后挣了钱再也不吃（苦菜）这个烂东西了。

苦难是好老师，它让栓儿早早就懂得生活的艰难与奋斗的必要。他聪明好学为人豪爽，在高中辍学两年后被召进了乡政府，后又到了县上做了一个部门的领导。他的人生充满了光环与传奇,我们一帮小孩子羡慕得不得了。我知道,贫困与苦菜已被他征服,他不用像我们这样因吃一顿肉而惦念数日。他官做大了,事也越来越多。我也到了外边上学,两人很少见面。后来他的变化每次都让我震惊与伤感。他的变化最初是来自于身体,他像一个发起来的面团,一日胖胜一日,由微发福到丰满,由丰满到肥硕。我有时都不敢确认他就是那个身材修长,清瘦俊朗的少年。

他做了领导后和我很少说事。他总是显得心神不安,除了政治、权力,他很少去关心别的,他已不喜欢谈论艺术、文学。他的眼睛、良心已被众多的呻吟、媚语、权力完全遮盖。他开始对老家来的他的大伯、大姨跷二郎腿,并总是用一种不屑、厌恶的神情和找他的人说话。那些来自乡村的泥土,习惯,表白已越来越让他受不了。他开始砌一堵墙,逐渐将他与故乡隔开。

我工作的地方与他的单位很近,但我们很少走动了,我知道是彼此的心远了,心远的人经常照面会觉得挤,这也是我们不常来往的最好解释。

他得病,最震惊的是他自己。他不相信,老天会让他这样一个风光无限的宠儿生病。当病确诊后,他那种自得的豪情与坚强似乎瞬间消失了,整个人都被打垮了,在医院住了好长时间。

他出院后开始吃苦菜,开始和乡民打招呼,开始用无助而伤感的神情回望被他疏远的朋友。

我笑说糖尿病不是什么大病,慢慢治会好的。他说,人啊,真怪,苦吃不得,这福也受不得。总想日子好了可以不用吃苦菜了,但还是离不了这个烂东西。

我知道这辈子栓儿与苦菜是耗上了。回看身边的人,好多都是从贫困走过来的,日子好了却因饕餮而患了高血压、高血脂、糖尿病。人富裕了,却不懂节制与合理膳食,任着性子海吃海喝,由营养不良到营养过剩,从一个极端一下子又走入了另一个极端。古人云:"清心寡欲,适可而止。"凡事都有个度,缺则饥,盈则溢,苦菜不可太过,亦不可无啊!

2008年12月发表于《美文》第12期

中秋天上夕

2008年中秋，正是举家团圆温习美好亲情的时刻，我却在万米高空，快速在云层穿越，由神州大地飞向大海中的一座小岛——海南岛。机翼在高速的运动中与气流产生摩擦发出巨大的轰鸣声。声音沉闷宏厚，震得人耳鼓发痛。飞机外面的天空黝黑神秘，在黑黢黢的天宇间悬着一轮满月。月亮是那样明净清亮，我第一次与它这般亲近，这让我心中有一种别样的激奋。透过舷窗，我看到天宇下面洁白的云朵弥漫浩荡。在月辉的朗照下，那云更像一层层凝集的冰凌，渺茫看不到底，望不到边。我知道那些云朵正在暗暗涌动聚集、翻腾、消弭，它们的舞蹈为天宇制造出了一波又一波炫美的月华。

我的心鸟此时又飞回了童年。童年与母亲小弟们住在一个群山环绕的小村庄。父亲用一双赤裸的脚板走入县城，走得踟蹰艰难。他去了县城后每天起早贪黑地工作，忙于立足很少回家。家里很穷，我们穿着褴褛的衣服饥一顿饱一顿过着艰难的日子。我和兄弟们总是盼着过年或过一些重要的节日，只有在那时才能饱吃一顿可口的美食。每逢八月十五，外出干活的乡民都会回来，在这支回归的队伍中也有我的父亲。这是一个重大而欢快的节日，母亲会做一些平时舍不得吃的好饭菜为这欢快的日子添彩。外出的人一回来，村庄就变得喜庆与热闹起来。对于这一年一度的团圆节，村里人看得很重。每逢临近八月十五，乡民早早便开始准备种类繁多的过节食品。人们用这种隆重喜庆的准备来为艰难的生计祈福。每个人的脸上都挂着笑，炒米、红糖、酥油的香味在村庄上空缭绕，窑洞中充满吵闹与喜悦的呼叫。人们排着队用村口那台巨大笨重的石碾滚轧软米。软米轧成粉末后在大铁锅中蒸熟，将红糖或白砂糖、芝麻、花生等拌在一起做成月饼馅。在白面里掺水，将白面揉成面团，然后抹上清油揉制数遍，做成柔软的面皮。能否揉好面皮将直接决定着月饼烤出来的效果。面皮揉得好，烤出来的月饼就油润酥脆，反之则坚硬干涩。人们用揉好的面皮把饼馅包起来塞在一个木质的模具里，压平在案板上一磕，一个带着美丽花纹的月饼就做成了。做好的月饼要放在一个平底锅中烤。烤月饼也是一门技术活，火大了容易焦火小了不好熟。母亲总是很会掌握火候，做出的月饼微黄酥脆在村子里很受赞许。

　　月饼做好后，亲属、邻里便带着做好的月饼开始互相走访交流。不论自己做的还是别人送的，提前舍不得吃都保存了起来。八月十五天一擦黑，月亮便明晃晃地挂上天空。人们把桌子摆放在院子里，用碟子盛了水果、月饼放在桌上，有些人家还摆上香烛对着月亮叩拜祝福一番，此为献月。献完了月亮，依次将月饼分给家人。拿到月饼后我舍不得吃总是要先仔细观赏一番，为它的油亮酥润、美丽的花纹赞叹一番。看到兄弟们狼吞虎咽吃得差不多快完了，我才慢慢品尝起来。站在初秋安静的小院，一边听着秋虫的呢喃，一边吃着月饼，幸福变得真实生动。八月十五的月亮似乎比平时大、亮、光洁。我喜欢看月亮，看它上面幽暗奇特的斑纹。看着看着就痴迷了，在那金黄色的世界里有正在吃月饼的孩子吗？听父亲说过月亮上有个叫嫦娥的美丽姑娘，我想当我遥望她时她也会在那里看着我吧！青春懵懂的我一想到有姑娘在向我张望，心跳加快脸便红了，从此心中便埋下了一个羞涩甜美的秘密。小时候总是觉得那酥润的月饼，蕴含着一种难以言表的美与别样的深意。那是被月亮里的美丽姑娘亲吻过的，有着一些温馨神圣的味道。一枚月饼我只吃一小块便舍不得吃了，余下的藏在兜中，一装就是好几天。有时直到月饼风干发硬才恋恋不舍地拿出吃掉。

后来在父亲的奔波努力下，举家迁入县城，一家人团团圆圆地生活在了一起，日子也不断好起来。但因城里的亲属朋友少，每年八月十五家里做的月饼反而很少了。随着街上的商铺增多，商铺里出售的月饼种类也越来越多。米旗、秋月等名牌月饼层出不穷，无论是外观还是口感都比自己家里做的好了许多。乡村固有的献月仪式也在小镇日渐被简化、淡忘。儿时那种只有献过月亮再吃月饼的规矩也废除了。

家里的条件好了，我们也慢慢长大，结婚生子，组建了新的家庭。大家都离开了父母住在不同的地方。每逢八月十五大伙儿一块儿去父母家成了一种约定。每次过十五父母除了准备各式月饼，还会操办一桌丰盛的饭菜，有酒有肉。一大家子人平时各忙各的，只有在这时才停下无奈奔波的脚步回到父母身边，聚到一起喝酒聊天，有说有笑。那种暖融融的气氛常令人心存眷恋与感动。

看着窗外翻滚的云海，我想此时家人应该又坐在一起欢快地谈笑对饮了吧！我正在出神，突然感觉肩膀被人轻轻碰了一下，抬头见是一位年轻漂亮的空姐。她笑着说中秋快乐！并顺手递给我一枚月饼。我接过月饼看到她推着小车子又去给别的乘客送月饼了，心中生出些许的感动与温暖，被人关爱着真好！

在这万米高空我思念着亲人，同时也在默默祈祷。我祝愿千家万户都能如十五的月亮般圆满，更祝愿世间的人都能尽享人世间的福泽。

春光旖旎

　　那个长发飘飘身材高挑丰乳肥臀的女人,一出场便引起了人群的骚动。有几个黄发小青年吹着口哨,尖声怪叫。女人扭动着腰肢款款走到舞台中央,向台下观众送了一个飞吻便唱起歌来。她唱的是一首粤语歌曲,我听不大懂,但那明快的旋律,优美的音色,一下子就吸引了我。她一边唱一边随音乐摇摆着,神情妩媚,身体如蛇般灵活地扭动。喝彩声不断从观众席中传出。

　　紧跟着一个穿白色长裙的女歌手一闪身也进入了舞台。她身材修长,容貌俊美。她唱的是八三版的《射雕英雄传》主题曲,男女声一个人唱。女声妩媚清婉,男声高亢雄浑。观众的热情被点燃了,一些人从座位上站起来随着节奏跳跃。

　　不是身边的朋友提醒,我很难将这两个美丽的女人和心目中的人妖联系在一起。我曾偏狭地认为人妖应是神情猥琐、形貌丑陋的那种。

　　据说人妖是印度、泰国的产物,是通过长期给男孩服一种药丸再辅以独特的训练把一个发育中的男孩活生生地改造成具有女人身段,女人声音,女人习性的人。他们是具有男人的生理器官的第三种人,因与正常人的差别而引人注目。猎奇是人类的天性,有了这种奇异也就有了广阔的舞台。烟台离泰国很远,那供人妖飞驰的舞台却一直从泰国本土延伸而来。据说中国的好多地方都有人妖肆意招摇的舞台。泰国人妖舞台大得竟没有了场地与疆域的限制,这也真是一大奇观了。

随着节目的进行,更多的人妖千娇百媚地出现,或舞或唱,他们的演技精彩,神情自若,每一个人脸上带着煽情的笑。

"你别看他们,一直笑着,他们的脾气很坏,下了舞台是很少搭理人的。"身边的导游小黄悄声对我说。

"那是为什么?我问。

"自卑呗!人们都瞧不起他们把他们当怪物看,他们对游人也没好感,凶着呢!"

原来这美丽的背后竟有这么多暗伤在里面隐隐地发作着,揪扯着他们的身心。

"不过我对他们很好,他们有时也喜欢和我聊天。"小黄说。

"你和他们熟吗?"我问。

"带团常来便认识了几个,他们一般都干不长,很快就去了另一个地方。"

"为什么会这样?"我问。

与纯真快乐的傣族少女合影

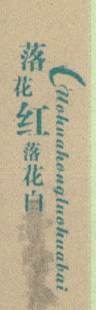

"看人妖不就图了个新鲜嘛,新来者的出场费高,他们为了挣的钱多一点就不断换场子。"

"他们挣的钱都干什么用了呢?"

"除了生活大都存起来,为做变性手术准备着。做了手术他们才能真正成为女人,离开圈子找个好男人嫁了过正常人的生活。"

目的和出发点成了一个矛盾,一个悖论。做人妖是为了赚钱,赚钱的目的是为了做一个正常人。人类的思维有时候会在一些点上出现这样大的偏差。

舞台上的几个美丽的"女子"随着音乐肆意地跳跃、飞翔。那是他们的天地,是他们暂时放下烦恼,放飞心灵的圣境。小黄告诉我,舞台上旋舞的只有六个是人妖,其他都是正常人,但我却无法分辨。差别是在美丽的外表之下,更深的探究应是身体之内的理念之中,这怎么可以轻易辨识呢?这些不同却又是人性异变的伤痛之源了。

人妖是悲哀的,他们的身体、心灵经受了一般人无法理解的伤害与痛苦。据说因长期服用激素类药物及严酷的训练,他们大都寿命很短,但他们却有着正常人的爱恨与渴望。他们大多数生存的目标都很单纯,只是想做一个正常的人,过正常的生活。他们的要求很小,但为着小小的要求需要付出的却太多太多。

据我了解,许多人妖都是不得已而为之,主动做人妖的并不多。但在人类那些形形色色的舞台上,有一些人的异变却是主动寻找的。一些人放任了自己的贪欲,为了钱财丧心病狂,坑蒙拐骗,拦路抢劫;为了名利弄虚作假,哗众取宠;为了权术欺上瞒下,摇尾乞怜。膨胀的贪欲让他们头也不回地抛却了普通人的平和、喜乐、亲情,直接走入了异变的洞穴,成了一个贪婪、丧失人性的欲望的囚徒。一些人在一些具体的点上已异化,成了一种无耻、无惧的恶,让生命的美丽彻底坠入深渊。与那些异变的人相比人妖却可爱得多啊!

在这个诱惑无处不在的时代,在这个私欲膨胀的时代,异变正越来越多地在人群中蔓延。当随波逐流成为一种风尚时,坚守就显得别样难得与高贵。回归本真,坚守纯善,值得人们用一切最美好的词语去赞美、歌唱。

2012年3月15日于红都

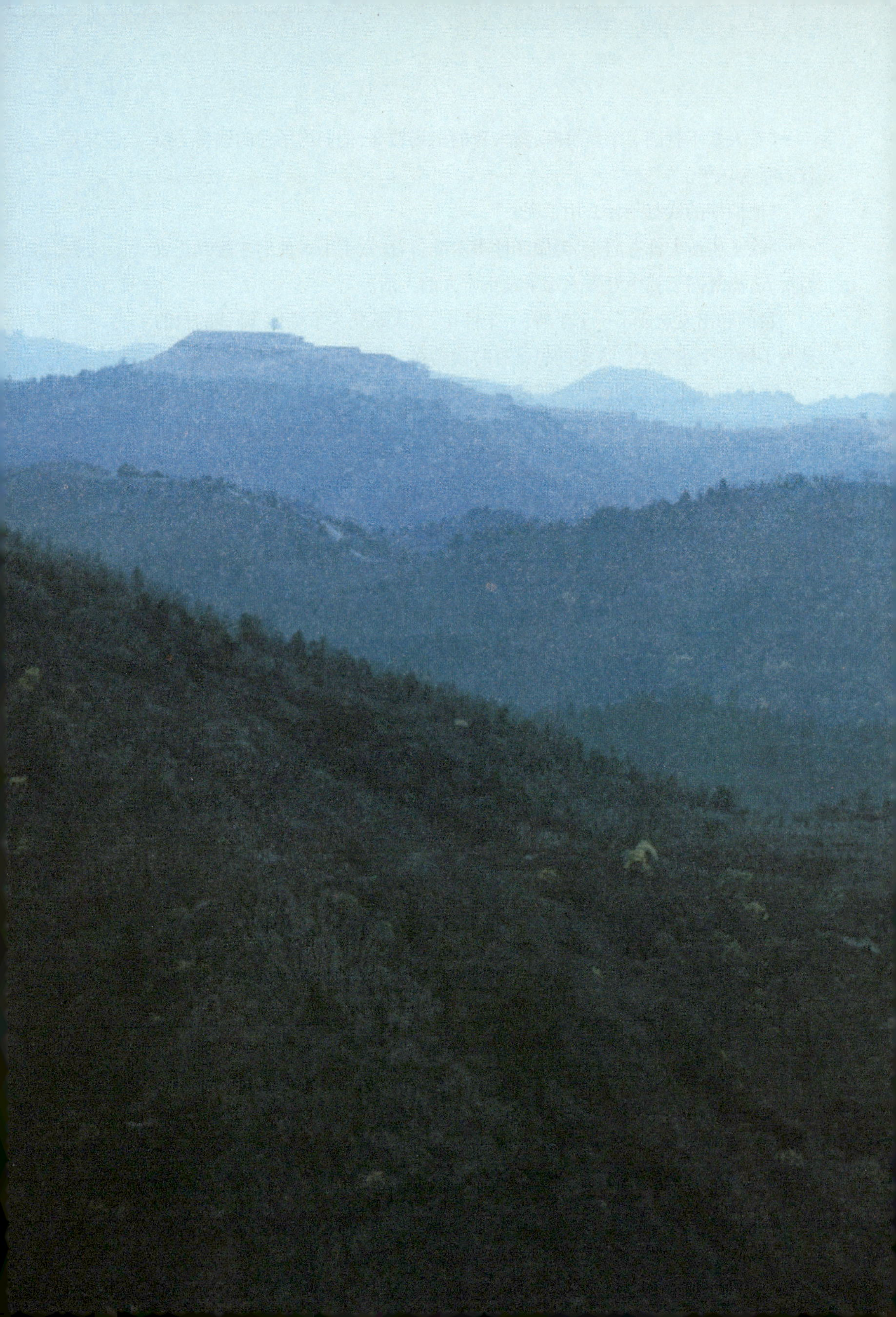

陕北的山层峦叠嶂似一幅水墨画

让我牵住你的小手

一个小孩紧紧搂着一个衣着褴褛的中年人。两人肩靠着肩头挨着头,双目紧闭,微张着嘴巴,在梦乡散步。他们身边是喧闹的街市,嘈杂的人群,呼啸而过的车辆。

这里是小镇工商银行大楼的所在地,也是县城最繁华热闹的一个地段。工行大厅门还没开,有几个人在门厅边踱着步。我看了一下表,离上班还有半个小时,便站在大厅边的人行道上等着上班的人。

睡在门厅边的中年人身着灰绿色的衣服,上面沾满了油渍。他的身材瘦弱,脸孔乌黑,胡子凌乱。在睡梦中不时撇一撇那微张的嘴。小孩子大约七八岁的样子,眼睛向上翻着露出一些白,他们那幸福的神情让我心中隐隐伤痛。

我突然觉得这两个人似曾相识,在记忆的某个绳上应该有这样一个结的。是一幅画将我的记忆唤醒,我的眼前豁然开朗。前一些日子县上搞书画展时,我的一个朋友曾展出过一幅《父与子》,画的就是眼前这两个人。

父亲应该叫筋儿,神智有时不太正常。他家在一个偏远的乡村,很早他就离开那儿一个人来到县城乞食游荡,听说乡村也没什么亲人了。儿子是一个弃婴,据说是筋儿在马路上拾到的,就像拾一个垃圾或弃物。小孩有眼疾,神智同样的不太正常。两个不幸的傻人,在人世的冷眼中,互相依偎着寻找温暖。

街上的行人越来越多,有些匆促的脚步在不经意间,冲到了门厅边都快碰到了两个沉睡的人时才猛然停下脚步。有些人马上厌恶地躲开,有些人则昂首而过。路人把他们当成了一堆垃圾,冲他们吐着口水咒骂着。他们脏得确

实与乱扔的垃圾没有什么区别。纸片、饮料瓶子,沾满了油迹的尼龙袋,沾满了污迹的草绳,都应是他们在某一个街角的垃圾箱里打捞出来的战利品,那些应当是他们的全部家当。

筋儿是突然醒来的。他吧唧了一下嘴巴,神情黯然地看了一眼纷乱的街市,而后翻了翻白眼,露出不屑的神情,好似这个世界与他无关。他伸手推醒了他的儿子,抬头发现我站在他身边,变魔术似的从身后拿出一个破洋瓷碗,伸了过来。我往里放了一些角币,破洋瓷碗叮叮当当地响,他也不看顺手拿了身边的家什,拉了儿子,顺着人行道蹒跚离去。他们身上绑的那些瓶子、铁罐嘭嘭咚咚地一路响着。他们的背影在一个街角处隐去,只留下了渐弱的嘭嘭咚咚的声音。

第二次见到那个小孩是在法院门口。他脏兮兮地坐在人行道上,身边依旧是一些破烂的瓶罐纸盒。他手中拿着一块乞讨来的黄色蛋糕在吃，嘴上、衣服、地上全是那糕点的碎渣。一个干净的人行道被他搞得像个垃圾场，他则像一个被丢在路边的垃圾，行人纷纷绕着他走。他埋着头全神贯注啃着蛋糕，好像那是他的全部世界。筋儿不知跑哪了，没见着。

到单位时听人说筋儿和小孩子不知为什么事吵了一架，筋儿一生气，便扔下孩子不管了，小孩儿一个人在大街上哭。我听到后特别悲伤，为那个小孩，为那些智障的人。那如花儿般灿烂的青春，应在父母身边撒娇的年龄，可是好多人却遭遇了命运的戏弄，过早地丧失了这个权利。我后来每次在街上行走都四处瞅瞅，看是否能碰上那个小孩子。又有眼疾，又智障，在这个无亲无故的街市，怎么生活呢？他会像垃圾一样被人厌恶抛弃，慢慢腐烂掉吗？他还那么小，我固执地认为他的生活不应该是这个样子，但被遗弃的他又能如何？

一日午后，在宣传文化广场意外看到了他们。父亲拉着儿子，儿子拿着雪糕，昂着头，眼睛向上翻着，雄赳赳，气昂昂地散着步。他脸上溢满了对幸福生活那种特有的满足与自得的神情。我想筋儿毕竟是舍不下孩子的。两个被遗弃的人只有相偎着才能穿越这孤独的人生之路。但对于两个残疾人，能走多久，仍是一个问号。

我曾问过民政局工作的朋友，他们说县上还没有孤儿院或养老院来抚助这些残疾人，或被遗弃的人。还有多少看不到的不幸与悲伤需要救助呢？小孩有幸被筋儿收养，他的小手被牵着，脸上充满阳光，心是幸福快乐的。

看着朋友画中两个相偎沉睡的人，我想，幸福有时所需要的东西并不多，可能只是一句关切的问候，只是一个笑脸，只是牵着他的手，幸福的花儿便会在人的心中盛开，美丽夺目、芬芳盈鼻。

2008年1月发表于《延安日报》

童稚粘心

孩子仅四个多月，已会撒娇，会生气，会长吁短叹，会逼大人抱他。他幼小的身体已聚集了不小的力量，让他可以紧紧抓住到手的任何东西，可以用他的小胳膊托着在床上艰难翻滚。

他已开了人的心智，懂得了人的喜怒哀乐。我惊喜地发现他已有了乐感、语感。每日清晨一睁开眼睛他便口齿含糊地对着天花板诉说谈笑。我开了音响，他便开始手舞足蹈跟着节奏在床上小纵。我总是要逗他一段时间才去洗漱。

孩子出生时重6斤4两，小脑袋布满皱纹，小手似鸡或某类鸟的爪子，其形貌丑陋似一小怪物。看着他精疲力竭的母亲，我在淡淡欣喜之余却生出了些许担心与忧虑。穿越童真之后，他能给他的母亲一份舒心的微笑和一个善心的回报吗？见多了亲情之间的反目与伤害，特别是不孝子对父母长辈的恶行，便对新生命有了敬畏。尔后对小孩子也便漠然。

曾有人问我喜欢小孩吗？我总是肯定地说："喜欢呵！"我清楚，在未做人父之前对小孩的喜欢是基于对一切小的东西便觉可爱的一种惯性认同，并没有什么深的认识与感觉。有些感悟是有条件级别限制的，有时就差那么一层纸，悟道与知道却有着天壤之别呵！那时对小孩子的喜爱应属于知道的范畴吧！

孩子可爱的笑，童真的话语，纯真的表述都与众神靠得那般近。简单中有大智慧呢！我欣赏，我爱慕。我乐于仰视生命的光亮，让它驱散我在人世黏滞的隐晦与杂芜。

我常常主动去逗弄他们,并与他们通畅地交流,快速地亲近。许多人说起都满口赞叹,真难得,你有一颗善心呢!是呵!应是善心的引导,它让我对幼小的生命有一种天生的爱怜,我很赞同。

　　小生命出生后,在我的注视中慢慢长大。满月时我和孩子的母亲抱了他驱车100多里省亲。小孩柔弱的身体与脖子还不足以支撑起他大大的脑袋,因此我每次抱他总是小心翼翼扶着他的头。那天中午因一个小疏忽,小孩被一个陌生女子抱起送到他母亲手里时,开始拼命地哭,一反常态。我想,可能是那女子不小心把他弄受伤了。那种痛以一种神奇的方式传入我的心中。

　　一个多小时的啼哭让我失魂落魄,心神不宁。我忽然才明白那个小生命是多么重要,一如童时曾对父母的依恋,这种爱已在一个新的生命上升华。看到他那楚楚可怜的目光,那求生的可怜的啼哭,我的心在孩子的眼泪中一块块碎裂,剥落。我已不堪承受那未来有可能离失的心痛。

　　佛说人世本无常,万事皆空,我深以为是。但直面无常时我却无法平静,心中放不下的确实太多。孩童是伟大的,他的神性,他的可爱,他的纯洁,他的生长,应是神的旨意,不论是什么都不能将孩子的这些光彩遮挡,无论是什么理由或方式。

　　孩子在渐长,我愿陪伴的时光也在不断延长。初为人父我有理由佐证,孩童在成长、丰盈时的监护及指导的必要性,那是来自神界的一张白纸,任何人都不能轻视。童心似佛,在亲近孩童时,应与神靠得很近,那种来自童稚的启发与引导应有别样的智慧与力量。

　　这也让我明白,一个完整的生命就应完整地走过他的每一个生长环节。出生、结婚、生子、衰老,每一次都是体验与心智的升华,都是走向生命最高境界的台阶与法门。

2008年12月发表于《美文》第12期

鸟之语

瓷版画春闺调鹦

  我喜欢天空，无事时常抬头仰望。那纯净的蓝延伸在一个足够让我幻想的高度，我的目光在静空中时而上升时而下降。目光上升的高点是发散性的，一直穿越稀薄的空气，浩渺的太空从一个星球到另一个星球。眼睛是诚实的，我看到了那些伟大的天体，那些天体的生长、行走、死亡。但我们的心是盲目的，我们愿意承认那只是一个遥远的光点或颗粒。于是更愿意将眼光停在一些不太高的地方，这样感觉真实，感觉踏实。在这种高度就看见了鸟。那飞升的鸟、舞蹈的鸟、堕落的鸟。我相信它们是蓝天的精灵，森林的信使。我喜欢鸟。

  当那宽展的或纤瘦的，彩色的或黑白的翅膀拍动空气，在天宇翔舞时，我的心就莫名激动与欢快。它们在天空盛开、绽放如一朵朵阳光下的花儿。是啊，高飞的鸟儿就是花朵随风而舞的渴望与幻梦啊！

  精灵般的鸟是有家的，它们的家就在森林深处那些绿意盎然的枝叶间。它们与森林和谐相处，共同吟唱遥远的来自宇宙的光的礼赞。鸟不只是歌唱者，鸟们还是春日的呼唤者，是欢乐的昭示者，是美丽的陈述者。

  在无数次清晨被鸟唤醒之后我充满感激，是那些鸟让我相信生活中有些歌唱可抵消所有的悲伤与苦难。与一只可爱的鸟相遇，如同一次美丽的邂逅，值得感恩与赞美。

我喜欢那些可爱的精灵，但却不愿意把它们养在笼子里。因为我知道鸟不属于笼子，一如大象、狮子不属于动物园一样。那种驯养是一种生命对另一种生命的禁锢与伤害，将一个翼翅丰满的鸟圈在笼子里就如同砍了它的双翼。那种因爱而圈的行径已变成了可怕的占有。

自由是所有动物共有的权利，我们凭什么伸出冷酷的手控制别的生命的自由呢？仅仅是我们更有力量吗？力量是需要强大智慧做支撑的。要不然这种力量越强大就越充满危险与恐怖，无论是对人还是对己，都绝非好事。说到人类最强大的力量便是对核子的掌控。拥有核子武器，让人类的力量大得可轻易毁灭整个地球无数次，但人类具有足够的智慧来平衡这种杀气与自我毁灭的愚蠢行径吗？这是一个值得全人类深思的问题。

无论是一只小鸟或是一个虫子，关爱生命应是虔诚遵循自然的法则，尊重生命存在的法则与权利，让狮子、老虎在森林中奔跑呼啸；让土拨鼠在山坡打洞，啮食；让鸟儿在枝头唱歌，拥抱天空。这是天经地义的自然之道。

走入威猛、强大的动物行列，需要强健的体魄、杀伐的力量与机敏。走出它们却需要更高深的修为，更博大的认识与平衡自然、关爱生命的智慧。人类从动物中走来，凭借着生存积累的智慧变得越来越强大，成了一种最可怕的大型动物。老虎、狮

太白山小径是我童年与鸟对话的地方

子、大象、鲨鱼、巨鲸这些在草原、在山林、在大海称王称霸的动物,哪一个能逃过人类的追捕与猎杀。有些动物恐怕只有在动物园中才能见到了,这真是一个谬论。

　　一只美丽的鸟成为一道菜时,最悲哀的却不是鸟。人类在向鸟张开血红的嘴时,那些尖利的牙齿却是指向人类自己呵!上帝创造万物,是让它们和谐共处的,任何一个生命都有它存在的充分理由,人类没有权利制造荒凉。

　　鸟是勤劳的。它们从一出生就开始忙碌,可以毫不夸张地说鸟的勤劳从来不比人类差。幼时学飞,成年时筑巢,捕食育雏,直至生命耗尽。它们挥动的翅膀被蓝天记录,它们的歌唱被山川记录。你见过整日睡大觉或者不挥动翅膀的鸟吗?除非生病或死亡,它们很难停下来。但四肢强健体力充沛的睡懒觉者、跪着乞食的人却充塞着都市与乡村的角角落落。对于某些人来说,活得还不如一只鸟、一只羊或一头猪啊!

　　在这个蓝色的星球,上帝对于人和鸟都是充满赞美与偏爱的。它给了人智慧,让人类离开了动物,站在生命链的最高枝。它没给鸟智慧,却给了鸟清亮的歌喉、美丽的羽毛、强健的翅膀,给了它们整个天空。

　　在鸟的世界中,我看到了一种简单,一种和谐统一。一只鸟就是一只鸟,它们活得纯粹、执着、快乐。在人类社会里对于一些人是很难准确定位的,太多的纷繁、庞杂、混乱将我们迷惑。那是一个繁杂的生态系统,人类中不只有人还有狮子、老虎,有猪、有鸟、有老鼠、有寄生虫……这种叙述因它的趣味性与真实性而充满了矛盾与可笑。人类社会中虽有许多思维脾性差异巨大的物种,却因都有一个共同的面具而难以辨别与确认。

　　虽然鸟的命运越来越不容乐观,但总有些人是不吃鸟,不伤害鸟的。这让我欣慰,让我快乐,让我相信鸟的翅膀还可以长久与天空交谈。我的眼睛也可以长久地在不太高的天空,看到那些舞动的"花朵",我的耳朵还可以听到那些脆生生的呼唤与诉说。这已足够!

2009年5月发表于《鄂尔多斯日报》

窨子

　　站在那些巨大的山崖峡谷下面，看着血色崖壁上一个个黝黑的孔洞，我的耳畔就响起了呐喊声、冲杀声、痛苦的呻吟声。这些高悬于山壁上的洞让我深深陷入了钩沉于风尘深处的那些人们当年苦涩、艰难的生息之境。

　　在黄土高原腹地，在陕北深山沟壑中出现最多的就是那一个个高居半山腰的孔洞——窨子。窨子是陕北人在山崖绝壁上开凿出的石洞，洞口很小，一般仅容一两人进出，里面却别有一番天地，小的十多平方米，大的几十上百平方米不等。其悬在半山腰是没有路的，只能靠绳索吊着出入。

　　从南方来的人在赞美北国的雄宏壮阔时，常常对那一个个撞入眼帘的窨子疑惑不解。经过四处打听，得知那曾是住人的地方时更是惊诧万分。他们想不通北方人为何要用这种方式来封闭自己。窨子的作用与围墙有些相似，都是一种对封闭与阻隔的构建，但在这种设置中围墙显得坦率、直接得多，窨子则有些胆怯底气不足。它是一种带有逃避性的阻隔与封闭，这种阻隔有其深层次的社会生存因素。它是在那些特定的时代、特定的环境中，人们做出的选择，但有时候人的一些思维体系在出发点就发生了错误。一如用谎言来佐证谎言，用虚假来驳斥虚假。围墙在阻隔野蛮、伤害的同时也将交流、文明、发展阻隔了起来。封闭带来了落后，而落后是要挨打的，围墙总是起不了它的功

志丹县永宁镇老崖窑窨子

效。封闭根本无法阻隔伤害。

窨子并不是一个保险柜，它是高原生命在惊慌逃避中无奈长叹的喉。在动荡的年代，生命是卑贱与脆弱的。身处边缘落后的环境中，其本身就遭到了中心文化的冷遇与漠视。官来了，乡民是匪；匪来了，乡民则又属官。当地的乡民没有顺溜的时候，因此只能躲避、逃跑。三十六计走为上策，但这些恋家的人又不愿逃得太远而将家丢失，无助而惊慌的生命，仅有的希望就是逃向那些离家不太远悬在高崖深豁上的窨子。在动荡年月，逃生成了生命延伸求索的一个程序一个部分。

看到那些窨子，我心中生出由衷的敬意。高原人对这片土地恋得太深。哪怕仅有一丝活命的机会，也不愿意离开这片贫瘠的土地，也不愿远走他乡，躲入绝壁静等杀伐混乱过后再回来重建家园，守望那些艰难的岁月。

曾听李家村的一位老人说过同治年间发生的一件趣事。那些年闹土匪，村上一下子来了100多个杀人不眨眼的土匪。土匪没有人性，见女子便抢、见男人就杀、见房就烧，能跑动的都闻风跑进了后山，村里只剩下一些老弱病残。这些人中有一个叫李大的瞎子，他虽然看不见，但却有一个特点——天生神力。他听见土匪走到村口便扛起一个碌碡站在村口的崄畔上，众土匪见后，站在路边观望不敢进村。李大将碌碡单手举过头顶壮着胆子大喝一声："我李大在此，哪个英雄敢来较量？"众土匪以为神人，吓得四散逃去。村子保住了，李大从此成了远近闻名的侠士。

艰难的生活状态注定了乡民哀伤的宿命。穿越皇天后土，那金色的铁犁在将高原一层层剖开的同时,也将高原人的坚强、执着刻入了大山深处。高原是那样的贫瘠脆弱,那艰难的生命体系随时会因干旱、冰雹而崩溃,将人类推向绝境。但生活在那里的人却执着地在那里行走,并将自己的身子,手脚化成了一条条坚韧的根牢牢扎向高原深处,在那贫瘠的土地上打磨酿造生活的舒心与甜润。是他们用执着、热情将生命诠释得伟岸、悲壮、坚强。

陕北人生存的自然条件是恶劣的,但仅用自然的苦涩来述说他们是不够的。这里千百年来就是一个众多民族抗争对峙的点。无论是蒙古人、大夏人还是宋朝人、清朝人,都曾认为这里是他们马匹驰骋的疆场,争夺与杀戮在这种自我确认与定位中展开。人类的互相毁灭与杀戮比自然更可怕,在惊惧恐慌中百姓纷纷向窨子逃去。在一些层面上来说,那些悬在半山崖上的洞使许多顽强、执着的生命躲过了一次又一次劫难与杀戮。窨子同样教会了高原人隐忍、豁达地面对世界。窨子、堡寨是人性泯灭、岁月动荡的物证,是根植于人性深处最幽暗的伤疤。

在荒蛮时代最大的敌人是野兽、豺狼,他们只需要一间房屋,一个火盆便可以拒伤害于暖屋之外。但是随着智慧的累积与传承,人类已将自己从生命的根部高高托起,成了生命招展的枝叶与果实。人的力量在智慧的启迪之下已超越了野兽成千上万倍,人最可怕的敌人成了人类自己。对于一个充满智慧与力量的人来说,岂止是一间房屋,一个火盆能阻挡得了的。窨子、堡寨是弱者仅有的退路与最后的壁垒。

中央红军到陕北后,土豪劣绅、恶霸土匪一一被消灭,人们纷纷离开悬崖,舍弃窨子,将家建在了平坦的阔野。离开窨子的人们才明白,最好的躲避是交流,最强的防御是融合。在和平时代,因缺失了对抗与争夺自然不需要抵御与逃避。窨子已被冷落与荒弃,一如人们手中紧握的大刀长矛。杀气在风尘中散尽,屠刀在岁月中朽钝。

那高高悬于山崖的窨子呵,是一部人类伤心的历史,被岁月记录,被山川记录。

2008年7月28日发表于《陕西日报》

时光·童年

甘南遇到的两个小孩,他们用好奇的眼神打量着行色匆匆的游人。

月光光

天上月光光,地上水汪汪。月光光的水面,月光光的船。月光光的船儿到江边……小宝贝,快快睡,小鸡小狗回巢去……

一首童谣在瞬间让我的童年复苏鲜活。那些土窑洞,那条弯弯的小河,那座横跨小河的石桥,那些牧归的牛,午后的鸟雀,鸟群的嘈杂。暮色中渐次亮起的星斗,还有一轮月光光,让大地披上银装。一些高大的树木幽幽重重挤在一处,斑驳摇曳的树影。一些野花的香,水果的香,豆水米汤的清香弥漫、舒展、流泻。一切都开始在记忆中清晰起来。

儿时的夜漫长而充满情趣。夏夜的风像顽皮的孩子,从山谷间一拨一拨地跑出来,庄稼、小树林被碰得沙沙作响。不知名的虫子、小鸟,在树荫下、岩角处鸣叫嬉闹。羊子、牲畜在幽幽的月光下咔哧咔哧啃食着草料。村里人喜欢晚饭后坐在村口大榆树下,或石桥墩上纳凉闲聊。

月光如水,让一切变得朦胧。窑洞、牛棚、柴堆都镀上了一层亮洁的月华,美丽神秘。山村的天空特别纯净,星星似刚从水中捞出的钻石格外明亮。

穷人的孩子早当家,在乡村,生存的教育是从会走路开始的。儿时我和小弟经常会在大人的提点下帮家里拔猪草,拦牲口。也曾有过数日于暮色中赶着牲口回家的经历。沟谷幽深,远山由绿而黑渐成一幅水墨画,乡村就被那墨色洇在里面。月光明晃晃地照着山川沟谷。我们一伙唱着瞎编的儿歌一路赶着牲口向村里走。月亮特别大,特别圆,像一面银色的磨盘,在山冈上滚动着,摇曳着。

蝙蝠此时会从一些幽暗的角落飞来,它们飞得很低,我能听到它们疾速

在太白山看到的故乡小镇

掠过耳畔的声响。小叔大我们好几岁,头脑中装满了乡村生活的智慧。他脱了鞋,鞋底朝上倒扣着往空中扔去。他说这样可以扣住蝙蝠。当时年幼的我们不辨真伪,也不知扣住蝙蝠做什么,纷纷学他的样脱了母亲做的布鞋,倒扣着扔向黝黑的半空。蝙蝠在风声中追逐着不同的鞋子,我们一边吼着一边追着蝙蝠疯跑。我曾扔过无数次鞋子,有一次险些把鞋子扔丢,可能是运气不好,从来没有扣住一只蝙蝠。我近距离看到蝙蝠是在老家的一个破石窑中,它的头、耳朵、眼睛像极了老鼠,在我伸手去捉它时,它张开厚厚的肉翼飞走了。我特别想摸一摸那没有羽毛的翅膀,那也是我不厌其烦用鞋子扣蝙蝠的动因。

一到村口,豆水米汤的清香便弥漫在鼻翼间。我们都饿了好长时间,在那香味的引诱下飞快地冲到自己家中,盛了豆水米汤大口大口喝起来。偶尔会情不自禁地哼一些小调,算是对简单幸福生活的赞美。

月亮已爬上了半边天,圆圆的似一枚被岁月打磨得发黄的古镜。吃过饭后人们纷纷聚在村口的大树下闲聊,或坐在石桥墩上开着不咸不淡的玩笑。桥下是一条曲折窄狭的小河。河里挤满了黝黑的小石子,水浅浅地从上面流过。月光一到水中便被那淘气的小溪揉成了片片碎银,溪水将碎银揣在怀中,哗哗地笑着一路跑远了。

月亮有时很亮,有时有光晕,有时晦暗。老人们看一眼便说,明天要晒死人呢!明天要刮风了。闲聊的话题大都是从庄稼开始的,由庄稼具体到饮食、到生活的琐碎。有时由庄稼抽象开来到天空、到宇宙,到那些现代科学也无法判知的鬼怪、神祇。一些闲聊有时会升级成激烈的争执,需要村里德高望重的老者来评判说和才可了事。

奶奶喜欢说事,她抱一个小凳坐在树边与乡邻交换着生活的琐碎。谁巧,灵动,要有好福气了;谁做了坏事要被龙抓了;谁说谎要被蜂子扎了……她的世界中充满了魔幻的神秘之力,这种力可以穿透人心,公平地明辨是非审判罪恶,平衡着人间的道义。

她看我有些发困,便给我唱儿歌:"天上月光光,地上水汪汪。月光光的水面,月光光的船。月光光的船儿到江边……小宝贝,快快睡,小鸡小狗回巢去……"

我看着满天的星星,朗朗的月亮,渐渐迷糊起来。小河的银波在梦中顺着远山流向天空成了灿烂的星河,我想我可以顺着小溪一直走上去在星河嬉戏。在这样的阅读中入睡,让青春期的我对天空产生了强烈的渴望,一心想着飞身而起,拥抱星河。后来随着学生时代的结束,心落了下来。梦想高高地飞上了太空,我只有抬头仰望的份儿了。

星空会在梦中灿烂,我要睡了。

"天上月光光,地上水汪汪。月光光的水面,月光光的船。月光光的船儿到江边……小宝贝,快快睡,小鸡小狗回巢去……"

2011年4月发表于《中国艺术报》

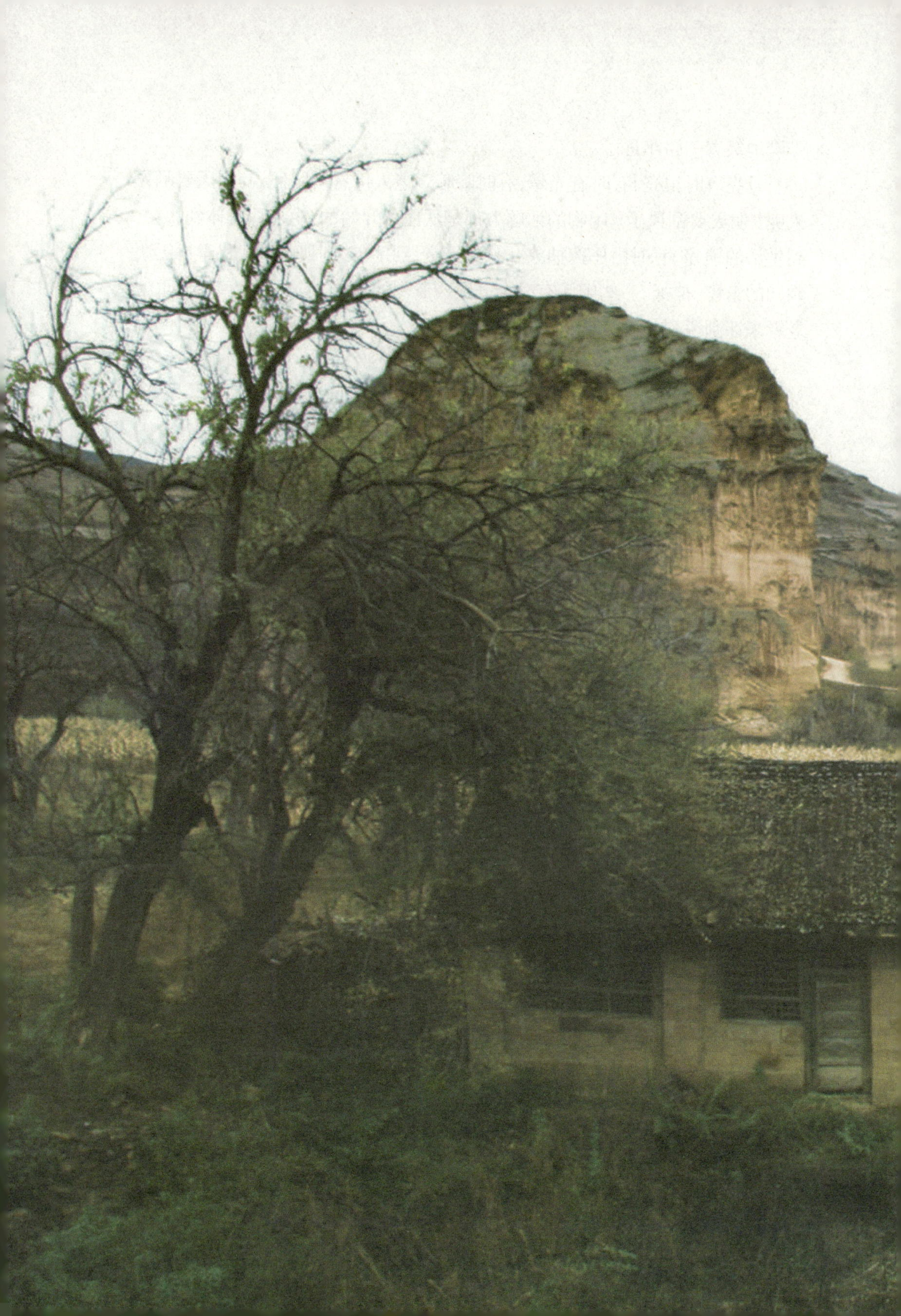

童年乡村的学校差不多都是这样,屋子里、树下都是课堂。

旷野中的课堂

在旷野中的课堂度过了我童年最闲适快乐的时光。如今离开有趣的课堂，离开童真的岁月已多年，它已躲到了我的心之深地。有时它也会像个淘气的孩子闯入我的梦中，让我在追寻童趣中笑醒。

我出生在农村，6岁时便被送到了村里的小学读书。那座仅有三间破瓦房的学校，仅可供那些高年级的学生使用，我们则被安排在房屋旁边三棵巨大的垂柳下面，那便成了我们的课堂。

六七张缺胳膊短腿的矮小破桌凳，一块被墨汁染黑的木板，十几个衣衫褴褛的孩子，一个初中还未毕业的女老师，就是这个班的全部。旷野中的课堂只有柳荫为我们遮挡火辣辣的太阳，它的简陋反而让它充满了情趣。

老师正值芳龄，芳龄又遇壮男，她恋爱了。她的精神与肉体很快被那个拖拉机手占领，两人热乎得一塌糊涂。在爱的阵地拼命冲锋的老师无暇顾及我们，她每天一上完课便匆匆离开课堂与男友去了那个狭小的办公室，不再搭理我们。正值贪玩的年龄，我们自然乐得逍遥自在，大部分时间是在游戏与打闹中度过的。

我的同桌是个女孩大我两岁，其左手上多长出了一根手指，力气巨大，蛮横勇猛。其打起架来无人可敌，被称作"六指琴魔"。遇了这么个冤家，每每因一些小事发生口角，以至动手。每次争斗我都是伤痕累累，落荒而逃。武斗结束，我们会冷战一段时间彼此各不相理。几天后当我们忘却了彼此的坏、彼此的痛时，矛盾便缓和了，和好的我们继续玩耍、争斗。单纯与好胜造就了争执，争执引发战争。就这样总是打打停停一直持续到我们离开那里。

旷野课堂中经历的事情特别多，但在时光的漂洗下，大部分已被淡忘了去。但年轻的女老师的离去却成了我至今仍无法割舍的痛。

夏日的知了总是出奇的多。田野中、柳树上到处都是它们的叫声，天越热它就叫得越凶。那天上午课一结束，老师便离开了，顽劣成性的一帮孩子开始在树下奔跑嬉闹，课堂乱成了一窝蜂。有的趴在草地上捉虫子，有的蹲到树下逗蚂蚁，有的跳上课桌扮将军，我则与邻居小强几个玩"羊吃草"。正当我们玩得起劲，突然听到柳树上知了吱吱地唱起歌来。大伙受到知了叫声的吸引，放下了手中的草叶一块围到了树下向上张望。我们特别渴望得到那个会叫的小虫，小强自告奋勇爬上树去抓知了。垂柳枝叶茂盛，小强瘦小的身影顺着粗壮的树干很快就爬到了茂盛的叶子中去了。大伙你一言我一语地吵嚷着，给他指知了的方向。不知谁喊了一声"老师来了"，大家一哄而散，匆忙找了各自的位子坐下来。

给我们带班的女老师拿着教鞭怒气冲冲地来到了黑板前。她可能和拖拉机手交流得不太和谐，一来就用教鞭使劲敲着课桌，将怨恨对准我们发泄。她开始是训斥，后来越训越气，一边训一边开骂。我们对她的叫骂没有很好地反应与配合，这伤了她的骄傲。她一边骂着世界上所能骂出的最脏的话，一边用教鞭一个接一个敲我们的脑袋，感觉着教鞭在脑袋上的弹性。她又担心脑袋发出的声响会给她带来麻烦，于是下令所有人不许哭。在当时没有体罚这个词，因此我们只能默默承受。

两个多小时的批斗，一些女孩子站不住开始发抖。就在这时一股水柱从天而降，准确地落在了女老师的头上，干净的新衣服上。她一下子愣住了，呆呆地抬头看柳树。就在那一瞬间，所有的嘈杂哭闹声全消失了，课堂变得可怕而安静，只有风声呼呼地响，我听到自己的心在"咚咚"地跳。那仅仅是短短几秒钟的事情，女教师很快明白过来是怎么一回事。她像发了疯一样瞪着眼睛冲着柳树喊"小强，下——来！"柳树上没有一丝动静，小强藏在了树叶子里。"吱——吱——吱——"一只知了欢快地唱起了歌，似在嘲讽。女老师把教鞭甩在柳树上，打落了几片绿叶子。她的自尊受到了挑战，她由羞而怒奔向不远处的菜地，拿了一根长长的木棍在树叶与树枝间使劲地捅。小强爬得更高，她根本就够不着，一边哭一边骂，一边跳着打。她折腾了好长时间累了，回头恰好看见神情快乐的我,便用棍子敲着我的背,让我上树把小强拉下来。我没办法只好爬上了树。出于一种顽劣的本能,我一上树便冲她吐口水,她简直是暴跳如雷。我则一边扮鬼脸一边清楚地告诉她"你够不着"。她就在树下一跳一跳地骂,与我们僵持到中午放学。她骂一会儿又骗一会儿,一直盯着我们直到日落。

　　现在想来她一定是气得昏了头竟会那样不顾一切地处理一个孩子的恶作剧。在这之间有一些老师过来看了一下就转身走了,我到现在还奇怪那时为什么没人管这事,或劝说一下。天渐渐黑下来,她扬言要用一种神奇的武功将我们消灭于树上,但仍无法将我们唬下树,便一边哭一边骂着离开。见她离去我们则一溜烟下了树,跑回了家。

　　第二天,因为害怕,我和小强拿着书包在山上转悠到天黑,没敢去学校。我们逃学的事很快被父母知道,他们放下了手头的农活,押着我们到了旷野课堂。一个清瘦的老头亲切地接收了我们,他取代了那个女老师成了我们的班主任。后来再也没见到那个被气昏头的女子,以至现在竟连她的名字容貌都想不起来了。

　　老头来了之后带来了雨。旷野课堂一遇雨便无法开课只能休息。那年的雨似乎出奇的多,旷野课堂在风雨中时断时续一直持续到秋季。天气转冷了,风在课堂来回串游,小孩冻得坐不住,学校向村里借了一孔老土窑做我们的教室。旷野课堂生活从此结束,但那些有趣的事却永远留在了我的记忆深处。

2011年3月发表于《延河》

一树梨花

天空由苍灰转蓝,河里的冰凌开始消融,沟谷不时发出冰块碎裂的脆响,咔嚓……咔嚓。远山的毛头柳已泛出蒙蒙绿意,偶尔有轻灵的小燕子在房前屋后飞掠。天开始变暖,在这样的季节我心中总是莫名地快乐、亢奋。听说班上的同学中已成立了好几个学习小组,小组里的人除了互相帮助记笔记、做作业还经常组织郊游、野营。这些都是青春期的我们最渴望的。于是我和几个同学开始谋划着成立学习兴趣小组,开始游说班上的三好学生和那些学习一般但长相出众的女生。我们已经懂得了漂亮异性在团体活动中的影响与力量。

经过游说与拉拢,我们的学习兴趣小组很快组建起来,共有三男五女。学习委员大民以其优良的成绩和在班上的超强威望自然地成了我们的组长。他踌躇满志,宣称要让我们的小组成为班上学习最棒人气最旺的小组。我们在他的鼓舞下都激动不已,有几个女生还流出了热情的眼泪。我们已开始相信,社会主义的美好生活即将在我们的小组诞生。小组成立的第二天课间操之后,大民向全班郑重进行了宣布,他的话引来了许多羡慕的赞叹声。

所谓的小组说白了就是小团伙,可以在课间公然聚集,可以理直气壮地在一起请教问题、聊天或说笑,可以在放学后联络集会。

兴趣小组的五个女孩都很漂亮,但我更喜欢小月低着头说话的神情及她身上特有的清爽味。我经常借请教问题或借学习用具去接近她,她也很乐意和我交往。有时会在没人注意时偷偷给我手里塞糖果或一些小零食。我幻想着能和她热情地牵手并在工作后体面的相守。

军喜欢一个好学的矮个女孩,有事没事往她跟前凑。他们发展得非常快,

已到了形影不离的地步。

　　大民开始感到事态的严重,在放学后通知我们在河畔的柳树下开会。他郑重地劝导我们要以学习为重,不可因情废学。他要求我们要互相帮助努力学习,做国家的各种栋梁,包括男女栋梁(当然我现在都搞不清何谓男女栋梁)。他还警告说,如果继续打着学习的幌子进行恋爱他将坚决予以除名。我们被他高远的目光、雄壮的气势所折服,都开始自我检查、忏悔我们犯下的滔天大罪。鉴于我们的良好表现,大民答应周末带我们去夕阳沟野营。他的承诺成了我们共同的期待及全力保守的巨大秘密。

　　夕阳沟地处太平山与瓦窑山之间。沟谷狭长,树林茂密,山崖峭拔。谷底溪流潺潺而出直入周河。我们在夕阳沟口集合,计划沿着沟谷前进,在山谷尽头顺羊肠小道爬山去山顶的山阳村玩。但沟谷似发过大水泥泞难进,我们只得改变路线折向瓦窑山的羊肠小道。山路窄小陡峭,弯弯曲曲地向深山盘旋而上。山上灰褐色的枯草已被萌发的新绿覆盖。山涧泉水叮咚,林中小鸟飞鸣。路很难走,我们互相拉扯、搀扶。路上走走停停,到山顶时已近响午。山阳村是一个很小的村落,沿山洼散居着几十户人。那里的村民很勤劳,家家户户种有梨树、苹果树、桃树。

　　转过一个小山包突然就呆住了,一棵山桃树竟然开了一树的粉红立于山路边。在初春略显灰褐的陕北高原,那一抹鲜亮像火焰般在瓦蓝的天宇下燃烧。我们兴奋地跑过去观赏,而后是攀折,几乎每人手中都拢了一大把。老实说,攀折花草是可耻的,但那诱人的红色让所有人都丧失了理智,我们开始互相警告并达成一致共同保守这个秘密,特别是不能让老师知道。

陕北的农家小院

我们拿着艳丽的花枝向村里走去，粉红的桃树，雪白的梨树开始三三两两出现。越接近村庄树越多，色彩越艳丽。山阳村的梨树特别多且都早早绽开了洁白的花朵，一大片一大片的花让整个村庄都成了花的海洋。我们经过一个院落时看见院子中有一棵巨大的梨树，雪白的梨花下有一个小姑娘安静地坐在一把粗笨的大木椅上。女孩看见我们便叫起来："大哥哥大姐姐！把你们的书包让我看一下行吗？"我们走过去，把书包给她看，她拿着书包反复摸着爱不释手。我问她："你没有书包吗？"她说她没上过学所以没书包。我们很好奇，问她为什么不去上学？她突然流出眼泪。她说做梦都想上学，但腿走不成，上不成学。这时从窑洞中出来一个中年妇女。远远地就说："旦旦我抱你回去吧，你已经在外面坐了好长时间了。"她走到女孩跟前说，"把人家的书包给人家吧！"一边说一边伸手将女孩手中的书包拿给了我们，随后顺手将女孩抱起往窑洞走去。女孩眼中噙着泪一直回头看我们。她很快被抱回窑洞里，偌大的院子只留下一把粗糙的破木椅及一树惨白的梨花。那个姑娘善良纯真的大眼睛让我久久难以忘怀，以至好多年后仍能想起那双美丽的大眼睛。

回到学校尽管我们互相重申了保守秘密的纪律，但我们攀折桃树的事还是被发现了，在老师严厉地批评指责下，兴趣小组被迫解散。那次后，再没有见到那个小姑娘。听村里人说她特别聪明，拿本书只要大人给教一遍，她就会念。她命不好出生不久得了一场大病，双腿就瘫痪了。她的父母很疼她把心都快操碎了，一年辛辛苦苦省吃俭用挣的钱全部用在给她看病上，但病最终也没能看好，人还是走了。因为不足12岁没法下葬，她父母含泪卷了个席片搁在深山的荒草林里。邻家含着泪叹息着："那么乖巧伶俐的孩子，死后被野猫、野狗扯得到处都是！冤孽啊！"

一个那么纯真美丽的生命咋说走就走了呢？我不愿相信那是真的。后来还专门去了那个村子几次，每次都会特意去那家院子看看，真希望一天能突然看到她坐在那棵梨树下对我微笑，但却一次也没看到。那个院子已没有人住，只有满院的荒草，只有那棵巨硕的梨树，在风中发出窸窣的声响。

2012年8月发表于《西部散文家》第4期

小人书

　　我最近一直很快乐,因为我已集存够了十二个烟纸盒,我像一个秋日里的收获者,在伸直腰身休息之余观望麦子一样观望着我的收藏。它们的来历各不相同,有的是我用小玩具交换来的,有的是我在扇烟标比赛中赢回来的。每当我收集到一个烟盒时,我就把它泡在一个水罐子里。过一两天胶会脱去,粘胶的地方自动裂开,我小心翼翼把上面的胶除去,将它们展开铺平晾到微干,然后夹在书中。在书中夹一段时间,时光的熨斗就会将这些烟盒纸上深重的抓痕抹去,一个平展色彩艳丽的烟标就出现在我的眼前。我闲着无事时便将它们从不同的书中取出摆在地上观赏,花花绿绿好大的一片。每一片烟标纸就是一幅完整的图画。晨鹤烟盒纸是在蓝底上一只振翅高飞的鹤;羊群烟纸是青灰的背景下有一群奔跑的羊儿……

　　看着我的这些收藏品,心中充满了幸福与满足。我为这些美丽的色彩、精美的图案着迷。待我反复看过几遍后才恋恋不舍地将它们一张张收起来,好厚的一叠啊!当我把它们收到一起后,忽然有了一种新的想法,是对一本小人书的期待。几天前我无意中看到小军他们围了一圈聚精会神地看着一本小人书,那美妙的故事,生动的画面深深吸引了我。我讨好地凑近准备大饱眼福时他却收了起来。我听同学说那是《鸡毛信》,可好看了,就提出借阅。小军说不借,但只要我给他十二个纸烟盒他就将书送给我。那本

书虽封面撕破了一个角，封底撕坏了两页，但一点也不影响我对它的喜爱，我想如果能得到这本书无疑是我生命中最快乐的事。我努力集凑烟盒，费了好大劲终于让我集凑够了十二个色彩绚丽的烟盒。我愿将这些美丽的七彩纸化为一个图文并茂的感人故事，整个下午都沉浸在这种欣喜的期待中，以至母亲做的可口的洋芋擦擦我都顾不得细品，狼吞虎咽地解决了。

晚上睡觉前一遍遍幻想着拿到小人书后的快乐与惬意。

第二天，我早早赶到学校，等了很长时间才见到小军。小军看到我手中的烟标兴奋异常，但他的小人书在家里只能中午回去取，搞得我一上午都心不在焉上课总是走神。待下午上课时我才看到他拿来的小人书。一看到那书我都傻眼了，不只封皮撕掉了，就连里面也有好几页被撕破。他说书在桌上被他不懂事的小弟看见了……我又心疼又气恼，但事已无可挽回。出于对那本书的偏爱，我还是用十二个崭新艳丽的烟标换了那本残破的小人书。拿到书后，我对破损的地方进行了仔细粘补，待书干透我才拿上认真地阅读起来。书中讲了一个机智勇敢的小男孩海娃利用羊做掩护给八路军送鸡毛信的感人故事。书中图画生动线条流畅文字优美简洁，有些场景至今都令我记忆犹新。书看完后我小心翼翼地放在家中的抽屉里宝贝着它，担心它再受损毁。我一般都舍不得拿出，只有几个关系特别好的朋友有缘见过它几次。

《鸡毛信》那生动的画面，传奇的故事深深让我着迷，也让我从此对小人书产生了偏爱。一日，一个远亲来我家做客给了我一元钱。我不仅吃到了清凉爽甜的冰棍，还在新华书店买到了彩色版的小人书《孙悟空三打白骨精》。拿到那书后我觉得自己是天底下最幸福的孩子。小孩子的心是多么容易满足啊！后来陆续买了《烈火金钢》《红楼梦》《智取威虎山》等连环画，还通过交换得到了《白毛女》《岳飞传》等不少让我心动的好书。三年后，也就是我上五年级时已有30多本小人书了。有了这些丰厚的储备我做出了一个大胆的决定，周末在街边摆书摊挣钱。第一次出去摆书摊担心书丢失带着我的小弟,让他帮忙照摊子。我们选了一个地势开阔的墙角边,在地上铺上破塑料布再将小人书一本一本摆在上面。一会儿便过来了几个小学生提出要看书,我们按一本五分钱收取借阅费,规定就地看完归还。一天下来,竟然挣了好几块钱。这大大出乎我们的意料。我买小人书小弟买零食的钱全有了。从此我和小弟逢周日便在路边摆起了小书摊。我们会挣钱了,父母也喜出望外,夸赞我们长大懂事了。我买书从此不再向长辈开口要钱。

小镇百货公司门口有一个张姓老大爷,有近200本小人书。他往开一摆就是一大溜,很有气势。那个露天书摊周围整天都坐满看小人书的人。我偶尔去那里租一本书,坐在书摊边静静地看一会儿离开。在他那儿租书看的历史一直持续到我上初中二年级。

上初中后觉得自己突然长大了,开始喜欢看写满文字的大书。武侠、言情以及充满情趣的天文地理。在一个周末的午后,我将我的小人书箱打开,里面足足有50多本。我一本一本拿出细细翻阅回味。许多书都是我反复看了多遍的,我能完整地把书上的故事复述出来。我觉得我已经长大,这些书应该送给更适合它的我的小弟。我将书分成两部分,分别给我的两个弟弟。他们拿到书后高兴得又叫又跳,看到他们快乐、兴奋的样子,我心里充满了满足与成就感。我告诉他们要爱护书,一定要好好保存看完后及时收起,他们都认真做了承诺答应我好好保存。后来的事实证明,任何东西要被很好地保存,只有到了十分喜欢它的人手里才有可能。我的两个小弟对于户外运动的偏好远远超过了对小人书的喜爱。他们在新鲜了一段时间后,便忘了我的嘱咐,将小人书借的借丢的丢。那些我保存了几年的"珍宝",一年后便被他们搞得所剩无几。我在遗憾之余懂得了一个道理,自己喜欢的不管它贵贱,永远是我的珍宝,只有自己才能很好地保存。送给别人的东西不管贵贱,不管自己喜不喜欢,再不要牵念,那样只会徒增烦恼。

2012年5月发表于《延安文学》第5期

旧唱片

夏日的夜晚漫长燥热,我和同学虫虫借着昏暗的月光穿过一条小巷往河滨路方向走去。那时这条路还没有这个名字,它是小镇开辟出的第三条路,我们习惯上称其为三马路。三马路南北走向,路东是一排排瓦房,路西狭长空阔是菜地,种着白菜、玉米、西红柿。南头有一口又大又深的井,用来抽水浇地。几年前有一个女子淹死在那里,所以三马路在我们心中变得有些诡异与神秘。夜的黑加深了它的效果,我尽量不让自己想此事,但越是这样反而越难以将那件事从头脑赶出。

出了小巷看到路灯我松了口气,亮光让人踏实。虫虫紧拉的手有些放松了,我想他也感到了亮光的力量。我们是要给他的姨夫家送一把木锯,但后来遇到的事却打乱了我们的行程。

我们经过一排平房时听到一个女人咿咿呀呀的唱歌声。出于好奇我们循声过去看到了一间亮着灯的房屋。门开一条缝,我们顺着门缝看见屋子里没有人。书桌边有一个木质的盒子,盒子上有一个会转动的圆盘,声音就是从那个地方出来的。我俩互看了半天讨论了许久也没弄清楚那是什么东西。正当我们讨论得起劲时却听到窸窣的脚步声由远而近传来。一个瘦高个男子搂着一个身穿白衣的女子一边说笑一边走过来,我们只好匆忙离开了。

第二天到虫虫姨夫家时看到了同样的东西。他姨告诉我们那叫留声机,声音都存在唱片里。说完她拿了一张唱片放在一个木盒子里的圆盘上,把一个金属疙瘩放在唱片上。随着唱片的转动,声音从木头盒子中咿咿呀呀传了出来。

大红袄、长辫子是童时姑娘的标准打扮

  我从此明白声音可以被记录、被珍藏、被反复使用。而那些美妙的声音都存在一张张色彩绚丽的唱片中。从此我对唱片产生了独特的兴趣。后来在不同地点见到了形式各异的留声机,也见到了大小不一五颜六色的唱片。

  留声机在当时是很名贵时尚的消费品,对于温饱还未解决的家庭来说,是无力购买这么一件"重器"的,我只有望机兴叹的份儿了。我想以后挣到钱一定买一个留声机买一大堆唱片不停地放,让美妙的声音点缀平淡幸福的生活。不能拥有一个留声机,如果能拥有一张唱片该多好啊!虫虫有一张红色的唱片,是从他姨家偷出来的。那是一张歌曲唱片,唱片上写着一排排黑色的小字,列着《达坂城的姑娘》《花儿为什么这样红》等十多首歌曲的名字,词曲作者。我羡慕了好久,费了许多口舌与办法,用保存好几年的一盒烟标将此唱片换来。那红彤彤的颜色在阳光下变得更加亮红而通透,那一圈圈的细纹在我眼中幻化成了一个奇妙的世界。我将那张唱片粘在床边的墙上,我感觉屋子顿时就亮堂了许多。我每天要反复数次趴在墙边看那张唱片,温习唱片上刻的每一句话。其实唱片上的字本就不多,早已被我背得滚瓜烂熟。

虽然只能看不能听，但它却让我快乐了好一阵子。后来又从其他地方陆续收集到了十几张塑料胶彩色唱片，因没有唱机只能看它亮丽的颜色及上面有限的文字。我想有了钱一定买一个像样的唱机，让这些美丽的色彩旋转起来，让美妙的音乐装点生活。但随着社会的快速发展，方便廉价的收录机大量出现快速普及唱机很快被淘汰遗弃。唱片也被更先进的磁带取代。1982年我家买了一个单卡录音机，我用压岁钱买了两盒流行歌曲磁带。没事时就不厌其烦地放，感受遥远都市的时光与律动。后来出现了小型收录机，父母为让我学好英语专门买了一个。但我却很少用它听枯燥的英语单词或会话，小虎队、齐秦、邓丽君的歌成了我的偏好。购买磁带也成了追逐时尚的直接形式，我买了许多磁带，直到工作后出现了VCD，磁带转换成碟片才停了手。留声机是工业时代初期的一个缩影，随着时代的快速发展，它已退出了历史舞台尘封在记忆的深处，它被更先进的唱机取代，它离生活越来越远，唱片也成为历史。无法使用的唱片被我放在柜子中十多年再不曾翻动。但当年唱片留给我的喜悦和梦想，却永远让我难以忘怀。

　　前不久在两个文友家中做客，忽然发现了老式的唱机，朋友兴致浓厚给我讲了他淘古物的经历与心得。那是在八仙庵古旧市场一个卖古董的商人从废品收购站买来的，朋友一见就喜欢上了，他用很低的价钱买了回来叫人修了一下竟然能用。历史就这样又鲜活起来，朋友自得地说。他将一张唱片放入唱机随着电源接通唱片开始旋转，咿咿呀呀的唱腔从铜质的大喇叭中传了出来。听到那久违的声音，看到那老旧的唱机，我心中有五味不知如何言表。

2013年6月发表于《延安日报》

纸缸盛米

人活着是要吃饭的,对于那些难以果腹艰难度日却奇迹般活下来的人来说,好日子是和充沛的粮食储存紧紧相连的。所以上世纪70年代中期,当国家实行责任田允许单干后,我的父辈开始大量开荒种地。将收获的高粱、玉米一捆捆从地里背回来,放入高高的木笼子里。

二叔虽是个农民,却充满了读书人所具有的远见与智慧。对于二叔的认识还是从玉米笼子搭建开始的。一个初春的早晨,我被一阵紧似一阵的砍木头声吵醒。起床跑出门看见二叔正在院子里忙活着。他将四根长长的木桩竖直栽在院子一角。然后将胳膊粗的木椽的枝杈砍去,横着固定在木桩上将四个木桩子连起来。这样一圈圈地将四个木桩围起来,便成了一个四方形的木笼子。到下午时一个高约两米多的木笼子就做成了。我很好奇,问他要在里面圈什么。二叔笑着说这是一个存放粮食的笼子,等到秋天收了玉米、高粱就可以放在这里了。

我觉得这话不太可信,因为家里的粮食吃了上顿没下顿,哪有多余的玉米存放在这个笼子里呢?后来的事实证明了我的猜想。秋天收获的粮食上交的上交分摊的分摊。爷爷家中分到手的粮食少得可怜。窑洞的一个角落就放下了,哪里用得上玉米笼。爷爷一家八九口人住一个院子,院子不大,共有三孔土窑洞。结过婚的父亲和二叔各占一孔窑,爷爷和三叔、小叔们挤在一处。那些少得可怜的粮食经爷爷再分到我们家已所剩无几,父亲拿玉米、高粱在村口的石磨上简单磨成面粉。面粉粗糙,皮都没去利索便舍不得再精加工。父亲将那些粗糙的粮食带回家,放在几个用法币裱糊的纸缸里,那就是我家全年的口粮。那些闪着亮光的纸缸成了一个时代的缩影与记忆。当年国民党统治下的神州大地满目疮痍,为了弥补经济亏空大量发行纸币,法币贬值跳水。听老人说,有一个时期用一袋纸币竟然买不来一碗米。新中国成立后,各地流通的法币被废弃了。那鲜亮的纸币没有了价值,聪慧的乡民却让它生出了新的功用。人们将那些纸币一层层裱糊起来做成缸、盆等用具。村里好些人家中都有用法币裱糊的纸缸纸盆。在物质匮乏的年代那些鲜亮的纸缸俨然是一件像样的家什。

玉米笼空着,二叔便将背回来喂牲口的玉米秆、玉米芯放入笼中。那巨大的笼子装得高高的冒了尖。它们贴补了两头驴一头牛一个冬季的草料。

第二年开始包产到户,吃大锅饭的时代突然结束了。几个叔叔都开始忙着上山开荒种地。平日里偷懒的乡民也都你争我赶地去开荒。一个春季,村庄周围的坡坡坎坎便种满了土豆、荞麦、黑豆、玉米。

秋天的收获是丰硕的,粮食被一拨一拨从地里背回来多得没处搁。玉米笼派上了大用场,装了多半笼的玉米。二叔又在院子边的土墙上挖了一个三四米深的地窖用来存放土豆、大白菜。

我们开始有了充足的粮食,苍绿色的脸开始变得红润起来。乡民们愁苦的眉眼舒展开来,脸上出现了欢快的笑容。在丰收的鼓舞下,二叔用柳条编了一个3米多宽,2米多长,2米高的粮囤,计划着存放糜谷。他同时在院子里又建起了一个更高更大的玉米笼。两个笼子并排而立,像两个巨人雄立于我家的院子里。

父辈是勤劳的人,他们每天早出晚归播种、耕耘、收获,将土地打理得肥壮有力。庄稼长势一年比一年好,收获也一年胜似一年。那几年家中存着许多粮食,玉米笼总是装满玉米、南瓜、高粱,我们不再因为没有粮食吃而发愁。父辈们把多余的粮食拿出来一部分出售,换回来了化肥、衣服、日用百货。我心中充满幸福,因为我们能吃饱饭,穿上蓝卡其布做的衣裳了。

那时家里很贫穷,灰暗的土窑中除了几个陈旧灰暗的木柜子,最显眼的就是两个纸币糊起来的米缸。米缸约二尺来高可装30多斤小米。米缸有一个奇特的功能,装米、面不仅不发潮而且不生虫。这也是家里人总是用它来盛放米面的原因。这两个纸缸成了我家拥有的很体面的"宝贝"。它们被高高搁在碗架上，平时是不允许我们碰的。母亲会对每个来家做客的人郑重其事地介绍它们的来历及奇特之处。

　　随着全国经济的好转，我们家的日子也慢慢好起来。家中先后请匠人做了些木箱、衣柜，购置了缝纫机、写字台，家具逐渐多了起来。米面也不用自己扛着粮食去加工了，县粮站卖的大米、白面都是直接加工好装在袋子里的，需要吃多少直接从粮站购买又省事又方便。从粮站买来的米面都装在袋子中，纸缸便成了多余的摆设。刚开始父辈们还觉得那东西鲜鲜亮亮的挺好看，但时间一长蒙了灰尘，边角也开始卷起来，变得又脏又破，只能扔角落里了。曾经光鲜耀眼的纸缸就这样被遗弃或丢掉了。

打毛猴

评论家仵埂在德阳广场打毛猴

　　成成长我几岁人特聪明,凡是乐器到他手里用不了几天就会让他摆弄出优美的旋律。他会拉二胡、弹三弦,还特别喜欢吹口琴、笛子,一有空就会吹半天。一听到那优美的旋律,我们便羡慕地进行围观。他好像也特别享受那样的时光,每当我们围观时他就会故意鼓起腮帮子,摇头晃脑表演得更加卖力。

　　那时孩子们中盛行一种游戏叫打毛猴,用通俗的说法叫转陀螺。玩打毛猴这游戏要准备两个道具,就是毛猴(陀螺)及打毛猴用的鞭子。毛猴的制作很简单。首先找一小段手腕粗细的木棒,裁取一寸来长。用小刀将木棒修成圆锥形,毛猴就做成了。然后找一根一尺来长的木棍,上面绑上布条编成的绳子打毛猴的鞭子就做好了。

　　成成的毛猴是他叔叔帮忙做的。据说他叔叔干过木匠,手艺了得,他做的毛猴大小匀称,表面光洁平整,旋转起来超稳定。成成的毛猴拳头般大小,一打起来如风般飞快转动,并且一转就是好长时间。每次在一起玩,我们都是埋头奋力用鞭子抽打毛猴保持它的转速,以免它停下躺倒。此时成成却收了鞭子双手插入袖筒,自得地欣赏着他那不倒翁似的"神猴"。他打毛猴的技术很高超,加之有了这样一只"神猴",每次的打毛猴比赛他都是冠军,这让我们羡慕得不得了。他的毛猴平日里不许我们碰,我们只能从家中偷出一些好吃的如面饼、玉米糖给他吃,他才会让我们玩一会儿。

　　他二叔用做木活挣的钱买了一辆拖拉机,从此便搞起了令人羡慕的运输生意。因为整天跑运输,所以很少做木工了。他每次驾驶拖拉机从外面回来,都要经过一个很陡的坡后才能驶回家。到上坡时机器的负荷加重,拖拉机冒着黑烟,突突突地鸣响着缓慢爬行,很艰难地才能爬上坡。经常在这时玩耍的成成就会离开伙伴飞快地跑到拖拉机后面,爬上拖拉机后拖斗坐在上面玩,他叔叔有时回头看到也不阻拦。他叔叔整天黑着脸很严厉,我们都怕他自然不敢去爬他的拖拉机,只能远远地看着自得的成成暗暗羡慕。

因为经常爬拖拉机,成成似乎玩得得心应手了,但却出了意外。一天,正当成成在拖拉机上玩得开心时,拖拉机却冲到了陡崖边上,他二叔连忙紧急刹车,拖拉机在陡崖边猛然停住。这个突然停顿让成成失去了重心,从拖拉机拖斗摔了出去。他飞速掉下陡崖,掉入一堆乱石中。他的头重重地撞在一块大石头上。他二叔听到一声闷响知道出事了,急忙从拖拉机上跳下来,在路边抱了一块石头顶在后车轮下面。待拖拉机停稳,他快速顺小路跑下陡崖。成成躺在乱石堆中一动不动,头上在往外冒血。他和及时赶来的邻居杨五娃抱起成成用拖拉机将他拉到了县医院。医生护士一帮人抢救了半天终因伤势太重,没救活。他父母随后赶到,哭得死去活来。在众人的劝说帮助下将成成的尸体拉回家。一家人伤心欲绝,在众乡邻的帮助下将成成埋在了后山上。和他同葬的还有他最喜欢的笛子,毛猴等玩具。

埋了成成后他二叔脸更黑了,他将自己关在窑洞中几天不出来。不久他便把拖拉机卖了,把钱给了成天咒骂他的哥嫂。他一个人背了个铺盖卷离开了村子,从此杳无音信。

拖拉机事件后好长一段时间,大人们都不许我们出院子在一起玩耍疯跑。我的一个伙伴就这样突然被埋进了厚厚的黄土,在人间消失了!这让我幼小的心灵产生了对死亡的深深恐惧。我们打毛猴的队伍中失去了一个伙伴,打毛猴的游戏变得伤感而没有了趣味。自从成成离开后再没见到那般巨大、旋转持久的毛猴及那般聪慧通晓音律的少年。

2012年5月发表于《延安文学》第5期

捕　鸟

　　乡村紧连着大山沟壑，生灵们便在这隐秘之地生息繁衍。在深深的沟谷中有山豹、苍狼、狐狸、黄鼠狼等走兽，但更多的是各种鸟类。它们有时会闯入村庄打破村庄原有的秩序。在它们看来村庄是一个充满危险与诱惑的猎场，所以通常进村都特别警觉，随时准备着撤离。但也有例外，在村庄安然地觅食，堂而皇之地散步，那就是勇敢的鸟的气魄。山野中鸟的种类很多，但敢坦然在村庄屋檐下垒窝、肆无忌惮嬉闹的鸟只有两种，一种是腹白羽黑尾翅分成两叉的燕子，另一种则是全身灰褐喜欢叽喳乱叫的麻雀。燕子以蚊子、昆虫为食，乡邻们都喜欢它们；而麻雀则见啥吃啥显得贪得无厌，人们都讨厌它们。但不管喜欢也好讨厌也罢，它们都毫无顾忌地将窝垒在烟火升腾，人声喧闹的屋檐下。

　　乡民认为燕子是一种有灵性的高贵之鸟，它们住在谁家就会给这个屋子的主人带来好运。因此人们对燕子的到来是带有纵容与引诱的，有时会给搭个棚架或在屋檐下故意留出可搭窝的平台。燕子却显得很挑剔，它们在筑巢时会在村子的各家各户反复查探，当它确定某地比较安静屋主友善，不会伤害它们时才衔泥筑巢。有时还会直接将巢筑在住人的屋子里面。燕子是候鸟，冬天飞到南方过冬春天才飞回北方。它们很恋旧，一旦选定地方，春来秋去一住许多年很少改换。燕子身型矫健动作轻灵，它们还有一个讨人喜欢的地方就是它很懂得"自律"。只吃蚊子等小昆虫从不侵害庄稼、粮食。这一点是麻雀们永远无法比的，这也是我们不捕它们不伤害它们的主要原因。

　　麻雀们很浮躁，每日清晨天一放亮就在屋檐、屋前屋后的小树上叽叽喳喳乱叫。当它们聚集到一定规模后,会群体进入糜谷地乱啄一通或飞到堆麦堆的院场偷盗。那声势浩大的集体行动,像一群肆无忌惮的无赖。大人们看到这样的场景,通常会扔石头驱赶并发出诅咒与谩骂。对付它们小孩子似乎更有办法,我们喜欢爬到屋檐下挖雀们下的蛋,或抓那些羽翼未丰嘴角嫩黄的小雀雀,有时也用竹筛做陷阱捕捉它们。大人们的默许鼓励了我们的行动。上屋顶掏鸟窝是有一定危险的,失足跌落或在鸟窝中与贪食鸟蛋的花皮蛇相遇,都是很可怕的事。用筛子捕鸟既可靠又安全便没人干涉了,所以捕鸟成了我们童年经常做的游戏。有一年村里有个人生病了,找了个医生开了些草药,须用麻雀肉做药引。他无力捕那么多麻雀便四处打听收购,他发出了用一角钱收购一只麻雀的消息。村里的小孩开始制作打鸟的弹弓和其他捕鸟的工具,开始大规模捕鸟。

  一则为赚一点零花钱,二则也出于贪玩的天性,那一段时间捕鸟成了每天温习的功课。我们找来了筛子、绳子、三角杈、秕糠。首先将秕糠撒在院中将筛子扣在上面,用三角杈将筛子一角顶起。把绳子一头拴在三角杈上,另一头一直拉到窑洞里。做好这些就藏在窑洞里将门半掩,通过小缝观察外面的动静。麻雀见院子里没人就大着胆子飞到筛子下面抢食秕糠,在这只抢食队伍中还有鸡们。当我们看到筛子下聚集了不少麻雀时便猛地将绳子一拉,筛子哗啦一声便扣在地上。筛子下面顿时乱成一锅粥,求救鸣叫的是鸟,挣命撞击相互争啄的是鸡。在狭小的空间里麻雀、鸡乱冲乱撞。我们拿了布单子打开门冲出窑洞,飞跑过去将布单蒙在筛子上。当布单子的四角被紧紧压住后,我小心翼翼地将胳膊伸入单子里,慢慢将筛子掀起一个小角。有鸟雀如鼠,飞快逃出筛子在布单里稀里糊涂乱撞。我的手顺着鸟雀飞撞的地方一抓,一只鸟便被抓住了。慢慢将拼命挣扎的鸟拿出来,叫小伙伴用绳子绑了脚或翅膀,麻雀便无法飞走由着我们牵着玩了。有时会摸出鸡来,它们的劲很大会掀起布单子将剩下的小鸟放跑。

  用筛子捕鸟最多一次可捉到五六只。当然也有捕空的时候。关键是要把握好拉绳子的时间,拉得早鸟雀们还没跑到筛子下面;拉得太迟,雀们已饱食而去。

  鸡、猫经常会出来搅局。它们的出现往往会使一场完美的捕鸟瞬间成为泡影。特别是奶奶家里养的那只老猫，它平时总是慵懒地卧在暖和的炕头，蜷曲着身子呼呼大睡。有时看到我们支下筛子捕鸟就飞快跑出窑洞，躲在不远处的柴草堆边准备着逮麻雀。它也曾得过手，用它风驰电掣的速度逮住过一两只麻雀。麻雀们一看到它都躲得远远的，害得我们空守时光。

　　用筛子我们每天都能捕到好些麻雀。我们用麻雀换来了角币，买了铅笔、橡皮、糖果、小玩具，麻雀们让我们变得"富裕"。那个骨瘦如柴的男子吃了我们提供的麻雀后身体一度迅速肥胖起来，惨白的脸也有了少许红润。我们也开始相信麻雀是大补的神鸟，并打算也吃一些看看它会给我们幼小的身体带来怎样的惊喜。但时隔不久却听说那人死了，怎么死的谁也说不清楚，但传言他可能是吃了太多的麻雀，给雀们的魂索去了性命。我们不敢去吃麻雀，也厌倦了捕鸟。捕鸟用的筛子、三角杈被永久搁置了起来。

　　　　　　2012年5月发表于《延安文学》第5期

钻地洞

我被卡住了,在黑暗幽深的洞穴中。手电光越来越暗,前边狭窄的通道在幽暗的灯下显得诡异莫测。那个孔洞不知会通往何处,也不知会有怎样的危险埋伏在里面,我开始胡思乱想。后面距离出口很远,山洞不断收缩向我逼来。我感到胸闷,快喘不过气来了。我努力挣扎,但却动弹不得。前面黝黑的洞里似乎有一些可怕的东西正在蠕动着向我爬来。我一惊大叫了一声,腿猛蹬了几下忽然醒来。我摸了摸头上的汗,原来是场梦。此时还是深夜,但这可怕的梦惊醒了我,醒来后我拉亮了灯坐起便再也睡不着。近日里和伙伴们钻地洞的种种,便一幕幕又出现在我的眼前。

在猎奇与探险的双重引诱下,我和几个同龄的小孩组织起了钻洞探险队,我们给起了个名叫"钻地洞敢死队"。平日要上课,我们只能在周末或假期实施我们的探险计划。我们准备了火柴、蜡烛、手电筒、弹弓、红缨枪,四处找寻山洞然后钻洞探险。现在想来那举动不仅危险而且疯狂。石洞中会遇到蛇或野兽,土洞会在经常的地壳运动中松软、变形,或突然坍塌。这些可怕而潜在的危险,已超出了我们的认知范围。我们幼小的脑袋全被猎奇探险占据还不懂得危险,所以对地洞并不惧怕。这也正应了无知者无畏这句老话。

我们第一次钻的洞是县医院当年用来备战挖的地洞。地洞在一排低矮的平房后面,上面盖了一块破木板,平时很少有人注意。打开木板是一个两米多深的坑道,地洞就在坑道下面。洞很狭窄也不深,约20多米的样子,我们钻了几次搞得灰头土脸被长辈骂了一通便对那个地洞失去了兴趣。

我们开始计划着钻炮楼山上的山洞。炮楼山紧挨着小镇的东面,南北走向，山势高大雄伟。早些年为了躲避战乱，当地百姓在山上修了不少山洞。那些形态各异的山洞规模最大的在山的正中间。据说那洞一共有十八层，洞洞相连成为迷宫，据说在大革命时期里面杀过人。有了这样的故事，山洞就变得神秘而可怖，人们称那洞为"十八层地狱"。还听说那里经常有一些奇异的响动，夜间还有鬼魂出现。它的奇特传说让它具有了极高的挑战指数，伙伴们的好奇心、征服欲被充分调动了起来。大伙经过周密部署后决定钻洞探险，我们准备了火柴、蜡烛、电筒、绳子、水、干粮及一些"武器"。

洞口在一个山坳里很隐秘，我们在山上转了好长时间才找到。从一个狭小的洞口进去是一个可容上百人的巨大石窑，窑顶离地有三四米高。石窑地下是厚厚的红沙，窑壁上有人凿下的石坎及烟火熏过的痕迹。我们猜想这里曾经住过人，一个伙伴说："估计会有财宝埋在其中。"这让大伙都兴奋异常。

石窑左右各有一个一人多高的小洞，我们先从左首的洞往里走。很快进入一个漆黑

童年钻过的地洞现在看来依然险要

的石窑没路了，我们便折回来从右首的洞中进入。洞里很黑很冷，洞弯弯曲曲斜向下伸去。我们担心碰上野猪之类的东西，拿着长棍、柴刀，借着忽明忽暗的烛光小心翼翼往里走。我在书上看到说烛光具有测试氧气的功效，一旦烛光熄灭，说明洞中缺氧我们就快速退出以防不测。我们慢慢往里走，都挨得很近，紧张地注视着烛光的变化及前面很可能出现的突发情况。幽静的洞中除了杂乱的脚步声就是喘气声。顺着石洞走了约几分钟后便有了亮光，我们看到了一个石室。石室壁上有洞，有光从洞里射进来，石窑显得很亮堂。脚下成了石台阶，顺着台阶下去便到了石室里。在石室我们看清楚了共有两个洞。一个在左首边黑幽幽通向大山深处，另一个在石壁上，太阳光就是从那

照进来的。我们爬到那个有光的洞口往外看,志丹小城便映入眼帘。外面全是光滑的石壁出不去。我们在石窟四处搜寻一番,除了几根破木棍,便啥也没有了。我们

石洞下面是高高的悬崖

开始从左首的洞继续深入,还是一路往下,斜斜转了个半圆眼前突然大亮,一转弯出现了一个巨大的山洞。山洞的石壁上有三个很大的口,阳光从那直射进来,从那儿可以看到对面翠绿的山。那三个洞口离地面不高,我们走过去探着身子往外看,看见这三个洞口依然开在半山腰。我依稀记得经常能看到山上有三个连着的黑洞,我想就应该是这儿了。在这儿可看到窄小的城市、狭长、闪着银光的河流,对面一座座大山。正在我看得入神,突然听到有人喊:"蛇!"我吓了一跳,顺着人喊的地方望去,发现石窟右角围的几个人在快速散开。我忙跑过去,看到一条纤细的小蛇。小蛇呈褐绿色,细长的身子两侧布满暗红色的斑纹。胆大的虎子已用木棍压住了它的头迭声喊叫:"快拿个瓶子来!"他边说边努力控制着蛇头。有人给他递了一个空酒瓶,他便把酒瓶口套在蛇头上,他将木棍一松,蛇便飞快钻入了瓶中。他用木棍削了个木塞,把瓶子用木塞塞住,威武地将瓶子拿在手中,那只蛇在瓶中扭动着缩成一团。我们都为虎子的勇敢叫好。

逮了条蛇大家探险的兴趣更浓了,开始继续钻入石窟里的一个黑暗小洞。洞还是往下的,走了约300多米成了断崖。断崖下面是一个大山洞,我们在大山洞的顶部,离下面约有一丈多高的距离。下面的石洞中堆放着一些木

料,靠着我们这面的石壁上有一排石坎。我想顺石坎应该能走到下面。几个人正在犹豫到底要不要下去,突然听到一阵低沉的咆哮声从洞下面传来。那声音像是一条狗发出的。为防不测,我们小心翼翼地退了出来,离开了山洞。

过几日我们再去那儿时,没有发现狗也没有看到堆放整齐的木料,便顺利地爬完了所有的地方。不久听说那儿出了事,一个人将偷来的木料藏在那儿被公安找着了。木料被没收人判了刑,那地方也被封住。

那几年钻了好多洞,但随着年龄的增长大都记忆模糊了。现在仍能清楚记得的只有志丹陵的那个山洞。那是一个土洞,据说是在战乱时修的。因年代久远,洞口有许多巨大的裂痕。但出于好奇我还是不顾大伙的劝告,带了几个人进入了那里。

洞幽暗潮湿,手中微弱的烛光忽明忽暗,只能照出眼前的一小片地方。前面有什么根本无法得知。越往里,空气似乎越少,开始发闷,有些喘不过气。并且里面开始变得低矮,我们只能爬着慢慢往前行。爬着爬着忽然听到里面有人在叹息,像是一个老人,有气无力的。我小时特别相信鬼魅,猜想可能碰上鬼魅了。我的心开始慌起来,悄声告诉后面的人里边有"东西",赶快往外退。大伙听见我的声音不对劲瞬间气氛变得紧张起来,场面有些乱。可能是我们的身体碰撞引起了山洞的震动,洞顶上开始往下掉土块。"快退,要塌了!"我紧张地呼叫着,一边快速往外退,但后面的人堵在那影响了我的速度。洞中尘土飞扬,刺鼻的尘土使我快要窒息了。因为张口呼喊,我的口中充满了尘土。我闭住气坚持着往后退,后退——那每一秒都似乎十分漫长。费了好大的劲我们才退到了洞口。到外面看见大伙都一个个面如土灰睁着惊恐的眼睛互相张望,每个人似乎都是刚刚出土的文物,从头到脚沾满了泥土,只有一双转动的眼睛才能让人看出是个活物。那梦魇般的探险让我产生了后怕,从此开始做噩梦,好几次梦到被困在黑暗的洞穴中呼吸不畅,生命垂危。从那以后便再也不去钻那些危险而可怕的山洞了,我童年钻山洞的时光从此结束。

孩子们在玩骑木马游戏

一条裤子的重量

乡村的夜空是被清水漂洗过的,自从我见了几次城市浑浊而晦淡的夜空后便有了这样的感觉。乡村的孩子是灰褐褴褛的,自从我认识了住在城里的堂哥后便有了这样的想法。看来哪里都不完美,有山有水的乡村看不到楼房,能穿上好衣裳的地方却没有好空气。我想与其衣着整洁地住在空气污秽的县城,还不如衣服褴褛地奔跑在山村。我的乡村依山傍水安静美丽,特别是那亮晶晶的夜空群星闪耀,总是令我浮想联翩。

当太阳向西山隐去天空转暗,长庚星便在天空显现出来。不久火星像颗耀眼的红宝石慢慢亮起来,天狼星出现后不久北斗七星便现出它的勺把。随着天越来越暗,天上的星星越来越多,在天空现出了一条由星星组成的光带,那就是银河。有时天空有云朵,星星会在云缝间玩捉迷藏,时隐时现让人捉摸不定。那成千上万颗星星,按自己的轨迹在不停旋转游走,喧闹而不凌乱。月亮有时明晃晃大如银轮,有时又似一钩纤细的弯刀。它点亮夜色,收割青春与寂寞。满月时天宇一片皓色,许多星星就会躲起来,我们费很大劲也找不到几颗。

小时候我特别爱动,是那种不太省心的孩子。除了看星星,睡觉能安静下来,平时没一刻闲的时候。因此也给家人、邻里制造出了无数的烦恼与麻烦。那些缺口的墙角,四处乱搁的柳筐、板凳,撒了满地的土豆,被摔破的粗瓷老碗,都在倾诉着我的好动与顽劣。

已是腊月时节,家家户户都在忙碌着准备年夜饭。卤水幽幽的苦味,软米淡淡的甜味,炸油糕的清香,杀猪羊的腥膻味在乡村弥漫。准备一顿丰盛的宴

席，似乎成了乡亲们过年最重要的事情。父亲是乡村唯一的医生，整日四处奔波，为那些身患病痛的人诊询救治。母亲白天忙着准备过年的东西，晚上还要抽空为我和小弟缝制新衣。他们为了家庭活得辛苦而匆碌。

我少不更事，整日和村上的小伙伴们聚在一起玩闹。小孩子游戏的节目很多，有时会在山野中探险猎奇，有时会在谷场上打毛猴，滚铁环。也有时会去钻山洞，挖山雀窝或者打土仗。每次回家浑身上下没一处是干净的，土头土脸，土衣裳。这也经常遭到大人的漫骂，教训。

第二日就要过年了，母亲把我和弟弟叫到身边进行了反复地斥训并提出了严厉的要求：不准上山、不准钻洞、不准在土坑中爬行、不准掏鸟窝、不准爬墙头。我们一一点头答应。她拿出缝制好的新衣服让我们换上。一件土灰色的中山装，一条灰褐色的长裤。虽然我不喜欢这些灰不拉唧的颜色，但它总是一身穿上干净且整齐的新衣服。它让我看上去像个干净而拘谨的城里人。

遵守了母亲的那些规定似乎啥都玩不成了，我愁眉苦脸托着下巴坐在门口发呆。忽然跑来几个小伙伴抱着冰车车（溜冰的工具）约我去溜冰。这个运动可是在"规定"之外，我高兴得要跳起来了。我们躲开那些匆碌的大人，溜出村子直奔西河谷。河谷中的水已被冻成了坚硬的冰，似一条银飘带在河谷中蜿蜒。我们找了一处比较开阔的冰面，一人拿着一个冰车车开始在冰上玩乐。我们游戏的花样很多：一字排开向终点目标冲刺，比速度装备；围成圆圈一人在圈中表演，比花样技巧；分成两队互相碰撞，比协作力量。

冰面凹凸不平，在滑行中稍不留意就会失去平衡，摔个人仰车翻，四脚朝天。一帮摔碰惯了的孩子有着别样的勇敢与坚强，就是偶尔摔破了手脚，用布条一缠照样玩。玩碰碰车，花样划冰，推火车……吵闹嬉笑声不绝于耳。正当大伙玩得忘乎所以时，突然听到了哭声，我们急忙向那里赶过去，原来是一个伙伴不小心掉到冰窟窿里了。我看到他半个身子浸在水里双手举着，一边大哭一边喊着他的冰车车。他的冰车车在水面晃了一下，便被水冲入了冰窟窿。情势危急，我快速划动冰车赶到他身边准备将他拉上来。但还没等我靠近，他周围的冰整个塌下去，我坐在冰车上直接划入水中。冰车车在水中翻了，我掉到水里。水不深，只没过了大腿，但冰冷刺骨。我落水后不忘保护冰车车，先将冰车从水里捞出扔到远处的冰上，然后咬着牙蹚着冰冷的河水将小伙伴拉着爬上冰面。

我们的衣服全湿透了，感觉似掉到冰窖里，冷风一吹似有无数针扎向自己。我浑身打颤，两腿发软迈不开脚步。恰好看到不远处有一个石洞，就让朋友扶着我们躲进石洞。几个伙伴找来了树枝、木棒打起了火。大伙说要把衣服烤干才能回去，不然会被责骂的。我觉得有道理，便将新衣服脱下来，我拿着上衣烤，两个伙伴帮忙给我烤湿裤子。我手中的衣服和身上的棉裤在火的作用下开始冒出热气，我感觉热量一点点又回到我的身体。

现在回想起来，烤衣服是我做得最错误的一个决定。衣服是家里存下来仅有的料子（化纤物）做成的，我当时并不知道穿上顺溜平滑的料子，见不得火。我们拿着衣服在火堆边烤，烤着烤着就发现平整的裤子鼓起来了一个又一个皱巴巴的包。并且包越来越硬，无论怎么拧都下不去了。错误是会蔓延扩展的，一个错误的决定会导致更多错误的发生。当我看到裤子没法变平整后，便和伙伴要了一把小刀将鼓起的地方一整片割了去。一条裤子从裤脚到膝盖没了。

做了错事的我们垂头丧气地望着日落西山，望着月上柳梢头。待天大黑后我们才偷偷溜回家。还没等我将旧裤子换上，母亲已发现了我的"罪恶"。

父母一起对我进行了最严厉的教训与批斗。开始母亲只是对我进行指责与批判,但发展到后来,她越说越生气,开始对父亲及整个家庭进行批判与诅咒。她将我的错误放大,归结为家族的顽疾与缺陷。母亲在批判中开始痛哭,开始控诉命运的不济,生存的苦难。小弟弟被吓得哭个不停,过年的欢乐团圆因我成了伤痛与心的背离。

批斗结束后已是深夜。我们都默不作声,草草吃过饭后悄无声息地睡去。我在懊悔与伤心中翻来覆去睡不踏实,迷迷糊糊时醒时睡。每次醒来都看到灯亮着,母亲坐在灯边,后来似乎听到缝纫机的旋转声,一些零星的鞭炮声。

待我再次醒来天已大亮。想起昨天的事我心里老是惴惴不安,猫在被子里装睡。"快起来吃饭了,天都大亮了!"母亲轻声说道。当我确信她不会再发疯似的骂我,便爬起来。穿衣服时发现我的旧裤子不见了,枕头边搁着一条崭新的黑条绒裤子。"你一定要争气,这是家里仅有的一块布料了。"母亲叹息着,父亲皱着眉头一言不发。我起来,穿裤子时感觉裤子又硬又沉,几次没穿上。"慢点穿,别撑破了!"母亲嗔怪着。我偷眼看母亲,见她眼睛红肿,脸有些灰褐,心中忽就有了一丝伤感。鼻子一酸眼泪便不由自主地出来了,我怕母亲看见忙扭过头去。

我真该省省事了,为了父母,更为这个贫困艰难的家庭,我暗暗下着决心。下炕吃饭,腿上似灌了铅举步艰难。每走一步,都能感觉到裤子的重量。这是一条什么样的裤子呀,怎么如此沉重。我想了很长时间都没有想明白,我的童年怎么会有这样一条奇怪的裤子,色如铁且沉重似铁。

2013年2月26日于延安南门坡
2013年7月发表于《延安日报》

红果树下是狗狗的小屋子

欢欢

　　一只褐黄色的狗在沟谷与一匹强壮的苍狼相遇,在面对比它大许多的狼时,狗没有退缩,猛扑上去与狼展开了生死搏斗。它凭借着勇猛与力量将狼活活咬死,站在旷野发出威武的吠叫,那就是我的欢欢。

　　它刚从邻村捉来时浑身滚圆,毛色褐黄,毛茸茸的像个线团,特别可爱。家里人都喜欢逗它。它似乎更喜欢小孩,整天跟在我们后边疯玩疯跑。在乡村没有动物是不可思议的。牛、马、驴、骡子都是很好的劳动力,鸡、鸭是小银行,猫、狗则是路不拾遗、夜不闭户的卫士。

　　欢欢刚到我家时像一个初嫁的小女子,又害羞又认生。整日趴在墙角,谁一逗它,它便如临大敌吓得浑身发抖,我们看它整日窝在墙角都觉得它怪可怜的。随着我们慢慢相处它的胆子开始大起来,在它埋头觅食时我们抚摸它的脊背,它还会摇摇尾巴以表感谢。我们逗它,它也开始顽皮地奔跳。

　　爷爷虽然年纪大了,但常年的劳作,使他的身子骨锻炼得硬朗而敏捷。他亲手用沙石垒了个窝,在窝里放了些干草,欢欢便有了一个像样的住所。它住得快乐、悠闲。每天早晨天微亮,它就待不住了,走出它的小窝,在崄畔、小院游荡。我起来,他便跟在我身边一边跑着,一边兴奋地吠叫。欢欢很聪明,我不断培养它做一些有难度的游戏。我常将鞋脱下扔出去让它叼回来,或藏一个东西让它找,我们对这样的游戏乐此不疲。

　　三个月后它便懂得了守护院落。天一抹黑它就蹲在柴草边竖起两只小耳朵机敏地倾听着院子里出现的细微声响。一旦有风吹草动它马上警觉,冲着黑夜汪汪直叫,显得特别威风尽责。

　　乡村有干不完的农活,有时一忙起来家里人都出门劳作去了,家里只留下欢欢看门。它便尽职尽责地行使起主人的权力来。熟人来时会客气地摇尾巴欢迎,生人到访它会汪汪地咬上几口发出警告。对那些不顾劝阻强行闯入院中的人它会动真格儿,马上变得非常凶,龇着牙冲上去狂咬。小偷小摸是不

时光·童年

71

敢进入院子的。

　　村户大都住得分散,有时晚上长辈会派些任务让我出去办。外面黑灯瞎火的一个人不敢去,便叫一声欢欢,它马上就跑过来。路上有个强健的伴,我胆子便大了许多。它很通人性,晚上总是不远不近跟在我身边,有时碰上难走的路它会跑在前面引路。晚上也是狐狸到村子里活动最频繁的时候,它们在夜色的掩护下偷偷溜进村里偷鸡吃。偶尔撞上,我早已吓得浑身发软,不知所措。欢欢则表现得很勇猛,它猛扑上去撕咬,狐狸落荒而逃。欢欢一直将狐狸追出老远才跑回来。

　　一年后欢欢已长得高大威猛,它凭借着壮硕的体魄与威猛,很快便将村里其他家的狗征服了,有它在的地方其他狗是不敢随便吠叫的。一日我去二伯家借农具却偏偏出了意外,刚到门口便被冲出的一条大白狗吓住,那条狗身体壮硕十分凶悍,是二伯花了高价新买的。它一见我便龇着牙冲上来,我紧张得不知所措,这时欢欢冲过去与它一番撕咬。二伯听到撕咬从窑洞跑出来用木棍将狗打散,他找了一条绳子把白狗拴住。二伯说幸亏有欢欢,不然就被狗咬了。他买来是防狐狸的,没想到这个狗见人就咬,已有两个人被咬伤了。我惊出了一身冷汗,对欢欢的勇猛即佩服又感激。因了欢欢的救援我对它更加喜欢了。但好景不长,欢欢却出事了,真是好狗命不长。

　　一日午后欢欢突然从外面回来,冲院子猛叫了几声便跑了,这是从未有过的事。家里人忙跑出去看,欢欢发狂似的顺着河谷跑去。"肯定出事了,快去看!"爷爷说。

　　我们顺河谷追了出去,跑了二里多地才追上。河滩边倒着一匹狼,狼浑身是血已死了。不远处是欢欢,也倒在地上,口鼻还在往外流血。啊,狼?我想欢欢一定是狼咬死的。我急得哭起来。小叔他们仔细检查了狼和欢欢后断定,狼是欢欢咬死的,但欢欢不是被狼咬死的,是中毒而死的。小叔说它应该是咬死狼之后在回村的路上误食了毒药,它可能是知道自己活不了了来给我们报信的。真是一条好狗啊!可惜……

　　我的玩伴与守护神突然离我而去,让我伤心了好长时间。欢欢虽不是战死的,我却一直认为它是个英雄,它的忠诚、勇猛、机灵让我永生难忘。

2011年发表于《延安文学》第2期

我吃茶

室内古木清几绿芽飘香，窗外青瓦飞檐古色古香。

茶　境

　　笠荫歇，茶去渴，是一是二，我佛无说。佛不说，我亦无语。
　　这个烦躁的世界，无语清凉。
　　回到家倒头便睡，刚入梦就被人叫醒，迷迷糊糊穿街过巷终到一屋。门一开便觉鸟鸣于西窗，翠艳于厅堂，间或有泉溪汩汩流淌。顿觉耳目一亮，神清气爽。
　　快步趋入，早有屋主人笑迎而来。原来是故友新置家舍。在喧杂的小城能有如此清丽雅致佳地令人称奇。听友说因思慕郊外山野之青翠，幽谷清泉之流漾，于是在置新家时，将郊野山石搬了来，在客厅琢制堆放成小山幽谷。山上遍植苔藓，花草藤木，山下置水池环绕。水中放养泥鳅、蝌蚪、乌龟、贝壳。用一小型水泵每三时将水抽于山顶，水流顺山石花草流过幽谷入池中。不多日山上花草日渐葱郁，房中已有幽谷深涧之气。
　　友之客厅宏阔足有百十平方米。顺眼望去，便见一座小山立于客厅正中，直达屋顶。细看时才发现原来是客厅的一根顶梁柱，被屋主巧妙利用置成小山水景。山石错落有致，上覆满青苔小草。有无名野花独自开放，虬枝小树迎风摇曳。有山雀、八哥见人不避不羞，自顾飞鸣。山底是一水潭，潭中铺满了水锈石、鹅卵石、河沙。水清冽，中有尺把长的红脊鲤鱼悠闲戏水，碗大的乌龟缓慢游移。石隙里有蝌蚪、虾虫嬉戏。
　　池边设一榻榻米，上铺竹席。一巨型茶海置于床榻中央，四围是六七个草蒲团。已有一些人围坐在茶海边，品饮畅谈。友人拿出陈年老普，用小刀小心撬下几小块放入紫砂壶中，倒满热水后把壶盖住，又用热水将壶浇湿，一缕缕温热的雾气便从壶上升腾而起。待雾气散尽将壶中茶汤依次倒入一个个莹澈如玉的小杯。茶汤色艳如红酒,品之口味醇厚,先苦而后甘。

日常饮品或酒、或茶、或咖啡各有特性。酒太烈,饮之或痴或醉,皆非平常心境,平淡人生;咖啡味单薄一次冲泡便完结了;唯茶味浓淡适宜,且时时热水泡解,韵味浮而不薄,先苦而后甘,充满禅的辩证,因此我最喜饮茶。

友人好客,在闲聊中时有朋友造访。来者落座品茗,共同唱和。忙者,徐次起身,各复征途。午后的阳光在壁橱上缓缓移动,轻柔而安静。

茶者,曰品。心急气躁者大口豪饮谓之灌牛,此等饮法心不静身亦不静。心粗识浅者随手拿来便喝,如猪八戒吃人参果不知就里,谓之凡夫之饮,不足可取。心灵塞滞,盲目而喝者不懂品饮之程式、次序、韵味,谓之愚夫之饮也。这些都不得饮茶之法,非我所好。

文友的茶舍

茗者,须心静、须灵悟、须淡薄。品者,须意趣、须妙味、须佳境也。此种消受皆是心的法门,言传滞塞意会成妙。我常想,人生苦多而乐少,能在陈陋中寻得灵地,在躁动中寻得一静室,实为一大福、大悟、大德也。

于午后柔软的阳光中,与几位佳友静坐于床榻,闲聊品茗心中充满对幸福人生的自得。雅室之妙在于能时常于平寂中炼化心之虚火,养怡性之平和。淡定人生,通透宇宙之妙境,是德也,是福也!

2010年12月发表于《韩江》

紫苑茶香

　　古筝的声音是从走道传来的,旋律舒缓气韵深厚,伴着淅淅沥沥的雨声有一种别样的淡定与闲适。我离开酒店大厅转过一个曲折的过道看见一个门厅,门厅边是一家茶叶店。店的四围全都是高高的货架,架子上摆满了各种装茶叶的瓶子、盒子。一间并不宽敞的屋子中间置一巨大的根雕茶海,几个人围坐品茗。茶海左边放一条桌,一个眉目清秀的女子坐桌后拨弄着一把古筝。她轻抹慢挑弹得非常投入,幽咽的琴声中有乡愁的味道。好古雅的茶店,我心中暗暗赞叹。正欲抬步进入,突然朋友赶过来,有事要我帮忙,无奈只能匆匆离开了。

　　和朋友在外边办完事,匆忙赶回酒店天已很晚,经过那个茶叶店时看到它已打烊。我们是在旅行团的安排下偶尔住在这个酒店的,明天下午就要离开赶往福州,我想与那个茶店可能无缘了。这样琢磨着心中不免就生出些遗憾。

　　第二天,我随团友一早出发顺着岩茶生长的沟谷一路前行。天时晴时雨,我们在晴雨交变的野外跋山涉水找寻武夷山的大美,待回到酒店已是下午时分。朋友说武夷山活动行程全部结束了,在这里吃过饭就乘车去福州。真是太累了,我们可以在这休息一会儿! 我看了一下表,离吃饭还有两个多小时,我想那个茶店应该开着,便拉了朋友穿过走道赶去门厅。

　　茶店果然开着,女主人正在清洗茶具,见我们便热情地招呼我们在茶海边坐下。她也不问我们的来意,而是很娴熟地给我们泡了壶武夷名茶大红袍。古色古香的根雕茶海上面摆着一大一小两把紫砂壶,几个洁白如玉的功夫小杯，一小盆翠生生的蕨类植物。茶海旁边是一张条桌，上面放着一把古筝，旁边是一个赭褐色的紫砂熏炉，有烟雾从熏炉里袅袅而出。

　　红褐色的茶汤在白玉般的小杯中显得清澈透亮，滚热的茶香带着山岩的气息丝丝缕缕在房间游荡。学着女主人的样子，我双手拿起小杯放在鼻尖嗅了嗅，一股清甜的山野之气直入肺腑。轻啜一口，微苦微涩，苦涩中略带点山花的香甜。待一杯下肚，便有一股甘洌在喉间升起。

　　当得知我们是第一次到武夷山时，她热情地给我们介绍起了武夷山茶。武夷山的茶按品种可分为白茶、绿茶、红茶、岩茶。而岩茶是武夷山的主要茶叶，它可根据生长地的不同分为岩茶、涧茶、田茶等，不同地方生长的茶叶品质与口感是不一样的。

　　我问她能喝到老树上的大红袍茶吗？她笑了，据说以前九龙窠山岩的那几棵茶树上采的茶叶都是由专人直接送进中南海给毛主席了。后来为了保护那几株老树，政府已禁止在那儿采摘茶叶。现在能喝到的都是通过那几株老树枝条繁育的二三代茶树的茶叶。为了弥补这个缺憾，武夷山茶叶研究所开发出了一档高端茶叶——金骏眉。它的口感韵味可都是一流的。我一时觉得

在武夷山下的酒店与酒店茶阁的女主人一起品茗金骏眉

对武夷山岩茶了解得真是太少了。

我问她可否一睹金骏眉的风采?她大方地说,一看你们就是爱茶之人,就给你们泡一壶尝尝吧!说完她站起来在身边的小柜子中拿出一塑料小包,用手轻轻撕开将茶叶倒入紫砂壶中。那茶叶纤细紧致颜色在赭褐与淡黄之间,有一种清淡的茉莉及蜂蜜的味道。

女子将烧沸的水倒在一个白色的瓷杯里,放了一会儿才将水倒入茶壶中。金骏眉是用早春的第一批嫩芽炒制的,十分娇嫩,所以冲泡时水温不宜太高,一般在80摄氏度左右为宜。女子一边往我们的小杯中倒茶一边介绍着。

茶一入杯中,淡雅的香气便长了翅膀似的四处游荡。我嗅到了早春淡淡野花的清香及山岚的润泽。轻轻拿起茶杯仔细嗅了嗅,有一股类似丁香的浓郁香甜扑鼻而来。我轻啜了一口,唇齿间便被香甜占据,一杯下肚已有满口生津之感。比之云南的滇红、四川的祁红,金骏眉有一种更清新超凡的岩韵让人浮想联翩。

金骏眉初泡味清淡,三泡后韵味才被激发出来。我认为芽茶不耐泡,但这茶在十泡后仍余香绕齿,这让我对芽茶有了全新的认识。在香甜的品茗中我们度过了一段难忘的时光,享受了一段与茶有关的美妙味觉之旅。

时间过得真快,不觉已到了出发的时候,我们对茶店的女子谢了又谢,依依道别。她看我们爱喝岩茶,便给我们赠送了几包她们店里出售的大红袍茶和金骏眉,让我们带回去品尝。我在感动之余也记住了那个美丽博学的女子,那个武夷山脚下深藏于酒店一隅的古雅茶阁。

2011年1月于《红都》

龙井问茶

雨季的江南如一位清丽忧郁的女子，妩媚中隐着淡淡的感伤。她默不作声，躲在纱帘后，那遮遮掩掩的情致，更激起了我垂怜探视的好奇之心。

从苏州、南京一直到杭州都是那若即若离丝丝缕缕、淅淅沥沥的烟雨在我的眼前身后如影相随。千般红艳，万种青翠都在烟雨中迷迷蒙蒙看不真切，却又在心中搁它不下。这对一个北方人来说无疑是一种困缚与煎熬。热辣辣的爱恨，坦直的表白与交流，通透的呈现与展示在这里都见不着了，那美是朦朦胧胧的，爱是遮遮掩掩的。心中忽然想起了陕北的民歌：

"你要拉我的手，

我要亲你的口

拉手手，亲口口

咱二人圪崂崂走。

……"

陕北的高天厚土培养了这种坦直与豪放，这样的直白与火辣在江南恐怕是要遭讪笑指责的吧！想到此自己也不觉哑然失笑。江南与陕北本来就是两个地域生态系统，如何能放一处比较呢？

"雨停了！"有欢快的叫声将我从沉思中拉回。车窗外果然不见了雨雾，太阳的小手柔柔地摸过来，全身有说不出的舒服。大地瞬间格外鲜亮，山川屋舍似刚沐浴而出，树木鲜得流光，小山绿得泛翠。中巴离开杭州向一条沟谷进发。

同游的人听说去茶庄都咕哝埋怨，他们被导游带着购物走怕了，我却认为挺好。杭州是以园林和茶叶而闻名于世的，怎能错过亲历茶园的重要环节?看着满目的青翠忽然想起了风流潇洒的康熙,他七下江南除了江山美人,与茶也结下了不解之缘。他御封的十八棵茶树已是名冠神州,陆羽也是受了江南茶之香醇的诱惑而著《茶经》以飨后人。

车拐入一条小山沟,道路泥泞难行,但远山葱茏风景秀美。沟谷开阔处不时闪出一汪汪清凌凌的小水塘。两面山都不高,约两三百米的小丘陵。山上蓊蓊郁郁长满了树木,树叶在阳光下如翡翠,碧绿可人。那是茶树吗?这样忖度之后问导游,果然是茶树。那漫山遍野的茶园比我想象的宏阔得多。

走了约两个小时,前方依稀出现了一些绿瓦红墙的屋宇。导游说茶庄就要到了,我们将参观茶叶的制作过程,免费品尝龙井茶,大家有兴趣可以带一些回去喝,在自己家里感受江南水乡的别致韵味。如果不想买也没关系,他们是不会勉强的。

车在一家茶庄门口停稳后人们陆续下来,茶庄是一幢仿古建筑,正门额赫然写着"龙井问茶"四个大字。问及龙井与十八棵老茶树,说并不在这里。其解释说这里的茶树是从那十八棵老树插枝培育而来的,味道是一样的好。十八棵茶树培育出满山的新绿很是可疑,但我相信在普通人的口中,同档次的龙井茶味道应差不多吧!

一株树上的叶子要成为一粒茶叶要经过那么多的过程,有着如此多的讲究,这是我没料到的。采摘、晒青、揉制、炒青、杀青、水分、时辰,关于茶叶的制

木屋小阁是休闲品茗的佳地

作讲究竟是如许之多。采摘讲究雨前雨后，露前露后，揉制讲究水分干湿的比例，炒青讲究手法、火候。茶叶的制作过程本身就是一门博大精深的文化。这些严格的工艺、步骤让一片普通的叶子百炼成钢。据说一些特别名贵的茶叶必须是未嫁的少女沐浴后才可以采摘。这纷繁、神奇的制作简直就是一片树叶羽化成仙的过程。从先民们采树叶而食，到一枚叶片经千锤百炼成茶那过程本身就令人心生敬慕。

沏茶小姐眉清目秀，一律丝绸小衫。她用那纤纤小指轻握茶匙在新炒的茶堆中取一匙倒入紫砂壶中，再取小水盂将烧开的热水缓缓注入壶内。稍待片刻，拿起紫砂壶将茶汤倒入茶海，此为洗茶。洗过的茶叶在壶中开始舒展，再冲入热水，等茶叶展开便拿起茶壶，将小茶杯一一注满。那兰花指轻盈地呈上来，杯未到一缕异香早已直冲鼻翼深入肺腑。

杯小茶热不宜速饮，慢慢品来青苦中带点香醇。青苦经唇齿滚入双颊后由舌根滑下在喉咙深处很快泛起一丝幽幽爽甜。品饮的过程似做一道场，那钵儿一鸣，天地顿时安静，有梵音在耳际袅袅。心的花蕊在嘭嘭作响中全部展开，惬意、欢愉从人们脸上泛出。各种滋味已难言表。茶桌边静得出奇，只能听见一些轻轻的叹息与啜饮声。

品完茶后众人纷纷解囊，买了许多茶叶，购物的不快早已被抛至脑后。我也买了一些带回去很郑重地送给朋友，并和好多人谈及那日饮茶的快乐，那日舒展的心翼。江南在我的唇齿间留香。

回到家中烧了热水，急切地用紫砂壶冲泡杭州带回的龙井。看着青绿的茶汤，回味着江南的风韵，握杯细品时却没了那日的香醇，心中不禁惆怅若失。细细想来那日的茶之所以香，可能与那里的水色，那里的沏茶用具，那里的茶的气息，那里的兰花指有关吧！

龙井问茶，问的是一种心境，一种文化，一份清纯的人生际遇。我想，大凡珍贵的东西，都不易得，更不易长期留存，它如一抹异香，瞬间流泻，瞬间消失，幻化。也只有心中才可将之长久的存放吧！

2010年12月发表于《韩江》

武夷山上大红袍

雨像一首抒情的乐曲时断时续。顺着湿漉漉的石台阶我一步步往山的更高处攀行。身边是万丈深渊,身后是汹涌的攀爬人潮,我心中生出了一种挑战自我的紧张与满足感。我的目标是天游峰的顶点,迎面不时有人侧着身往下走,他们显然已在我梦想的高点驻足眺望一番满意而归了。这多像人生,许多人珍如玉宝,梦寐以求的东西,一些人已拥有过并弃如敝屣,人生的旅程没有第一。天游峰位于武夷山景区中部的五曲隐屏峰后,海拔408.8米,它相对于近百平方公里的武夷山来说只是一个很小的山包,但对我来说已是一个足以让我敬畏眩晕的巨人。我一路喘着气向它匍匐而去。耳边响着巨大的轰鸣声,一条飞瀑从天而降,浩荡的水流在岩石上冲撞突进。一阵小风吹过,密集的水雾瞬间模糊了我的眼镜。我停下来,靠在石栏杆上取下眼镜擦拭。远处是一座座秀拔的山峰,在雨的沁润下那漫溢的绿一直向山下漫去。山下是九曲溪,溪水在山的挤压下成了一个大大的S形。溪水清亮油绿一路狂奔而去。

雾是从沟谷生出的。它在山下的草木间游走舒展,在窠子里聚集运动。雾越来越浓,像乳白色的牛奶,在山风的带领下浓雾扶摇而起向山涧流淌扩散,不一会儿几条山谷便淹没在了雾海中。

在山道折了个弯便到达山顶。首先映入眼帘的是一块石上写的"天游峰"三个大字。巨石边是一个卖茶的小摊,摊边立了一块木牌,上面大大写着三个字——大红袍。卖茶的是一个20多岁的女子,女子一身素装肤白目秀。她见我便笑着站起来说:"我们的岩茶是非常有名的,带回去尝尝吧。"大红袍的确是名声在外,凡喝茶的人很少有不知道的。大红袍是武夷岩茶的一

在武夷山观看大红袍茶树

种，导游小吴告诉我武夷岩茶产于武夷山区，最初茶树都生长在山石的岩缝之中。后来试着在山谷间的沙石地上培育种植。武夷岩茶属半发酵茶，制作方法介于绿茶与红茶之间。其主要品种有"大红袍""水仙""白鸡冠""乌龙""肉桂"等，一般以茶树产地、生态、形状或色香味特征取名。因武夷山山奇水秀终年云雾缭绕，环境清幽气候湿润，所以这里产的岩茶具有绿茶之清香，红茶之甘醇，是中国乌龙茶中之极品。应了茶主人的邀请我们便坐在茶摊上喝茶小憩。那紫红的茶叶在水中旋转舒展涨大。一缕浓郁的茶香丝丝缕缕弥漫开来。

　　我想起进山时，经常能看到一丛丛一簇簇的灌木，叶片椭圆鲜绿，后来才知道那就是茶树。据小吴说，武夷山的茶分为窠茶（在山窠里生长的茶）、涧茶（在山谷流水边生长的茶）、洲茶（在旷野路边生长的茶），茶的品质也是相差诸胜。武夷山产茶历史悠久，据史料记载唐代民间就已将其作为馈赠佳品，宋、元时期已被列为"贡品"，元代还在武夷山设立了"焙局""御茶园"。清康熙年间，武夷山茶开始远销西欧、北美和南洋诸国。当时，欧洲人曾把它作为中国茶叶的总称。制作成形的大红袍黑褐色，叶片缩在一起像一段段枯枝，在滚热的水中茶叶一片片舒展成宽阔的叶子。茶叶叶底软亮，叶缘朱红，叶心淡绿带黄。茶汤呈深橙黄色，清澈艳丽。茶性和而不寒，久藏不坏。茶味清香甘醇有深山古韵，让人恍若回到千年的风尘中。

　　"大红袍"是武夷岩茶的代表。传说明代有一上京赴考的举人路过武夷山时突然得病，腹痛难忍。正在危急之时巧遇一和尚，和尚看到他神情痛苦，便带他到武夷天心永乐禅寺。和尚取出寺里存的茶叶泡与他喝,他的腹痛很快止住,过了不久病竟神奇地好了。他考中状元之后,衣锦返乡前来答谢和尚。问及茶叶出处,和尚告诉他说是山石上的茶树。状元听后奔赴山涧绕茶丛三圈,把钦赐的红袍脱下,将其披在茶树上以示感恩,茶树故得"大红袍"之名。目前仅存的大红袍老茶树只有7株,生长在武夷山大峡谷"九龙窠"内。

我顺着沟谷前行,风迎面而来。这是一条受地壳运动断裂而成的深长谷地,幽谷东西走向,两侧山势高耸、山石嶙峋。九座独立的山峰,分南北对峙骈列、环绕四周有如九条巨龙欲腾又伏。峡口矗立着一座浑圆的峰岩,像一颗龙珠居于九龙之间,势如九龙戏珠。谷地中丹崖峭壁,劲松苍翠,修竹高洁,绿意葱茏。九龙窠两侧悬崖峭壁上,长年不断有岩泉滴落,涓涓细流汇成涧水,水流到九龙亭前山谷,形成泉瀑,蔚为壮观。久负盛名的武夷茶王"大红袍"就生长在峡谷最深处的半山崖上。远远望去,7株古朴苍郁的茶树,精神挺拔、枝繁叶茂如7位高傲的仙子飘飘欲飞。

7株茶树俱高不足一丈,但它们却已有340余年的历史。300多年来它们生发荣枯,承载了岩茶的传奇历史。据当地茶农说,早先有一高僧住在这山里,为保护茶树他四处游说此茶树乃神树凡人不可亲近。他在每次采茶时训练猴子,穿上红色坎肩,于焚香祭天后爬绝壁采摘茶叶,一时传为奇事。广东人知道后觉得特别神奇,把这种猴采茶称为"马骝茶"。武夷岩茶也因广东人的传播而远销新马泰。大红袍一直是武夷山的镇山之宝。但长期采摘,这些树已不堪重负。为了保护开发这神奇的茶树,通过科研攻关已通过母树剪枝扦插成功培育出了二三代茶树。2007年7月,在这7株树上共采摘了20克大红袍茶叶。这些茶叶已被国家博物馆珍藏,这也是现代茶叶第一次被藏入国博。此后武夷山便停止了母树大红袍茶叶的采摘制作。目前人们能喝到的大红袍都是这七株母树培育出的新树上采摘来的。

卖茶女子热情,冲泡了久负盛名的大红袍给我们喝。两三杯下肚,一时心头滚热,浑身舒泰。浓浓的茶香中有一种别样的甜在唇齿间冲突游荡,一时惶惑不知身在何处。回望身后一座座山峰在天宇间耸立,山峰下面是云海在翻腾聚集。有阳光从云缝射下生出七彩的光影,雄伟如古佛。

武夷访茶

2010年初夏和一帮文友去武夷山采风。到达武夷山脚已是午后时光,淅淅沥沥的小雨下个不停。团队放了假让自由活动,年长者去闭目养神,年轻人凑一处玩牌。

看四周山脊青翠、街巷苍茫、烟雨迷蒙,我不想闷在房中,便约了两个朋友打算在雨中游历一番。刚走出酒店便见门口停了四五辆有斗篷的人力三轮车,车夫看见我们走过来热情地招揽生意。他们承诺只要一元人民币就可以载着我们转遍小镇,价低得让人有些不敢相信。朋友反复询问确认此话并非玩笑后,租了两辆三轮车载着我们离开酒店。

骑车人问:"去哪儿?"

朋友信口回道:"随便走走。"

一车夫吆喝一声:"走喽!"便带头骑车顺着街巷前行。街上细雨纷纷行人稀少,偶尔会有车辆疾驶而过。街两边店铺林立,尤以卖根雕、古玩、茶叶的店面居多。

微雨中的街巷显得寂寞幽长,清爽潮湿的空气中有一股苦李子的味道。根雕、古玩都是我们的平日所好,带着旅者的新奇与快乐,我们不时下车看根雕古玩。三轮车夫和善地笑着小心翼翼将车子停好,在店门口安静地等候着。我们则是一个店铺一个店铺慢悠悠地闲转,品味观赏。古旧的铜器在幽暗的货架上沉睡,白色的瓷器在经历了漫长时光的打磨后看上去温润可人。那些古老的根在岁月中纠结、盘桓、舒展。每一个根雕都带着它们特有的芳香、力量在那里守望某个偶遇的灵魂:有人是被它们的精雕细刻吸引;有人是被它

在武夷山茶园小憩

们的奇特形状征服；有人却是被它们的香味打动。我们有时也遇到一些心仪的东西，大伙便一起来品评、搞价。

香樟散发着一股类似药的香味，那味道热烈浓郁，古檀的幽香里带着微微的酸，榉木的香味中带着辛辣，沉香的味道有佛国的神秘。闭了眼你仿佛进入了一个奇妙的森林，所有的木雕都是活的，它们的气息无处不在。卖货的人也都不温不火，他们看你对某个物品感兴趣，便会过来慢条斯理地介绍物品的质地、特点、做工，他们似乎并不急于出售那些物品，而是更乐于让你观摩它们了解它们。在这微雨的小镇，一切都是那般恬淡清静。

走出商店，在街边休息的车夫急忙将车子骑到我们跟前。待我们坐稳，车夫拉长了调子吆喝一声"走喽"，便骑着车带我们赶往别处。顺着街巷就这样走走停停，不一会儿便到了街的尽头。三轮车夫说："这里再过去就是茶农住的村子了，不知你们愿不愿意去茶农家喝茶聊天？"因闲着也无事，大伙便欣然同意。

三轮车载着我们向一条小巷拐去。在巷子尽头拐了一个弯，不一会儿便

87

到了一排平房前面。"这里就是茶农住的地方,你们随意转转,回时我们再拉你们。现在也不用付车钱,回去再说。"三轮车夫厚道热情,让人心生感动。

我们走到一户茶农家门口,刚欲开口询问,却见一个中年妇女迎了上来,热情地请我们上她家饮茶。中年妇女个子不高有些微胖,一双小眼睛善良机灵。她的话语热情恳切,我们不便推却和她进了房间。一个大厅子里堆着好几堆茶叶,有两个人正蹲在茶堆间忙着拣拾与分类。靠墙角的地方有一个窄小的楼梯,我们跟着主人顺楼梯走上二楼。楼上是一间大客厅,右首边放着几个大锡皮口袋,一些袋子没扎口,可看见里面装满了茶叶。茶有的是黑长条形、有的呈白散叶形,有的叶片短小翠绿,种类繁多形态各异。茶叶的清香在潮湿的空气里游走。大厅中间摆着一长溜竹质矮桌、小板凳。"这是为来购茶的客人专门准备的,你们随便坐。"中年妇女开始热情地介绍起了她的茶,我们便随意寻了小凳坐下与她谈论各种新鲜的茶事。

她一边与我们聊天一边烧水泡茶。在交谈中我们得知这家男主人姓姜是武夷山的老户,世代以卖茶为生。姜师傅家好几代都是单传,所以家中人丁稀缺,过得比较艰难。女的姓张从外乡嫁过来生一男一女,家中有了旺相加之她

雨后的武夷山青翠欲滴

心灵手巧,日子开始一年年好起来。她主要负责茶叶采摘、制作,她男人则负责联系客户往外推销。顺着窗户我看见房子后院有一块菜地,一个矮胖的男人埋着头顶着淅淅沥沥的小雨正在那里忙活着。后来知道了那个人正是姜师傅。

　　她泡了一壶大红袍,一壶晚甘喉让我们品尝。大红袍味道醇厚,有淡淡咖啡的香味,而晚甘喉为白叶状,茶汤入口回甘特快有一股辛甜。几道茶喝下后身上的寒气消散得无影无踪,感觉精神了许多。当问及她家最好的茶叶时,她说她家目前最好的茶是金骏眉。这茶全是用鲜嫩的芽尖制作而成,一亩茶园只能做几斤茶叶,自然稀少昂贵。

　　听她这样说我们便来了兴趣,要尝她家的金骏眉。她很大方地从一个小锡皮袋中,取了一些茶放入桌上的茶壶里。热水一冲下去便有一缕淡淡的水雾升起,一股类似槐花的甜香瞬间就弥漫开了。茶汤鲜红清亮像陈年的红酒,茶味香醇甘美初入口微涩,继而绵爽甘甜之气从嗓子眼缓缓而出。几个人一时觉得眼目清亮,心旷神怡。

　　她说她家种十几亩茶园,每到春秋两季是最忙的时候,采茶是细活男人靠不上,她家的女人全都上了茶山。有时人手实在太紧张,还要从邻村请一些帮手,赶时间将茶叶采回来。明前的茶是不能等到谷雨的,新采回的茶叶要经过十几道工序的制作才能成为可以喝的成品茶。她家的日子虽过得辛苦清淡,但她男人很疼她,她觉得很幸福。当我向她问起每种茶的价钱时她热情地一一做了介绍,我发现和市面的卖价相比她家的茶都不咋贵。有几种茶,汤色香味都很不错,入口味道纯正耐人寻味。我们依个人爱好一人买了一些茶叶,看看天色不早站起向主人道别,她一边送我们下楼一边热情地请我们有空再到她家做客。

　　出了门果然见三轮车还在那儿等着。看着那些衣衫晦暗、善良纯朴的车夫在微雨的街巷守候,我有一丝莫名的感动。我忽然觉得他们的生活信仰与状态和这里产的岩茶特别的相似。这里的乡民,无论是脚蹬三轮的车夫,还是采茶为生的茶农,都是在用真诚友善酿造着美好的生活。一如这生于悬崖峭壁的岩茶,在坚硬的岩石扎根,在烈日风雨中自由生长,有苦涩有甘甜,充满了无限的韵味。

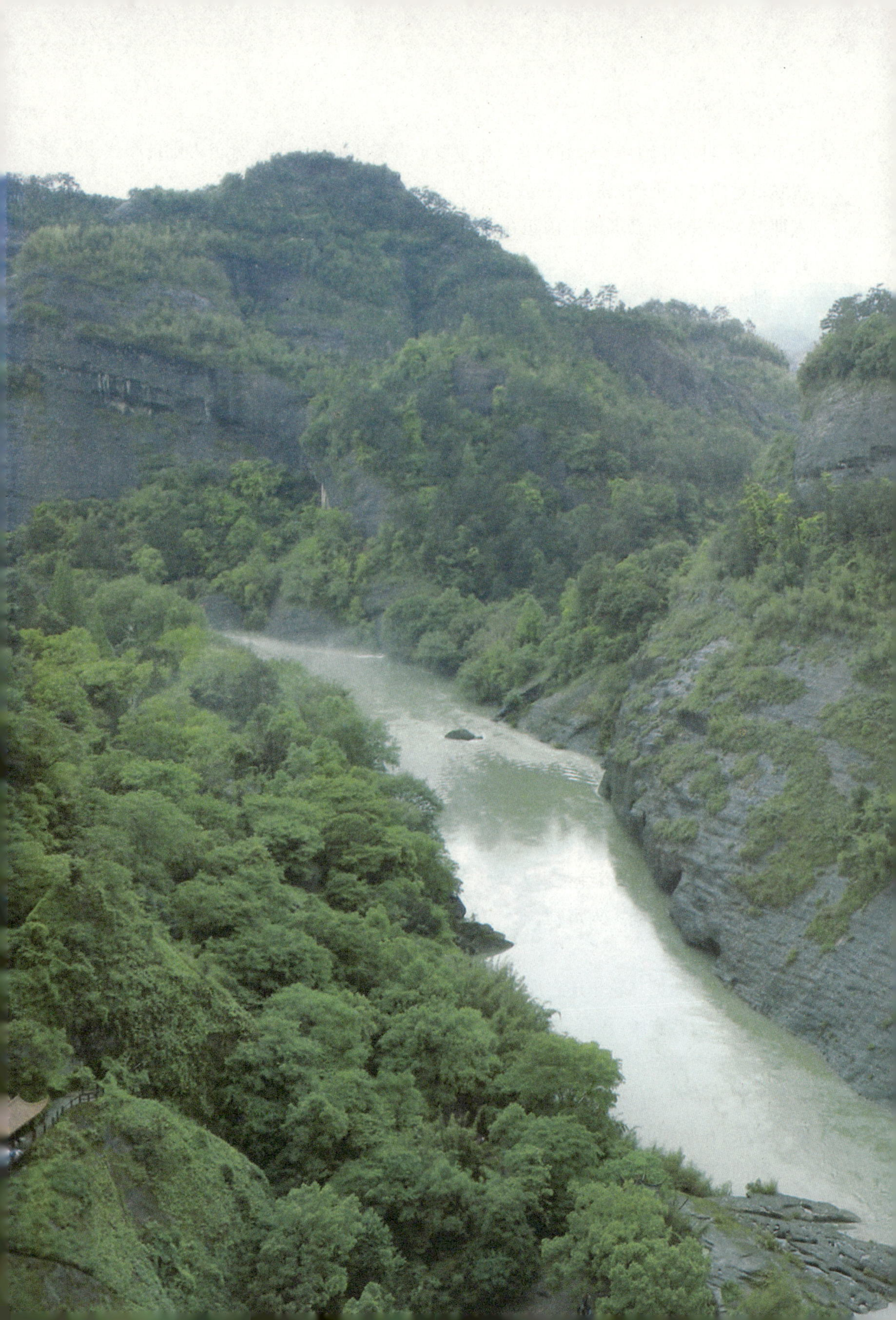

在天游峰看到的九曲溪

紫茗有情

夏日燥热，一觉醒来忽然开始想喝茶，便买了一些花茶冲泡。慢慢地喜欢上了那先苦后甘的清雅。后听朋友说茶要用紫砂壶泡才有味，于是决定买一把紫砂壶。但小镇处地偏僻，交通塞滞，物流匮乏，心愿终不得实现。

一次去西安出差，闲暇之余在解放路瞎逛。忽见一茶店，信步而入，顿觉满眼生绿。形态各异的茶叶被装在一个个大玻璃瓶中，被一排排整齐放置在架子上。架子一角放着十几把紫砂茶壶。那些壶大小不一，颜色丰富，形态各异。看到紫砂壶就想起了朋友的介绍，心中窃喜。顺手拿起那些精雅的壶一一赏观。店家热情好客，逐一介绍壶的名称特性。紫泥如意壶、锻泥龙蛋壶、天青泥束竹壶……我一边看一边问价，不是索价太高就是不合我意终不得成。就在我踌躇之际，店家忽灵机一动说，他柜中收得一小壶或许可入我眼。我点头诺诺。店家俯身在柜中小心翼翼拿出一小盒放于桌上。

看着店家珍视的样子，我想里面的壶应该不错吧！店主慢慢打开盒盖，拿出一个绵纸包来。他一层层将纸解开露出一把紫泥小壶。壶有拳头大小，通体呈圆形。平盖圆肩，壶身略扁。壶流圆润可人、出水爽利，壶把椭圆可容二指伸入。壶为薄胎，提拿轻盈，顺手摸去光润细腻。

我一下子便喜欢上了这把壶。店主说当初他也是一见便看上了,就高价收了来打算自己用的。我央其割爱,言辞恳切。店主忖度良久才同意加一些价给我,并嘱托好好保管。他说啥时玩够可照价送回。我点头称是,拿着小壶如获至宝,为此高兴数日。

回到小镇后将壶冲洗干净开始泡茶。经过水的沁润,壶看上去光亮可人,摸上去柔柔润润的非常舒服。我经常在闲暇之余冲泡一壶茶,将滚热的壶拿在手中摩挲把玩。经过一段时间的使用后小壶越发有了一种别样的韵味,成了我办公桌上的一景。每有客来见案头小壶都爱不释手,赞其造型精美颜色亮丽。

因有了这把小壶,也便买了一些价格不菲的茶叶冲泡,品尝感悟经紫泥润化之后茶汤的微妙变化。在反复比较之后,我觉得比之于玻璃、瓷器,紫砂小壶可激发出茶的原始性味,用其冲泡的茶味道要更醇厚可口一些。于是更是珍宝着它。

物极必反,好事难长。当我万般珍宝它时,它的命运似乎开始变得风云难测。一日被我用玻璃杯碰倒,壶盖倾翻,所幸无损。后被一朋友失手碰倒,摔落于地上,壶盖磕破一块皮。我心疼了好几天。我有一种不好的预感,开始担心它的命运。一日午后沏茶时失手将壶滑落,摔到了坚硬的水泥地板上,紫砂壶发出一声脆响,瞬间粉身碎骨。我呆怔了半天,自责无数次,但已于事无补。自叹与此壶缘分已尽,只能小心翼翼地拾起一块块碎片将其扔入垃圾筐中。我后来悟出一个道理:一些东西越珍贵越容易受损,一些东西你越珍视时,会越快的离你而去。

后来拥有了许多好壶,但时常能让我想起的还是这第一把被摔碎的紫泥小品。我似再没见到那般温润的小紫砂壶。这几成心病。

2010年7月发表于《陕西日报》

猪壶小品

那只猪从脏乱窄小的猪栏飞腾而起抖掉身上的不洁之气,在天宇间养炼幻化,修成正果。它以名人的背景形貌闯入红尘,于是乎在一夜之间关于它的神通、传奇、绯闻便充斥了人们生活的角角落落。它由脏兮兮肉腻腻的凡胎炼化成了一个饕餮嗜睡、神通广大、福泽无边的快乐天使。它蠢笨可爱随和可亲的形象很快迎合了现代人的审美情趣与胃口。人们对其钟爱有加,创造出了许多关于它的传奇,并不断让它可爱动人的故事充实、丰富延展、升华。它有了谐谑有趣的遭际,星光灿烂的享乐,欢天喜地的艳遇。

在众多热心人的合力打造包装之下,猪已成了一个福乐、财富、好运的代表。它的相貌也越发可爱、媚人。媒体的力量是强大的,它让我开始重新审视猪的前世今生,猪的机缘运势。

因喜爱紫砂壶造型古雅,所泡出的茶汤韵味纯正,所以每有外出的机会便喜欢寻紫砂壶店,去观赏一番那颜色丰富、形态各异的紫砂壶。每次总会有一些或多或少感想与体悟。有时偶然会淘得一件心爱之物,总要观赏半日,欢喜好久。那把小猪形紫砂壶是我在延安出差时偶然遇上的。那日出差办完事后在街上闲逛,偶尔看到一家店挂着宜兴紫砂壶的招牌便停下脚步。紫砂壶是江南水乡之物延安市面上并不多见,感觉新奇便拐了进去。店面不大,但东西不少,左右两面靠墙的木架子上摆的全是各式各样的紫砂壶。

老板微胖,待人随和。他说他卖的壶全是从江苏宜兴直接发过来的。他边说边逐一给我介绍起了架子上的各式壶。在一把砖红色的小猪壶前我停下了脚步。壶有拳头大,椭圆形,壶嘴为一只抿着口的猪头,上为宽边圆盖,钮为鹅蛋形,做工精巧。

老板见我感兴趣,便如数家珍地介绍起了壶的用料、做工、造型、气韵。看到那巧妙的构思、精细的做工,我已有些心动。在沉吟间我顺口问这种形状的小猪壶还有吗?他显得有些支吾说:"有倒是有,只是……"我性急,让其速取来我看。其俯身在一柜子中拿出一小盒,打开盒子,一把通体乌黑的小猪壶出现在我的眼前。我接过壶,一种腻滑的感觉由指尖瞬间传遍全身。如此好的泥料与质感令我心头一惊。此壶通体浑圆,整体是一个大猪背小猪的造型。整个壶体做成了一头肥硕的大猪。猪头高高扬起,两只肥大的耳朵垂在两边,猪嘴张开为壶流,猪的眉目刻画细腻。壶把纤细弯曲呈半圆形,好似猪的尾巴。壶钮为一只小猪,作者夸张地进行了变形处理,其肥胖得似一个圆球。小猪头雕琢精致圆润,表情刻画生动带着笑意,有孩童之清纯。乌黑的壶身上泛着隐隐的紫光。设计如此精妙,用料如此考究我已被折服。

我轻轻抚摸着壶,品味着它的气韵及那份细腻润滑的质感,把玩多时不忍释手。店主笑道:"看来你也喜欢上它了,我可是仅此一把收来自己赏玩的。"

我知道此壶为店主所爱,强索必无结果。但我又不忍放弃,寻思着如何开口。我一边逐一观看他店中货架上摆的各式壶一边与他谈养壶,谈收藏。没想到他也是一位紫砂迷,一聊起来话匣子就收不住了。我们由紫砂壶聊到了喝茶,聊到了文学,话语投机似友。我看大家聊得高兴,巧妙地提出欲购小猪壶。他开始不肯,但经不起我的软磨硬泡,最终同意卖给我并且只收进价,这让我在感动之余也感慨万分,除得一壶,又得一友,真是不虚此行呵!拿着小壶如获至宝,高兴了好一阵子。我同时暗暗告诫自己紫砂壶赏玩这条路上学无止境,趣无止境,当谦恭谨慎才好。

小猪茶壶出水爽利,充满情趣。我在品茗之余也慢慢学着开始欣赏它的精妙传神的刻工。我把它放在我家的茶盘上,每有客来看到都要拿着反复看半天,赞叹它的做工、情趣。小猪壶让我的生活平添了别样的快乐与自得,故写文以记。

无事去吃茶

生之道，一张一弛。

日子过得太匆碌了就想偷偷懒，寻一些闲散的时光来让身体舒展一下，让拥挤的心灵透透气。日子太闲散时就会寻些事做，让松散的身心精神一些，充实一点。

随着城市的扩张膨胀，人们的生活节奏也越来越快，许多人都感觉过得累。一些人便开始在匆碌之余，找寻一些可放松身心的事来调节紧绷绷的心弦及疲惫的身体。乐游者去远足，乐山者去登高，乐水者去垂钓。

我性安静对茶情有独钟，常常在闲暇之余喜欢和朋友相邀饮茶聊天。有时喝茶很简单，几人随意找一地方，一人泡一大杯茶叶，随喝随添。有时也搞得挺复杂，用名贵的紫砂壶，精致的功夫小杯依着严格的程式泡茶、闻香品茗。此时品茗近乎成了一种神圣的仪式。

人类饮茶历史久远，经过千百年的探索总结，已形成了一门独特的文化艺术。据史载，远古时人便懂得了茶的制作饮用，懂得通过饮茶来驱病。到宋朝时饮茶之风已很普遍。茶可清心明目，消食化腻，通肠润肺，从古至今一直是人们特别推崇的饮品，也成为人们生活的一部分。特别是一些高寒地区，喝茶已变得和吃饭一样重要，不可或缺。

茶的种类很多，名称更是不胜枚举。但大致可分为绿茶、白茶、红茶、黄茶、黑茶五大类，而这五类茶唯白茶制作最为简单。据介绍，白茶是直接将茶叶从茶树上采下萎凋后便可饮用。而唯黑茶制作最为复杂也最神奇。茶树上的一片叶子成为黑茶要经过杀青、搓捻、干燥、发酵、再干燥等一系列复杂过程。黑茶还要经过反复发酵、陈化后才能成为口感丰富而奇特的好茶。

一片片青翠的树叶子从古老的茶树采摘下来，经过萎凋、杀青、搓捏后凤凰涅槃般有了全新的生命，成了可供人们品饮之茶叶。一款好的黑茶还要经历时光的养炼，岁月的陈化。这样才会青涩渐消，滋味慢慢醇厚起来，气韵也会变得悠长而耐人寻味。

黑茶中有四川安化的三洑砖、云南思茅下关等地产的普洱。它们具有酒的品性，初成时性烈而韵味不足。似人生年少时，血气方刚锋芒毕现。随着时光的推移经过岁月的洗礼，脾气渐平和，躁气内敛而成温润君子。黑茶愈陈愈香，所以一饼黑茶从制作形成到滋味醇厚需要多年的等待与坚守。要喝到好的黑茶是要有机缘与耐得住性子的。黑茶是需要时光的酝酿陈化的，但并不是哪里都能存出一饼好茶来。不同的环境，不同的储存方法对于黑茶来说效果是截然不同的。一饼质地一般的黑茶可能会因很好的储存与陈化，而脱胎换骨变得芳香四溢韵味醇厚。一饼质地优良的黑茶也会因为没有好的贮存，而变得香味索然难以下咽。因此喜欢喝黑茶的人都有自己存放黑茶的偏好。

我想懂得存茶的人总是会在他的生命旅程中充满着对未来的期许与展望。也许这可能仅仅和一饼茶有关，这已足够。他们是懂生活热爱生活，心中充满希望与梦想的人。在许多时候往往是这样的一点希望与梦想，让匆碌埋头

与朋友在茶圣居品茗

赶路之人停下脚步抬头欣赏一会儿身边的美景。也是这些希望点亮了他们的眼眉，让他们有了清灵之气。这种美好也让世界充满光亮，让生命充满温暖。

正因为黑茶是能喝的古董，所以注定了每一饼茶都会有它独特的经历与故事。有的茶从一而终陪伴存茶的人；有的在岁月与时光中几经流转漂泊；当然也有的成了顶门棍，垫角石；也有的腐烂变臭，在时光中灰飞烟灭。

这多么像在时光中匆碌穿行的人啊！生命有它发展的规律性，却又存在着那么多的偶然与变数。正是这些，让人生在某些点上改变了伸展的方向与形状，让生命改变了本性与特质。因此人的种类变得如此繁多而有趣，有了野兽之人，禽兽之人；有了木头之人，植物之人；有了天使之人，魔鬼之人……

光阴之于生命是最珍贵的一种拥有，它对于黑茶有着同样重要的作用。黑茶是需要光阴来成就的，所以存放了三五十年的黑茶是天价的产品。人们将有年头的茶炒得价比黄金，这是光阴赋予它的价值。人们可在品评黑茶中回味那些已逝去的美好时光，感悟时光与岁月沉淀下来的祥和与安静。它的珍贵，它丰厚的韵味成了品茶者所追寻的至高境界。

品饮好茶还需要好的环境，好的茶具才完美。好环境很多：或山野竹林，或松风海边，或草舍柴屋，或宇殿高阁。贵在干净、舒适，贵在自然天成，贵在清静幽雅。在品茗时，最好约三五个心怀梦想的友人。友人需放下矜持，坦诚相待，心平气和，谦恭礼让。

精致茶具不可或缺。若深小杯孟臣壶，更有哥盘仔细铺是一种境界。瓷瓮瓦釜，松风竹海亦是一种境界。没有高下，心情开朗志趣相和最佳。唯自然，唯舒心最妙。

冬日在阳屋，有雪最佳。夏日在高亭，有风则喜。饮茶时一如进入清寂之界，可放下生活杂俗之务，抛却人间烦忧爱憎；可化作一山石静立大地上，听风来风去，看云卷云舒；也可化为一缕香魂徘徊唇齿间，让岁月留香。在品茗中亦可忘却今生来世，唯有茶香袅袅，在淡然中静悟花开处，时光流转。

水色天堂

三边荷花别样红

呼伦贝尔一弘碧翠

是盛夏,你感觉不到暑热,到处都是风的影子。

平坦,辽阔,天蓝得幽静,草绿得晃眼。旷野伸展开巨大的臂膀拥抱天宇。

在这片宏阔浩大的草原上有两个湖泊似两只硕大的眼睛,多情地注视着这方土地及土地上的生灵。它们就是呼伦湖和贝尔湖。草原因湖得名,湖因草原更显美丽生动。

草原是牛羊的故乡,成群结队的牛羊让草原充盈了生机与希望。

玛尼堆像一个个坐标,指示着生命流动的方向。洁白的帐篷一丛丛一簇簇散落在草原上。帐篷不只生长炊烟,还生长欢乐与安康。

帐篷是要走动的,因为牛羊需要新鲜的草场。在季风刮起的清晨,帐篷收起,随着牛群与羊群顺着水草繁茂的方向前行。牧羊犬时而奔跑时而欢跳,它们有时更像主人,让骚动的羊群安静,让混乱的队伍严整。

人们弹着琴弦唱着赞歌。年轻人在倾诉爱情,老者在感叹光阴。小卓玛和她的小山羊却跳起了舞蹈,她们朴拙的举止惹得人们不停地大笑。

为伟大的长生天,为伟大的迁徙,为了展翅高飞的雄鹰,我们要快乐地活着。要让羊群在山坡上肆意吃草,要让马儿在跨下快乐奔跑。

格桑花在睡梦中醒来,她睁开美丽的眸子远眺。雪山上闪着钻石般的光芒,那亮让她感到清澈冰凉。

空旷产生的孤寂要交还给草原、天空。纯真的卓玛甩着小辫站在风中大声地倾诉一个姑娘和一只山羊的梦想。

牛羊走过的地方有美丽的格桑花灿烂绽放。格桑花从春天一直盛开到秋天,草原一直从阴山铺展到天边。

呼伦贝尔草原上有千百个湖泊，珍珠般散落在草原的角角落落。草原上的人们珍爱着它们，每一个湖就是一个美丽的传说。

　　格桑花双手合十开始祈祷：愿伟大的长生天，保佑草原上水草丰茂，牛羊成群；愿伟大的长生天保佑，毡包中的火塘永远燃烧，毡屋中的人们幸福安康；愿伟大的长生天保佑，美丽的邂逅快快到来，相爱的人儿牵手歌唱。

　　马头琴的声音从山丘后面传来。悠扬的词曲时断时续，那优美的曲调似草原在风中歌唱，又似马儿在旷野奔跑。

　　你可知道孤独的人儿有多伤心就有多妩媚，有多善良就有多美丽。

　　走过草原的夏季，我记住了一朵花儿叫格桑，一个姑娘叫卓玛。草原是这样的美啊！我想吸它入肺，我想拥它入怀。在美丽的大草原上愿做一棵安静的小草和它的千百万棵草手拉手，心连心，我更愿交出我们的一切：给苍天、给大地、给牛羊、给帐篷、给湖泊、也给白云。

2011年6月发表于《雪莲》第6期

呼伦湖畔马儿在悠闲地啃食青草

望江楼一日千载

"石牛对石鼓,金银五万五,谁能识得破,买个成都府。"

那两头石牛卧在锦江边的蒿草丛中,风雨流水已将它们剥蚀得残破而斑驳,它们的形貌已模糊不全,只能依稀看出牛的形态。

牛放长叹着说:"这可是一段历史哦!"果然我们在石牛边的一块巨石上找到了一段文字。大意是说石牛是1992年从锦江中打捞出来的,关于它的年代经历待考。

牛是用红砂石雕琢成的。虽说红砂石质地较松软,但要剥蚀成那个样子怎么也得个好几百年吧!世事沧桑,往昔如烟,但历史似乎并不遥远,就在身边横卧的石头上。

望江公园人真多。适逢六一国际儿童节,我看到许多年轻的母亲带着孩子散步嬉戏。天气晴好,阳光明媚。公园到处都是形态各异的竹林,种类繁多的花圃。有粗壮阔大的法桐,更有许多高耸入云的古木。不同的植物错落有致充斥于每一个角落。那是浩瀚的绿色海洋,人却是那浩瀚之中的漂萍与点缀。这是成都给我的感觉,人在自然中呢!

与其说是在游览不如说是在闲散地行走。似乎好久没有这样闲散过了,身边的人也是如我们这般闲散缓慢。这种轻松愉悦的状态在很多城市是找不到的。我觉得成都具有一种神奇的能力,它可以让你脚步放慢、身心放松,在闲适中找寻一份生命的美好与自得。

一路走去满眼全是竹子。嫩得发亮,绿得浓翠。很早就知道四川是竹子的王国,但不曾想过在竹子的家族中会有这么多的种类,这么大的差异:水竹纤细娇嫩已近苇,而巨竹枝干壮硕身形高大似云杉;人面竹形态奇特,似云南少数民族之雕刻;紫竹却与紫罗兰相映生辉。还有毛竹、苦竹、鸡爪竹、绵竹、胡琴竹、麦竹、实心竹……竹子的种类多得难以计算不胜枚举。一丛丛,一簇簇或亭亭玉立,或粗壮矮胖,让人目不暇接。这千万种的形态千万种的绿,应是这些竹子在千万年的生存抗争中为适应自然环境自我选择与进化的结果。竹子把生存抗争的印记深深烙在千奇百怪的形态之中,这每一枝嫩嫩的新竹都蕴含了千百年竹子家族的故事与记忆。我不禁为这种生命的顽强抗争喝起彩来。

成都望江楼公园一日留下深情

以成都地标而著称的望江公园是为一个叫薛涛的女子而建。薛涛是陕西长安人,生于唐德宗年间。从小聪慧过人,八岁能诗。幼年便随父由长安流寓成都。德宗贞元年入乐籍,以歌伎并清客身份出入幕府。因其才情声名倾动一时,与著名诗人元稹、白居易、张籍、刘禹锡、杜牧等人都有喝酬交往。她能书善词,词句秀丽,意境高远,流传下来的诗近百首。她与刘采春、鱼玄机、李冶并称为唐朝四大女诗人。明清两代时,为纪念她而先后在成都市九眼桥、锦江南岸建起崇丽阁、濯锦楼、浣笺亭、五云仙馆和泉香榭等建筑,民国时辟为望江公园。望江楼上刻着她写的《斛石山书事》一诗:"王家山水画图中,意思都卢粉墨容。今日忽登虚境望,步摇冠翠一千峰。"反复品评,诗中有画,意蕴悠远,别有韵味。

薛涛井已封闭,但那穿越历史的清灵之气却吸引着天南海北的人来寻访观瞻。相传当年薛涛用此井水造纸制作花笺。她做的花笺被文人墨客四处传播盛极一时,留下了无数让人心温暖的雅致韵事。正所谓,花笺云影千峰翠,几度相思几度春。它们在千百年岁月的流逝中,不但没有消散反而愈加清晰而熠熠生辉。千年似一日之光阴,伊人就在昨天,在当下。

游乐园，小水塘成了孩子们的天堂。小火车、旋转木马、跳跳床成了喧闹的海洋。一些胆小的孩子在浅水池里的假山石堆爬上爬下，那些胆大的孩子在丛林中疯跑着追逐。有几个顽劣的孩子拿着弹子枪找寻击打那些无处不在的小鸟。

　　至午时，树林里、江边庭院坐满了午餐的人。友人费了好大劲才在一个嘈杂的角落找到了一张小方桌和几把竹椅。我们抱着竹椅、小方桌穿过熙攘的人海，转了一大圈总算在江边找到一处可安脚的空地。几个人将小方桌、竹椅摆好，点了茶水饭食后，坐桌边休息。

　　坐在江边，喝着清茶尝着美食，欣赏着江边美景，觉得真是一件舒心惬意的事。赤黄的锦江水滚滚奔流，它是一条分界线，左右两岸分出了两种截然不同的天地。这边亭台楼榭，青竹浓翠，花草如茵，人们悠闲自在地观赏流水和绿叶。江对面高楼林立，公路上车流如织，人们在闹市匆碌穿行为生计奔波。仅一江之隔似乎已两重世界。这边是"成都的都市"，那边是"都市的成都"。

　　成都人对麻将有特殊情结。据朋友讲，成都人很少有不打麻将的。人们吃过饭后将盆碗收去马上换上麻将牌。望江楼的午后是属于麻将的时光，打牌声、嬉笑声、争论声不绝于耳。我的一位朋友说四川人大都懂生活，乐休闲，一天大半的时光都是在茶桌上度过。人们上午一般是用嘴谈心，摆龙门阵是也；下午一般是用手谈心，打麻将是也。一溜儿麻将桌摆到了密林深处。今天在望江公园算是见识了"手谈心"。我们在麻将的伴奏声中天南海北闲聊。

　　午后鸟雀似乎格外活跃，在枝头跳跃嬉戏鸣叫。也有些大胆的飞到我们桌边探头探脑啄食饭粒。不远处的水塘中，红色的鲤鱼如片片红叶在水中漂浮。有时它们也会快速移动聚集制造出一个小小的水浪。树荫投在我们和小方桌上，形成一个个摇曳的美丽图案。我们从诺尔盖的一棵小草，一直谈到陕北的星空；谈到道的源头，法的秩序。太阳渐远，江水滔滔不绝。伴着哗哗的流水声，享受着微凉的江风，让思绪天马行空地神游。望江楼竟似一个时空的魔方，一刻似百日，一日如千载。

彩云之上

玛尼堆

　　我开始感到眩晕，呼吸也有些不畅，但心中充满喜悦。我知道，随着我的上升，我离天越来越近了。

　　大巴载着我沿滇藏公路一路往北。先下山穿过金沙江再上山，一直要到海拔4000多米的迪庆高原。车盘旋着向大山深处走，视野中全是山。路是在石壁上开凿而出的，旁边是深不见底的沟谷，十分险峻。开车的是一个白族小伙，技术很好，边说笑边将车开得飞快，我坐得心惊肉跳。心中似有一根弦绷得紧紧的，直到车进入了一个小山谷，紧张的心情才稍微放松了。

　　走了约一个多小时总算爬上了山，天突然下起了雨。霎时哗啦啦的雨水将周围的葱绿罩在了一片迷蒙中。远山如黛，在迷蒙的雨中像一幅幅清淡的水墨画。雨好似随一阵风来的，风很快刮过去雨便停了。云雾散去，一轮太阳照得天地澄明。山路一转便看到远处一片开阔的沟谷，沟谷下面是一片又一片乳白色的云。那云好似浓得化不开，黏稠地积在山坳中。太阳一照便见那云上出现了一些青青紫紫的炫光，很是好看。

　　久居陕北的我见惯了那高高浮在天上的云朵，突然看到云如羊儿般伏于山腰钻入沟谷便疑惑起来。我开始对自己所处的环境感到茫然了。我已到了彩云之上了，按儿时的说法是天上了。忽然感觉到自己似有了神通，开始腾云驾雾了。

　　车到达迪庆高原已是响午。天蓝得纯净，太阳亮得通透，感觉天地一下

106

子开阔了许多。远处的一些山顶上积着终年不化的白雪,那雪在太阳下现出耀眼的银光,好似传说中的金银山。呈现在眼前的是一片宏阔的草原,青草鲜亮一直铺向天边。草地上缀满了千姿百态的花朵,那一朵朵小花高举双手在风中轻舞。美丽的格桑花呈金黄色,它们总是一片连着一片,格外抢眼。路边不时会出现一两座小木屋,一排排用来搭晒粮食的木架子。牛羊三五成群地在草地觅食。除了牦牛,更多的是犏牛,据说这是土牛与牦牛交配后生下的混血儿。它们是当地乡民主要的劳作工具。

路边不时会看到一个个石头堆起的小丘,小丘上插着木棍,木棍上挂着许多写满经文的五色小旗,这就是藏族人敬奉的玛尼堆。据说那是藏族人灵

玛尼堆似草原的灯塔

魂寄宿歇脚的地方。一个个身着藏袍面色黝黑的老人在绕着玛尼堆转圈。他们用坚强的肩膀与信仰撑起了一个民族的高贵。一个藏族朋友对我说:"你们汉人是为今生而活,而我们是为来世而活。因此我们一生都在做着同一件事,即为来世祈福,你们却不这样。"到达迪庆高原我才明白,只有离天这般近的人们才更能感受到天的神奇与博大,才更能理解佛的力量与真意。在路上碰见了一个朝圣者一路磕着长头向拉萨而去。我问身边的朋友:"他那样辛苦地用身体丈量着大地,一路拜向拉萨究竟是为了什么呢?"朋友认真地说:"他在找寻一个关于人是什么东西的答案。"我顺口问:"那个答案他能找

到吗？"朋友的目光越过了高高的雪山，幽然地说："他如果死在路上便什么也不是了，他如果到达圣地便会历练成一位智者，找到答案。那些困扰着普通人的关于佛的问题，关于生死的问题便会迎刃而解。"

彩云之上的人们用他们特有的执着，独特的思维方式不停地寻觅感悟，欲穿越生命面前的烟障，破解那些关于时间，关于空间，关于生命之上的问题。他们不一定是悟得最快的人，但我敢说他们一定是悟得最执着、最虔诚的人。稀薄的氧气可能会影响他们的思考，影响他们的健康，但绝不会动摇他们的执着，我深信这一点。

我走下汽车，眼前是一片空旷的原野，悠闲的犏牛，怒放的花朵，一些小木屋里升起了袅袅炊烟。天边是连绵不断的山塬及闪着银光的积雪。天空蓝得纯净、明澈，一片洁白的云如一位身披彩带的少女正在黛青的山间翩然而舞。天地一片祥和，我似喝了酒在彩云之上充满快乐，有些晕眩。

小卓玛

到达迪庆高原后车停在一家商铺前休整，我们下车透气。几个朋友突然提议去藏族木屋家访，我欣然同意。木屋离我们停车的地方不足一里路，很快便到了。木屋边是一个用木桩围成的牛圈，里面有一头牦牛和一头牛犊。牛圈外面有一个身着紫红色藏服的小姑娘，她怀里抱着一只黑底白花的小狗，正坐在那儿玩得出神。小姑娘听见我们的说笑抬起头来冲我们笑了笑，露出了两排洁白的牙齿。小姑娘肤色赭红眉清目秀，特别是那红红的小脸蛋惹人爱怜。我们对小姑娘说想喝口水，她便带着我们去了小木屋。

木屋中有一个老人，一个中年妇女，见我们忙招呼我们在一张老旧的炕桌边坐下。借着屋子里暗淡的光线，我环顾了一下四周。屋里陈设很简单，一个低柜子上面放着一台老式电视机；一个高柜子，几床叠放整齐的被褥。房子中间是一个火炉，上面放着一把冒着热气的黑铁壶。中年妇女给炉中添了点柴。她眉宇间写满了祥和与清秀，生命的传承是那样奇特，只一眼便能看出她与孩子的关系。她拿了搪瓷碗，从身边拿起暖水瓶给我们一人倒了一碗酥油茶。酥油茶的清香让我们忘了旅途的劳累。面对着热情的主人大家便你一言我一语地和老人攀谈起来。我起初担心会因语言不通说不到一块，没想到老人的汉语说得很流畅，交流起来没有一点障碍。

在普达措游览的路途遇到一个抱着小狗的藏族女孩

在交谈中我们得知这是一家牧民。家中有50多头犏牛，10多头牦牛。老人的两个儿子都出去放牧了，家里只剩下儿媳和孙女。平日里，一家人都在草原放牧，这几天老人生病了她们才待在家里。女主人叫哒哇，很能干，承担着家里大大小小的杂活。小女孩叫卓玛已9岁了，她非常聪明，老人不停地赞叹。

在我们谈话时，小卓玛坐在我们身边静静地听着。我说她已到上学的年龄了应该让她上学，接受教育。她一听上学来了兴趣，用不太流利的汉语问我，上学是不是可以整天背着书包唱歌跳舞？我告诉她可以唱好多的歌。她高兴地说，她也会唱许多的歌，跳许多的舞，只是没有书包。我们一听也来了兴趣，都催着她唱歌，她却说要我们先给钱她才唱。我问她你要钱干什么？她说要挣钱上学。我暗笑小姑娘的精明，便拿出10元钱给她。她拿了钱很爽快地站起来给我们唱起了藏族歌曲，那声音稚嫩纯真。她一边唱那小小的身子还不停地扭来扭去，一伙人都被她活泼的性格逗乐了。她那么小的一个人儿，一举手，一投足就像个小大人。在我们欢笑的时候，我发现老人坐在桌边神情忧伤默默无语。我很惊奇，觉得这个家庭充满了谜团。

我的朋友们听小卓玛唱得动听，便纷纷拿出钱来请她表演，她对邀请来者不拒。她唱每一首歌都很投入，一边唱一边跳，好像那是她的责任。不一会儿从外面跑来几个十来岁的藏族小孩叫她，小卓玛便抱了小狗和他们玩去了。

我以为老人是因为卓玛向我们收钱他觉得丢脸才不高兴，便打圆场说小孩子挺机灵的,歌唱得好,舞跳得棒,是块好料呢。老人深深叹了口气说,是他不争气。这几年遭了灾,又修房子,他又有病。家里欠了别人许多债,把孩子的上学都耽误了!这是我没料想到的。我觉得聪慧可爱的小卓玛的生活不应该是这样。我们一时不知说什么好,只能给他宽宽心说一切都会好起来的。

临走时我拿出100元钱给老人,他执意不收,我只好偷偷把钱扔在屋角。我所能做的太有限了,我没有力量改变小卓玛的命运,只能送上我深深的祈祷与祝福。祝福她一家人平安健康,尽快摆脱贫困,让小卓玛不用为钱而苦恼,早日走入学堂,读书、唱歌。

普达措的烟雨

普达措国家森林公园是迪庆高原上的一颗明珠。普达措这个词抽象又不好记,但它的藏语意思却特别有趣,它是指普度众生到达彼岸之舟的湖。一个如此神奇的湖,引起了我的极大兴趣。在香格里拉被它那纯净辽阔的天宇、山川、草原震撼着,我总是觉得这个地方会时时出产让人惊异的奇迹,所以一到香格里拉,普达措便成了我牵挂的一个结。

第二天一大早离开香格里拉藏龙大酒店,踏上了去普达措的旅程。雾很大天灰蒙蒙的,大巴车在一个民族商店停了下来,补充给养。普达措国家森林公园平均海拔在4500米以上,有的地方达到4800米。高海拔对于从低的地方来的人的身体是有影响的,为了安全,导游扎西建议我们每人带一件棉大衣,一个氧气瓶。棉大衣可以租,但氧气瓶却是一次性消费品要买的。我自恃身体素质绝佳,买了一件牦牛披肩拎着以备不时之需。上车时才发现我过于另类了。一车人一个个穿着棉大衣,背着氧气瓶、雨伞,还有的戴着口罩全副武装,如临大敌。我发觉自己准备得太简单了,但事已至此只能任一车人说道,在众人的戏说、埋怨中车起程了。

普达措国家森林公园是2008年国家林业局首个审批的国家公园。相传1600多年前,法王在香格里拉建塘草原的林海深处发现几块具有清凉、柔和、纯净、不伤咽喉、有益肠胃等八种特点的湖泊,而草甸又被云雾缭绕的原

始森林环抱,于是感叹"建塘普达,天然生就"。普达措从此声名大震。

　　到普达措国家森林公园入口时天上下起了淅淅沥沥的小雨。众人打开雨伞换乘公园的环保车向第一个景点碧塔海驶去。普达措国家森林公园,规划区管理面积1313平方公里,按照七大板块进行开发。但目前开发出来的面积仅占总面积的3‰。我们计划坐车沿着"8"字形单行环保车道依次游览碧塔海、洛茸民族生态文化旅游村、弥里塘亚高山牧场及属都湖等景点。

　　车顺着一条沟谷走了约十多里地开始盘山而上。高大的原始森林密密麻麻生长在两面的山上,碧绿的草甸有尺把高,铺满宽阔的沟谷。在蒙蒙微雨中,草地显得葱茏鲜活。一路上不时可以看到一座座小木屋及一些吃草的牛儿。车爬上山转了一个弯后眼前突然开阔了,一波蓝莹莹的水塘出现在眼前。

　　碧塔海似一颗镶在群山中的绿宝石,又如一位藏于青山翠柏之间的仙子。微雨中的碧塔海似蒙了一层薄薄的轻纱,让人看不真切,更让人浮想联翩。黛色的湖水被群山环抱,湖水是那种淡淡的青蓝色,美丽神秘。湖面不大,长约3000米,宽约700米,呈葫芦形。湖畔四周,古老的树木密密地站满山头,那高大的毛松、栎树遮天蔽日。"碧塔"藏语的意思是栎树成毯的地方,藏

中午时分牧民的小木屋升起了炊烟

111

族人总是慷慨地把最美的词赠给最漂亮的地方。

　　下了车，我撑开带着碎花的伞独自一个人漫步在碧塔海边的木桥上。听耳畔沙沙的雨声、风声，看着烟岚迷蒙的湖水，一时竟呆了。我想在那幽静的某个地方，应该有个口，直通另一个神秘的世间。是它的宁静，它的圣洁让它具有了那种神奇的力，让众生得以穿越人世的喧杂到达生命的彼岸。这当然是藏族人民的美好倾诉与心愿，但我愿意它是真的，它的圣洁让我的心灵得到了洗礼。

　　在小桥的拐角处我见到一个妇女拿着几件藏族服装给游人租售，因为下着雨很少有人搭理她。她身边跟着一个身着紫色衣服的小女孩。女孩有七八岁的样子，怀里抱着一只毛茸茸的小黑狗，她红红的小脸蛋配上一双黑黑的大眼睛特别可爱。我走到她身边时，她靠着桥栏怯生生地看着我。我想同她合影，就把想法比画着说给她，她点了点头乖巧地站在我身边。拍完照我给她钱，她却羞涩地躲开了，她安静、大方、纯朴的样子令我难忘。

在草原与牧民一家人聊天

因为下雨没法走着一一去看。我们坐着车到一个点停下撑了伞转一会儿后匆匆上车。在弥里塘亚高山牧场看见一家人正在冒雨盖房子，我便撑了伞走过去。小木屋上蹲着一个男人，在用斧头固定顶棚。木屋边是一位戴着头巾，身着灰褐色衣服的妇女，她忙着将木板、木条给男人递。我说天在下雨呢，你们咋还忙着盖房。妇女擦了一下脸上的水说："雨不大没啥影响，只是加盖一间小房子一会儿就好了，我们常这样干。""你们盖房是自己住吗，在十几里不见人家呢？""是放牧时住！我们牧民住得都很分散，你一路也看到了。"房子上的男人一边干活一边说。"你们的牛呢？"我看着空空的栅栏问："牛多，有300多头了。"妇女说着顺手向远处的沟谷指去。沟谷通向远处的青山在山脚下迷蒙的烟雨中隐约可看见一片黑点。确实是牛，好大的一群。那些牛离我站的地方太远，不仔细看很难发现。看他们干活干得专心，不忍心再去打扰，我拿出相机拍了几张照片后坐车赶往属都湖。

车在半山上的一块空地停了下来，山谷下面是一片开阔的牧场。我们下车，顺石道往山下的牧场走去。雨小了，如银针、如牛毛细细密密的。我干脆收了伞任那清爽的雨丝随意洒落。天气有些微冷，我将披肩紧紧裹在身上。宏阔的草原一直通向天边，在天地相接的地方有一抹淡蓝，那便是属都湖了。草甸上有一座人工搭起的木桥一直通向属都湖方向。沐着细润的雨雾，顺着木桥一路走去。穿过一片小树林，草原便哗啦一下展开了。草原绿得似要流淌，草甸上星星点点的各色小花似钻石般鲜亮，牛一群群出现在我的视野中。它们三三两两在草甸之上悠闲啃食着水嫩的青草。走了约一半路程，许多人都喊叫着累了。为了迁就大家，我没能到达属都湖。远远地看那烟雨中的幽蓝，在天边晃荡着似要溢出来了。这也是一个通往彼岸的妙境呢！我想不同人的眼中的湖是不一样的，不同的人所穿越的彼岸也一定是不同的。心灵的差别导致了生命穿越的差别。我还要来的，要来掬起你的清泉，让它映照那属于我的彼岸，属于我的圣洁。

2013年6月发表于《青海湖·自然人文》第4期

水色容颜

丽江是一个小岛

　　玉龙雪山在天宇间采日月精华,纳云雨之气,千百年来修炼出了一波纯净莹澈的清泉。那泉溪顺着古老的山脊流下来直抵丽江。在那圣灵之水的浇灌下那一条条街巷,一个个老屋便充溢了难以言表的妩媚与灵动。它的美宛如一块磁石一般吸引着天南海北的人们。

　　穿过车水马龙的街巷,穿过一座座现代化的高楼大厦,那个路口一闪便出现了。来大理就是为了它呵,千百年来它就那样平静地躲在高原的一隅,看着光阴就那样柔软地流淌而过,一如它脚下的溪流。在这个钢筋混凝土肆意蔓延的汪洋大海中,它就如一座岛屿般站立得孤傲纯粹。

　　丽江古城位于丽江坝子中心,北依象眠山,南临文笔山,西枕狮子山。四周青山环绕,形似一巨砚,故名大研(砚)厢。清朝时为丽江府。乾隆三十五年(1770年),置丽江县,1961年成立丽江纳西族自治县。

丽江古城历史悠久，最早可追溯到战国时期。战国时属秦国蜀郡，汉朝属越郡。元朝时忽必烈南征大理曾在此驻兵操练，元十三年改为丽江路，丽江之名沿袭至今。丽江的繁荣是在明朝后期，当年徐霞客游到这里看到土司木氏的华美宫殿惊叹不已。他在游记中称其曰"宫室之丽，拟于王者"。元代以来丽江世袭的土司姓木，若筑城墙，木字加上框便成为"困"字，因而丽江古城一直不建城墙。这在一直封闭固守的华夏大地应算是个特例了。

丽江的美丽与生机是与水分不开的，明朝时聪慧的丽江人便开挖了四通八达的水道，将长年不断的玉泉水引入古城，让其沿街分流，走巷串户。丽江成了"户户朝阳，家家流水"的高原水城。古城居民修路、建屋选址都充分利用地理环境，顺水就势。民居、街道依山傍水，古朴自然。爱美的丽江人把大街小巷全用丽江特有的彩石板铺平，在路口搭建形态不一的各式石桥，还在街道、庭院遍植花木，使丽江呈现出一派小桥临波、曲径通幽、绿树成荫的江南水乡景象。真是"家家门前活水流，户户垂柳拂红屋"。

丽江城以四方街为中心通过四通八达的街巷连接向四面散开。四方街是丽江最开阔繁华的地方，这里自古商旅云集，贸易兴盛，也是节日聚会的地方。丽江最重大的节日是三朵节与火把节。三朵节为每年农历二月初八，为纪念纳西人的保护神三朵而设的。节日来临丽江人都走出家门聚集在四方街，他们善奏古乐，载歌载舞，把自己的喜悦尽情地发泄出来。一时四方街成了欢乐的海洋，远道而来的游人也被这欢快的气氛感染，和当地人一块唱歌跳舞。歌舞活动一直会持续到深夜。火把节是乡民为祈兴旺吉利而过的节日。按古规,纳西人每年农历的六月二十五到二十七都要点起火把,沿着田埂、山路边走边唱,直到深夜。让那美妙的歌声、熊熊的火焰驱逐生活的艰难,照亮人们美好的未来。

  在幸运之神的眷顾下,丽江古城内的建筑虽历经数百年的风雨洗礼却依然保存完好。城内有皈依堂、五凤楼、得月楼、锁翠桥、解脱林、木氏土司府和成片的古民居,那也是丽江最亮丽的人文景观。古城民居的房屋大多为土木结构,院子彩石铺就,门窗大都雕饰花鸟等图案,充满了情趣与文化气息。房屋的布设一般为:三坊一照壁、四合五天井、前后院、一进两院等几种形式。其中,三坊一照壁是丽江纳西民居中最基本、最常见的民居形式:一般正房一坊较高,方向朝南,面对照壁主要供老人居住;东西厢略低,由年轻人居住;天井是家人一起休憩玩乐的地方。这里人对天井很看重,制作上非常讲究。许多家户的天井都是用砖及小石头铺成美丽的样式与造型,让人百看不厌。随着旅游业快速发展,经济繁荣,临街的房屋全改成了铺面。因丽江处在四季如春的亚热带地区,所以家家房前都有宽大的厦子(即外廊)。厦子是丽江纳西族民居最常见的建筑之一,纳西族人吃饭、会客常常会放在这里。木氏土司府在古城的西南方,占地达40多万平方米,是仿北京明紫禁城样式而建的。有三大殿、家庙、藏书楼等数十个院落和狮子山"御苑"等,规模宏大、殿宇壮丽。

  在高楼林立,喧嚣嘈杂的都市之外,丽江古城如一座小岛般静处高原一隅,以它的青石古道、木楼小阁、小桥清流赢得了世人的青睐。人们从世界各地来到这个美丽的小镇,来找寻它的古老时光,感受它的纯朴自然。那一个个斑驳的门环,那一条条古老的街巷,那一座座精巧的小桥被一批又一批寻梦者踏访、叩问。游人匆匆的来去,一如那匆匆的光阴一刻不停。古城并不理会匆促的人们,好似一切与他们无关,小岛只遵从自己特有的节奏规律,舒缓地生长游荡。

  在幽静的街巷,潺潺的溪流边总会看到一些上了年纪的纳西老人。他们或坐在小竹椅上安静地晒太阳,或在狭长的石板小道悠闲地踱步。他们身着遥远年代的靛蓝色衣服,头戴着无顶布帽,哼着一曲曲纳西净地的歌曲,恬淡地生活,微笑。他们如古镇上的一座座老屋、阁楼让岁月与时光在他们的身上燃烧、凝固。时光似乎在他们的身上突然停住,好像千百年前他们就在这里安静地晒太阳或悠闲地踱着步了。

小木屋春暖花开

从小巷往过一拐便看到了那一片怒放的花朵。花如核桃般大小淡紫色,每一朵都开得精神抖擞,在午后的阳光下它们显得那般亮丽,美艳夺人。花朵盛开在一座四面阁楼的院子里,那儿有一个狭长的廊道与外界相连。我就是通过廊道看到它们的,廊道的黑加强了那些花的亮丽。它们如黑暗中的烛火,吸引着我向它们走去。

爷爷住在陕北高原一个窄小的村子里。村口有几棵桃树,春日一来那满树就会开出粉色的小花,像一抹朝霞点亮了整个院落。树边有一间四处漏风的茅草屋,里面住着从河南逃难来的一个老头。他的光景过得像茅屋一样凌乱不堪,但他却懂得养花。他不知在哪弄了一盆红薯花,他总是把花侍弄得水灵光

丽江古城的银器店

丽江古巷一角

　　鲜,那花一开就是一大片,热情似火。花朵让小屋显得温暖亮丽。奶奶总是说会养花的人光景总会好的。我于是天天盼望着他能让茅屋变成高大美丽的花房,那样我就可以整天躲在那童话般的小屋中品味生命的自得与快乐。

　　这是纳西族人居住的一个标准的院落。廊道与街相通,左右两边的几间房都是铺面,那里卖一些银器及手工制品。穿过窄小狭长的廊道便到了院子里,当地人把院子叫天井。天井不大,但制作特讲究,地面是用小石子铺成的。一些红红绿绿的小彩石点缀其间,排成几个巨大的圆形图案,那图案充满了情趣。靠门边有石榴、三角梅在怒放。房屋是木质的二层阁楼。门窗上雕刻着各式图案,有兰草、花鸟、人物等,雕工精细栩栩如生。

　　看到这些,我像一个流浪许久的旅者突然看到了故土看到了家般激动起来,一种别样的心绪涌上心头。这里的一切是如此亲切、美好。散发着木头清香的阁楼,长长的廊道,干净的小院,那些在墙角怒放的花朵,闪着亮光的水池。一切都是这般自然、安静、恬淡,与世无争,与人无扰。

　　正当我看得入迷,突然听到有人喝叫,这才回过神来。一个男人从房子里出来疑惑地问我找谁。我说不找人只是随便看看,他便不吱声转头走了。

门里出来一个女子笑着说随便看吧,她家的房子是向外租的,如果满意可以住下,挺方便的。那热情的话语让人很受用,真想就在这里住下过过悠闲清淡的生活,拥抱生命中别样的宁静。

"那花没什么特别的,这里家家户户都养花的,到处都能看到呢。"见我一直看那花树,女子笑着说。这里地处云贵高原僻壤,与现代文明隔得较远,这可能是它得以完好保存的一个重要原因吧。远离了水泥、钢铁、马达,它才保留下了现代都市找寻不到的宁静与淳朴。

我正寻思,却听到一阵叮叮当当的声音,那声音清脆悦耳,是那种铁器相撞所发出的声响。声音是从一扇打开的门里传出的,我循着声音走去。像是一间银器店,约略看见一个清瘦的男人躲在玻璃柜后面埋头干活,我走进银店转过柜角便看到了他。男子面目清瘦,30岁左右,着一身灰色的土布衣服。他正拿着一把小铁锤敲打着一根银条,听见声音他抬起头冲我笑了笑,埋头又去干活了。女子跟过来笑着说:"店里的每一件银器都是阿华手工打制的,很漂亮呢!"在她的提示下,我认真地看起那些银器来,在一个长方形的玻璃柜中摆满了各式银器,有碗、酒具及种类繁多的饰品。每一件东西都做得工整精美,不像是粗糙男人的手做出的。我为他有那样的手艺暗暗赞叹。

"这银器店是你家的吗?怎么开在院子里?"我好奇地问。"当然是我家的啦,阿华是我丈夫。我们在这里已做了几十年了,我爸爸以前就在这做银饰。街面上有铺子,这只是作坊,东西做好拿到铺子里卖。"女子笑着说。我猛然记起在街道边有一个银器店,一个眉目清秀的女孩在店中招揽生意。"是一个瘦女孩子看店吗?"

"正是了。"女子停了停接着说,"我家的银器货色正呢,你如果要我带你去看。"我点了点头和她一块出了小院。

街上到处都是游客,我们绕过人群到了她家的银店。银器像水一样在店中溢满了。那些闪亮的银花让我眼前变得通透。那个白净的女孩认真地给我介绍不同银器的功用、成色及使用禁忌。她的坦诚如银子般铮亮,我有一种瞬间的感动。一样样看过去,各有各的精致,一件件造型独特的银器美得让人不知如何取舍。最后我挑了一个刻花的手镯、一个戒指付了费,满心欢喜地装入背包和她们道别,在彼此的关照声中离开了小店。

摩梭披肩

她是突然闯入我的眼中的。她是那般与众不同,在那些匆匆碌碌的人流中她如一道亮光一下子就突显而出。

走在丽江古老的巷道,踏着那被脚步磨得光滑的青石板路面。我突然似迷失在千百年的岁月涡流中。这窄窄的巷道将时间延伸,我似乎正在抵达元朝或更早的时候。

天气很好,太阳将石道照得泛白,看上去有些晃眼。街上匆促的游人,似与我隔着千百年的时光,充满虚幻感。溪流顺着墙角汩汩流淌,水中有尺把长的红脊鲤鱼在欢快游动,河底有长长的水草舒展招摇。那水的潮湿与清爽让我兴奋迷醉。溪水一直通向一个坝子,坝子上面是洁白的雪山。

女孩在七彩的布匹后面冲我笑了笑,这让我想起了一条小河,月下的小河。我和几个伙伴紧紧靠在一起向小河走去。我们计划着蹚过小河,到达河对岸的一个小村落,看据说精彩绝伦的电影然后返回。正月十五的月光很亮堂,通往河边的小路曲曲折折十分显眼。有一段路是靠着悬崖的,亮光降低了危险的可能性。

我、小军、虎子心急着看电影,快速往河边走。狭长的沟谷在暗夜显得幽静而神秘莫测。沟谷两边崖壁在月下显得光洁清亮,上边一些被水冲出的坑洞则充满了幽暗、诡异的味道。到河边时突然看到对岸过来一个瘦小的人影,走近时才看清是刘老伯家的小女儿琴儿。她认出了我们几个,一双大大的眼睛充满了欣喜。她说是给对岸的胡家送镰刀刚返回。我们约她一块看电影,她摇了摇头一脸无奈地说她妈不让,便回去了。

从好几个村里赶去看电影的人们让演出场地变成了热闹的会场。人们似久别重逢的朋友,肆意地逗趣说笑。电影很精彩,但已不记得具体内容了。记忆中仍是银子般的河水,及琴儿的笑脸与惊喜。

她身穿藏蓝色的毛衣,灰褐色牛仔裤。身上披着一条浓褐色披肩,戴着一顶西部特有的那种牛仔帽站在店铺门口。她的皮肤略黑,一双明亮的大眼睛略带羞涩地关注着路人。店铺里挂满了各色的围巾,那些丰富艳丽的色彩在店铺炫丽绽放让人无法漠视。她的笑很特别,那种纯净惊喜的神情在喧闹的人群中立刻就突显了出来。

我停下脚步看她,她大方地冲我笑了笑,露出一排洁白的牙齿,健康美丽。我顺便拐进了她的披肩店。像进了花的海洋,那色彩缤纷的披肩让我有些晕眩。挑一件吧,正宗的摩梭披肩,很好看呢!我问披肩是哪批发的。她略带羞涩地说,是她自己织的,并自得地说她们摩梭人都会织披肩,并且卖得都不错呢。

我注意到商店边的地上确实放着一架织机,一块织了半截的披肩。我问她织一件披肩得用多长时间,她说得一两天,主要看手头活多不多。说完走到织机边顺势坐下织起布来。她的动作轻盈迅捷,织机飞快地在她身边转动起来。我为她那娴熟的技艺惊叹不已,她却笑了笑说,织的多了自然就很快。

披肩我没用过,家乡人一般用的是围巾或头巾。冬日里北国的雪总是浩大而充满气势,寒风会像刀子样在山梁道口呼啸。它会将人们暴露在外面的皮肤轻易划破。我的手、脚总是会在冬日里冻伤,腊月的风让童年时的我吃够了苦头,每次出门父母总是拿出围巾将我严严实实围住。看着那一件件花花绿绿的披肩,我想这些都是这个美丽善良的摩梭女孩那小巧的手一层层织出来的,相比现代机器制品这披肩便有了别样的艺术内涵。我披了件咖啡色的披肩然后给她付钱,她迟疑了一下红了脸,羞涩地接过钱,又羞涩地低头去编织了。

织披巾的少女

这个朴实羞涩的摩梭姑娘让我在见惯了商家冷漠与欺诈的嘴脸后有了一种别样的感觉,同时对这个古老而神秘的民族有了一种全新的认同与欢喜。后来的旅程一直都在高海拔地区穿行,气候很冷摩梭披肩就一直被我披在肩上,伴着我走了一路。回家后,因环境与生活习惯的关系,披肩被束之高阁再没用过。但每次看到它就想起一个美丽的少女,一个古老而神秘的民族。

121

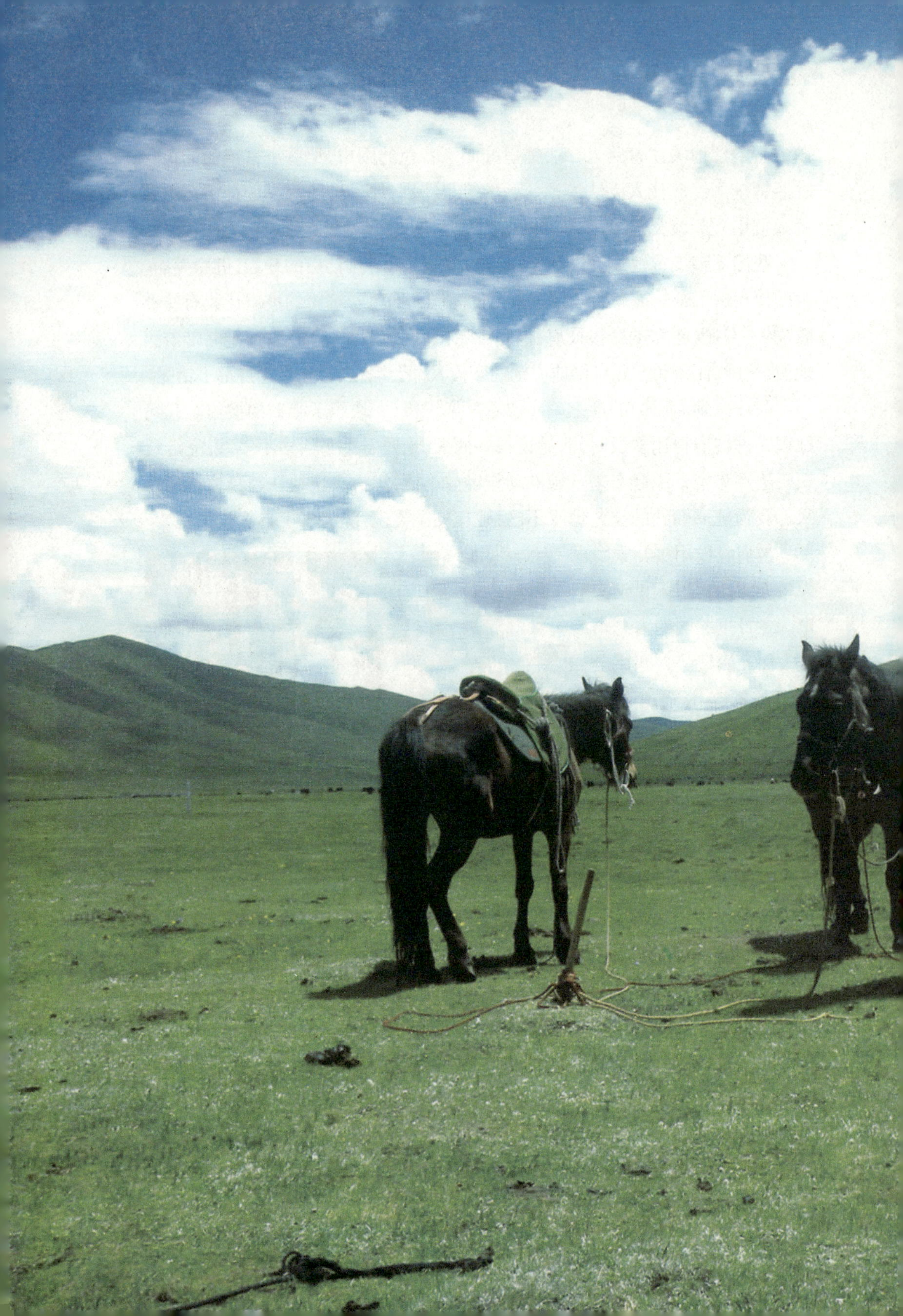

高远的蓝天，碧绿的草原，在内蒙古草原看到马匹我失神了。

海南打台风

海南的一位朋友在电脑聊天中说,他们那儿又打台风了,他哪儿都去不了只能躲在家中看书。我总是认为对于久居黄土高原的我来说,台风应是一个遥远而神秘的事物,它只会是一个陈述性的名词罢了,不想在2005年去海南时却迎面撞上了。

一踏足三亚市便听到了台风的声音,这声音是从那位娇小美丽的导游小姐口中传出的。她说太平洋的某一个地方发射了一门台风,可能一两天就要打过来,为了躲它我们的行程可能要调整。她在说台风时口中的口香糖不停地打响,像是台风的前奏。这次打过来的台风据说是30年一遇的,你们好幸运噢!她在陈述时还不忘开玩笑。

幸运!虽然我们都对神秘事物有一些好奇心,但这带有灾难与恐怖的事还是少遇为妙。我心中默默祈祷,但愿它别"打"过来或者别打得太恐怖。

按游程我们顺着珍珠湾、浅海湾、亚龙湾一路走去,天阴沉沉不时还有些雨,但一切似乎很正常。海水碧蓝似宝石,鲜花娇艳得让人心醉。在这美丽的海边,我想不来台风的模样。

一天的游历,新奇美丽,如梦如幻。到晚上陕北汉子已被海的宏大、美丽折服,带着意犹未尽的游兴早早睡去。半夜突然被雷声惊醒,迷糊中感觉宇宙天地似乎都在下雨,巨大的声响撞击着耳鼓,震得头脑有些发晕。唰唰的雨声,呜呜的风声,轰隆隆的雷声,如天马嘶鸣,如战车横空。大雨打在玻璃上如石子,在噼啪声中似有玻璃的碎裂声。可能是玩得太累,在惊恐中不知何时又昏昏睡去。醒来时天已大亮,雨仍在下,更确切地说是从天上往下倒。透过玻璃窗看到天地一片水雾,街上水流成河,胳膊粗的树枝在大街上散落得随处可见。

导游小姐过来说:"海南正在打台风,外面很危险!今天只好委屈大家待在酒店了。"

我下了楼准备在门口买包烟,见酒店的大门已被几个保安用桌子、沙发堵死出不去。所有的窗户都紧闭着,玻璃都粘上了防护胶带。顺玻璃门往外看,只见巨大的风将一些铁做的招牌吹得剧烈地舞动,一些已撕裂在天空翔飞。街上偶尔会有一辆车在雨水中时隐时现。街边的树木在风雨中猛地拦腰折断,很快便消失在雨水中。带着恐慌匆匆吃了早餐,众人全部回了卧室。电路中断,通信中断,交通中断。卧室阴黑,外面是滔天洪水。水还在不断上涨,我想应该不会涨到十楼。

到处都是雨,整个三亚都似乎泡在水里。迷迷蒙蒙,轰轰隆隆。风大雨急时,十几层高的大楼开始剧烈地晃动、摇摆,我们似被困在了一个摇摇欲坠的小屋中。几个迎风而居的女人尖叫着跑到了背风的房间。

暴风雨来临之前海岛上捡拾贝壳的人们

125

"楼会不会塌啊？"女人们紧张地询问

"好可怕！我们还是离开这个地方吧！"

女人们开始乱嚷起来。

风一阵急过一阵，雨在噼里啪啦地响。

嚷归嚷，这个时候除了酒店又能去哪儿呢？

酒店保安说他们的酒店是抗台风的，大楼不会有事，人们这才慢慢安静下来。有的吵着要走，有的在盲目怒骂，大楼内一片混乱。为了分散注意力我们进行了分工，男人打牌，女人看书。台风就这样一直打，一直打到晚上，打至疲惫的游人在恐慌中睡去。

第二天清晨起来时雨停了。向窗外一看吓了一跳，像是刚结束了一场战争，到处都是凌乱、破败。房上的铁皮，瓦片飞走了，广告牌吹得到处都是。一些不太坚固的房屋被吹倒了。大街两旁到处都是被吹倒的大树，被吹断的树枝。一些碗口粗的电线杆被风拦腰折断。

街面低洼的地方积满了水。有些公路严重下陷，水深达两米多，小车一进去就看不见了。美丽的花朵，椰子树被吹得枝残叶败，街道上到处都是被吹落的椰子。

此时才真真切切地感受到了海南人所说的"打台风"的真正含义。打台风就是打仗了，是自然对人类开的炮。在大自然的枪炮中人无还手之力。

海南遭遇了32年一遇的强台风，死伤9人，直接损失数亿元人民币。在飞机上看到《海南日报》对台风的整版报道。这场战争人类输了，输得一败涂地。在自然灾害面前，我们总是那么脆弱不堪一击，我们以为强大的力量，在大自然面前不值一提。我一直认为人是很强大的，这次我才发现，原来人类是这般的渺小啊！是海南的台风让我看到了自己的弱小与无力，真应了古人说过的话，经一事，长一智呵！

2005年8月于志丹

行者记忆

我更愿意把自己看成一个行者，一个匆促的过客，每一次观看、聆听、触摸仅仅是一种在场性的指向。对于那些所走过的地方，我仅仅是一个观察者，一个偶然的巧遇者。在当地人看来我只是匆促街头多出的一个陌生行人，繁杂的旅游景点多出的一些喧闹。我没法融入那些地方，那些地方也不属于我。只有对那些地方具体而琐碎的陈述和我有关，和我的思想有关，和我所处的小天地有关。也正是那些小在影响着我，面对着我。

购物记

其实我知道在目前这种发达的物流时代，任何产品都具有了广泛的流动性。某个地方的产品只要做的好，在任何其他地方都能找到，因此在旅行地购买当地的产品来确认它的地域性已是很老套的想法了。但每次出去却又难以遏制地买了某些到处都可以买到的东西。经常不可救药地犯着同样的错误。

在旅行界流传着一句关于旅行购物的谚语："天天在上当，当当不一样。"我常常琢磨上当的原因，慢慢便明白了一些道理。旅者在旅行社的安排下从出游的第一

旅途中的一个小摊吸引了众多人的目光

西安回民坊是民俗休闲饮食购物的天堂

天开始时间就被排得满满的,而购物点却都是导游挤出游览的时间带去的。对游客来说,众多的购物可能性已不存在,去的购物点具有了唯一性。旅行购物的点大都是针对游客的流动性消费而设置的,具有一次性、垄断性。它的物品自然附加了好多东西在上面,旅游公司要吃饭,导游要吃饭,开店的要吃饭,自然会有惊人的谎价。但游客总是被蒙在鼓里,盲目地埋了单。我们往往就是在这种情况下上的当。

在沈阳的一家店看到了一些精美的俄罗斯工艺品。有造型精美的宠物摆件,有刻花简洁漂亮的圆盘,有色彩绚丽的披肩。一时喜欢便和商家还价,几经谈判颇费口舌以自认为很低的价格买下。同行的人觉得物美价廉挺划算的,便你一件我一件买了许多东西皆大欢喜地离开了。到长春时看到了同样的物品价格却便宜了许多,我们有种被骗的感觉。没有上当的几个人听说我们的东西买贵了,心中窃喜就冲着那东西比我们买得便宜也去买了一些背着,一路北上。

历史总有许多惊人的巧合,一路走去同样的东西进一个店一个价,越来越便宜,这时每个人都有被愚弄的感觉。我们背着那些羞耻,愤愤不平,一路不歇。

到达哈尔滨后忽有了一个可自由活动的上午。几个朋友乐得像个孩子,大伙三五一群相约去闹市闲转。商店、超市一家一家走过去才发现在路上买的所有"便宜的东西"都远远高于商场里出售的价格。众人无语,我们突然明白自己竟这般傻,成了被宰的羔羊。

我买了一只精美的俄罗斯艺术盘,一棵据说具有神奇功效的人参。一路上小心翼翼地抱着,又怕丢失又怕碰坏。虽然知道东西买贵了,但心想在出产地买的物品有其独到的地域性,别处应是买不到的,心中总还是充满惊喜的。一路背着沉重的物品飞回西安,偶尔去一家商城闲逛,却发现了同样品质的商品随处可见。一时觉得有些挂不住,千里路程,又是飞机又是火车几经坎坷淘的东西竟在足下随处可见,有崩溃感!真傻得可以,傻得让人面红耳赤啊!

这事告诉朋友,朋友叹息:买的怎么也比不过卖的精啊!就权当花钱买教训吧!我常常想,这旅游购物是聪明的卖者让我们失控,还是我们本身就是一帮甘愿被宰割的羔羊呢?对于习惯了出门购物的我们,孰是孰非还真不好说。

溜冰记

到东北,人们喜欢谈论寒冷,因为东北一年里没几天是热的,但冷就不同了,冷是这里的常态。东北人说冬天那个冷啊可真要命,你能想到有多冷就会有多冷呵。据说小孩在冬天出门父母总会提醒说:孩子带上个棍吧,啥时候撒尿不小心被冻住了拿棍敲敲。

我去东北正是暑热的夏天,自然没有出门拿小棍的礼遇。夏天的东北不咋热,但也不足以让水坚硬地站起来,聪明的东北人便建了大冰窖。将冬天雕好的各式冰雕放进去让没见过冰雕的人观赏。

我去看的是哈尔滨太阳岛上建的冰雕馆。听朋友说里面很冷,便租了一件大棉衣穿上进入冰窖。一个狭窄的通道充满了呛人的煤烟味,墙角一转眼

长春冰雕馆里的水晶世界

前哗啦便亮了，冰清玉洁的世界如梦如幻出现在眼前。有晶莹剔透的冰人，有巨大的冰塔冰屋，有冰城堡、冰山谷。各种颜色的灯光让这冰雕的世界呈现出丰富的色彩。在一座冰山上还建了一个小型溜冰场，可以坐着橡皮筏从高高的冰山上飞快划下。我一时来了兴趣，爬上高高的冰山。刚坐入圆圆的皮筏中，便被人用力一推，皮筏如一辆失控的坦克顺着一条曲折的冰道直冲而下。皮筏旋转着，我听到耳边有呼呼的风声响起。

童年曾多次坐着冰车在光滑的河面上划冰。冰车在巨大的推力下可以溜得很远，我们总是一群群聚在一起消耗着身上无处释放的力量。旋转着的我举起双手，我想象着自己成了鸟双手变成了翅膀开始在风中无拘无束地翔舞。

冰道有两级，皮伐在台阶上蹦了一下便顺着台阶狂奔而下，不一会儿便到了平地上。两个工作人员迅速抓住皮筏说"到了"，我这才从童年的快乐回忆中回到现实。看见远处有一座巨大的冰雕佛像望着我笑。我想当我坐在皮筏上时笑得应和它一样无忧无虑，自由自在。

遇险记

飞机开始俯冲，我的身体开始变得越来越轻。身体一轻感觉就好像不是自己的了，或正在离我而去。这时机头猛地撞在地上。一声巨响后是天崩地裂。大火漫天而起，我的心飞跳到了嗓子眼。腿一蹬，身子一挺便从床上坐起。这时我才明白是一个梦。因刚下飞机不久，身体仍有一种失重感。这个梦不是凭空而起的,是受了伊春飞机失事的刺激。我看看表已是午夜1点。伊春的飞机现场还在清理吧!或已清理完毕,但40多个人再也无法找到自己的家门,无法看见亲人的面貌。我的白天是属于天空的。从呼伦贝尔飞北京,从北京飞西安,一刻不停。幸运的是我坐的飞机没有爆炸,也没有解体。

朋友看到伊春飞机失事的报道都很后怕,说出行还是应少坐飞机多坐火车。但听说一列火车在陕西也出了事故,有几节车厢摔入江中。汽车就更没有安全系数了,据说每年有十多万人死于车祸。出行让生命充满了不确定的风险与际遇。遇上那些不可预见的灾难,我们除了祈祷,除了硬扛已别无选择。

恰巧电视上正在报道一辆在菲律宾旅游的大巴被暴匪劫持的消息,据记者说车上坐的全是香港的旅客。车被劫持后警方和匪徒谈判数小时僵持不下,最后警方强行攻入旅游大巴造成8死7伤的惨剧。那两辆大巴上的游客,当时除了祈祷和听天由命外别无他法。出行让那几个快乐的旅者瞬间魂归天国。出行的低风险与灾难对那几个当事人来说,却成了百分之百的直面,人们兴冲冲地踏上了不归路。

在我们离开沈阳的第六天,听说沈阳遭遇了特大洪水侵袭。我在庆幸没被洪灾围困之余也在伤痛,为那些被困的旅者也为那些受灾的守护者。灾难不只是针对旅者的。在这个科技快速发展的时代,灾难同样无处不在。

我平安,我快乐地回到了平安的家园。我一时心中充满感慨,这一次的出游真是不易!我要感谢,感谢仁慈的上苍,你没有给我们制造麻烦和灾难;我要感谢,感谢亡命的暴徒,你没有给我们制造麻烦与灾难;我要感谢,感谢我可敬的朋友,你没有给我制造麻烦与灾难。

愿仁慈的长生天保佑!保佑我的江河湖泊风平浪静;保佑我的美丽草原牛羊遍野;保佑我的万里河山山川秀美。保佑那些活着的絮叨,保佑那些活着的爱情,保佑那些活着的生命。让他们自由地行走,自由地站立,自由地死亡。

洛河川象嘴山

山的种种

晨雾中的三台山

大道绵山

雾,漫天大雾从狭长的沟谷涌来。它们在山谷间聚集、翻腾、冲撞,像洪流、像惊涛巨浪飞快地向绵山席卷而来。先是弯曲的山道,接着是雄伟的楼宇,宏大的山岩。只短短的几分钟那奔腾的大雾便将绵山封锁,遮盖,吞噬。

站在曲折悠长的山道我迷失了方向。也无妨,本来就是打算在山间随意走走的,对于这无目的的旅程,行走就是我的全部。不去探究哪儿是来的路,哪儿是去的路,我知道人生的路是在不停转换的,来的路可能就是我要去的路。这倒使我在大雾的山道上心态怡然了。雾让绵山充满了别样的灵韵与神秘。在这雾气封锁的山路上行走,一边是万丈深渊,另一边则是高耸入云的悬崖峭壁,这让人有一种身居奇险之境的索幽探险之感。绵山位于山西省介休市东南20公里处,海拔2500多米,长50多公里。其山势的雄伟已够让人浮想联翩的了,但就在这悬崖峭壁间,又建起了许多庙宇楼阁。有的隐于穴洞、有的悬于山崖、有的嵌于山腹、有的横于山间,千万尊形态各异的古佛神祇隐于其间,这更增添了它的魅力。

绵山的历史可上溯到春秋战国时期。因其宏大的山势吸引了如周宣王、晋穆公、晋文公、唐太宗、光绪帝、介子推、田志超等一大批帝王、先哲的造访而声名远播。最早的寺庙建于1300多年前。后屡建屡废。绵山是幸运的,从古至今不断有名人逸士造访、游历,更有些人爱其山水隐居于此,为它增添了丰富的人文内涵。它又是不幸的,数次大火让它备受伤害。最著名的一次大火发生在2600多年前。晋文公重耳欲逼迫躲在深山的介子推出来而放火烧山,不想却将这位晋国的功臣活活烧死。晋文公为弥补自己所犯的过失,颁布了禁火令。规定每年冬至后的一百零五日不准点火,国人以冷食充饥,这规定一直延续下来,人们称其为寒食节。此后又发生过几次大的山火,但数次大火之后,庙宇阁楼不但没有灭迹而且建得更多,更雄伟壮观,这也是一件奇事了。

我相信绵山是有灵魂的。它的灵韵、力量让它得以抵抗住一次次的灾难与伤害，在苦难的历练中越发雄壮美丽。

太阳从东山慢慢升起，初如一橘子红艳可人。但很快，光的箭芒便刺穿烟雾变得耀眼夺目起来。光的流波一漫过来，雾便淡了，各式宏伟高大的楼宇依稀现出了它们的形貌。抱腹寺楼群层层叠叠耸立山间依悬崖而卧；云峰寺屋宇与石洞相连在巨大的石峡之下排布有序；大罗宫如四边形宝塔背倚绝壁兀然耸立。这些云雾中的阁楼像仙山异岛时隐时现，神秘而美丽。高高的崖壁上出现了一个个灯图造像，周天灯图、三宝灯图、天尊地卑灯图、洛书河图灯图……那一幅幅充满哲学与智慧的图文是古人对宇宙万物生息运行的理解与诠释。这些深奥的图形陈述了佛的智慧、法的精妙、道的真谛。它们从岁月的河流澄澈而出，在绵山清晰、闪亮。这就是绵山的魂吧！

道者天地之始，万物之母。道生一，一生二，二生万物，日月、天地、山河即自然，即和谐，即通畅，即秩序。2600多年前介子推隐居山中，他将人类一些美好的品德进行归纳总结为仁、义、礼、智、信、廉这六个字并广泛传播。因为他，一些美好的人类秩序得以在绵山传承发扬，在华夏大地生根发芽，长成参天大树。它们的荫翳让中华文明熠熠生辉。僧人田志超爱绵山之秀拔于是隐居绵山修行。他践行博爱、大悲、怜悯，将佛的大道广布于此。绵山的儒道思想在这里得到补充完善，变得更加丰富了。

唐营、塔林、南天门、龙门坊，绵山的每一座山门、古堡都有它讲不完说不尽的传说。大罗宫、云峰寺、李姑岩——绵山的每一幢庙宇都文化底蕴丰厚、源远流长，充满了灵异传奇。更有水涛沟流漾万千，碧波如镜；古腾谷千腾竞奇，古意盎然；栖贤谷曲径幽通，别有洞天。它的山脉沟壑，它的草木清流，无不体现着道的神气、灵韵。

绵山之大，大在它的山雄谷深，大在它的楼高庙阔；绵山之奇，奇在它的雾锁千山，奇在它的长桥空悬、古阁坐化；绵山之韵，韵在它的曲径幽通，古腾伏龙；绵山之灵，灵在它的精魂不灭，灵在它的天人合一，道法自然。

2009年2月发表于《延安日报》

山上的神祇

我听说中国的西北部有一座神奇的山,山形如猛兽,上有巨口。其发怒时口中喷吐万丈烈焰,其温顺时口中却喷吐汩汩清泉。清泉积水成湖,湖很深直通大海。更神奇的是湖中有奇异怪兽游弋,它的岸边有仙女随风起舞。当我一步步接近长白山天池时,脑子就一直萦绕着这些关于它的神奇传说。

从山底到山顶差不多有三公里路程,徒步上去实在有些太远,大家都选择乘坐那种越野型的旅游中巴上山。山路弯曲陡峭,路基坑洼不平,中巴车却开得飞快。车上的人被飞速转弯的车甩得忽左、忽右、忽上、忽下。我觉得身体失控,有些手足无措。

刚才还骄阳四射的天空此时已是阴云密布,阴冷的风顺着车窗灌进来,瞬间便将夏日的燥热吹得无影无踪。在上山前听下来的人说山上很冷,为防不测我和同伙们租了棉大衣穿在身上。厚厚的棉大衣让我们看上去笨拙、可笑,我们彼此取笑着觉得穿多了,现在看来衣服是穿对了。

车到半山腰时天上淅淅沥沥地下起了小雨,听朋友说,一下雨山上就会被大雾封闭,天池就会躲进云雾,无法看到。据说雨天还会有雷电、冰雹。我开始担心起来,从陕北出发走了这么远的路,却只能看到一片茫茫大雾还要领受雷电、冰雹的惠顾可就亏大了。

长白山山体由粗面岩组成,夏季白岩裸露,冬季白雪皑皑,因此又叫白头山。白头山天池,坐落在吉林省东南部,是中国和朝鲜的界湖。湖的北部在吉林省境内,气势恢宏,资源丰富,景色非常美丽。据史籍记载,远古时期,长白山是一座火山。自16世纪以来它又爆发了三次。当火山爆发喷射出大量熔

岩之后，火山口处形成盆状，时间一长，积水成湖，便成了现在的天池。而火山喷发出来的熔岩物质则堆积在火山口周围，成了屹立在四周的16座山峰，其中7座在朝鲜境内，9座在我国境内。我国这9座山峰各具特点，形成奇异的景观。群峰环抱的天池虽然海拔只有2194米，但却是我国最高的火山口湖。它大体上呈椭圆形，南北长4.85公里，东西宽3.35公里，面积9.82平方公里，周长13.1公里。天池水很深，平均深度为204米，最深处373米，是我国最深的湖泊，总蓄水量约达20亿立方米。天池内有温泉多处，形成几条温泉带，长150米，宽30—40米。多数泉水温度在摄氏60度以上，最热泉眼可达82度，属高热温泉。隆冬时节热气腾腾，冰消雪融，故有人又将天池叫温凉泊。

　　车飞速旋转爬升，时急时缓。到达山顶停车场时，雨忽然停了。我们下了车开始徒步往山口走。风很大，棉衣被吹得像气球般鼓起来。回望山下，色彩斑斓奇特，如梦如幻。远处山峦交错，有的地方艳阳高照，有的地方阴气沉郁。太阳照到的地方或鲜绿或橙黄，天地通亮、明媚耀眼。云雾遮蔽的地方为暗褐或墨绿，晦暗混沌。

　　山口的云雾正在风的驱赶下，聚

集、弥散。一块鲜亮的光斑顺着山上的斜坡移动着变幻着形状,并且在不断扩大。天要放晴了,我们兴奋地开始向山顶冲锋。

那山顶上就是天池啊!那浓得如幽蓝的天空般的湖水,那洁白如羊群般湖中的云影,那湖边灿若云霞的花朵,那湖中欢快跳跃的银鱼。

到达山顶时看到天池静卧于深深的山谷下面,山谷间云雾如幕布正在一层层拉开。淡灰的湖水先是露出了一个角,随着云雾的散开湖面不断扩大,由淡灰转浅蓝继而深蓝。湖水越来越清晰、透亮。呵!美丽的天池,正在将它神秘的面纱慢慢揭开,让我这个远道而来的游子观赏它无法言说的美。天上的云层裂开了一条缝。明丽的阳光穿过缝隙照在湖面上,湖中出现了两条亮蓝色的光带。在风的作用下光带快速移动,变幻着形状。真像是两个美丽的仙女,甩了长长的水袖在湖上翩翩起舞呢!

正当我看得痴迷,忽然从对面的山口吹来一阵风,风迅急刚猛。一些小石头随风而起挟雨扑面而来,脸上顿时麻酥酥地发痛。我忙背转身,厚棉衣被吹得哗哗作响。风很大,我努力抓住身边的岩石保持着身体的平衡。身边的几个同伴忙躲到岩石后面避风。

风吹了一会儿便小些了,再回头看时哪里还有天池的影子。一片白茫茫的雾弥漫了整个山谷。我不甘心,开始往最高的一个山口爬去。我想那里也许能看到一些天池的碧水吧!头上的云层迅速地聚集加厚,有雨点如豆子般落下来。最高的山口离我站的地方不足300米,我却费了好大的劲,连走带爬才到达山上。眼前的景象完全出乎我的意料,不只看不到天池的水而且风更大,更猛烈。风如绳子般被拧成了股,在山岩空谷间横扫乱抽。稍不注意就会有被突然吹倒的危险。我刚到山口,就感到有一股风迎面吹上来,在山口拍照的几个女孩吓得尖叫着抱成一团。我似被一个人用手猛推了一把,身子一晃就向一侧歪去。我急忙转了个身,扶着岩石蹲在一块大石头边上。

风挟着小石子、雨滴劈头盖脸乱打乱撞,好似一个调皮玩闹的孩子。人们纷纷躲到石头下面。山上出现了一片又一片白茫茫的雾,云越积越厚,天空也很快变得阴暗而诡异起来。

挟着雨星的风一阵猛似一阵,白雾时而聚集时而又飞速散开。过了好一会儿风开始变弱。雨渐渐停了,我忽听见有人惊呼:"快!出来了,天池又出来

139

了!"我忙探出头向沟谷望去。只见白茫茫的云雾中裂开了一个三角形的口子。一缕幽蓝便出现在了裂口中。裂口飞快地变幻着形状,很快便又封闭了,将一汪幽蓝抹得无影无踪。

风一直不停地吹着,大雾弥漫。我不甘心地在山石边等了约半个小时的光景,仍不见云雾散去的迹象,只得恋恋不舍离开山口,向半山坡停车场走去。

天池不只气候奇特,它的特别之处还在于它只有出水口,没有入水口,却千年流淌不绝。因此它便有了一个神奇的称呼——"图们泊"。那是万水之源的意思。有人说它的泉眼与大海相通,那滔滔巨波来自海中,故又称其为海眼。天池蕴藏的水量巨大,松花江、鸭绿江和图们江都是从这里迈出的第一步,一走就是千百年。

待到了停车场时见天上的云彩突然裂开了一些缝隙,光灿灿的太阳从云缝间照下来,天地一片通透。一时间就有了一种奇异的感觉似乎已不在凡间。

自古以来,人们对长白山顶礼膜拜,不仅是因为长白山高耸威仪,统领着东北众山和大地,更是因为山顶的天池,如一位慈祥的母亲,用它源源不断的乳汁滋润着北方的苍茫大地;滋润着北方的山河日月,生命万物;滋润着北方人类的生息繁衍。它是北方生命根源的圣地。

自古以来,人们景仰、敬畏长白山天池,把它当圣地来崇拜。称天池为龙宫的说法比比皆是。天池还有一大奇事,100年前就有怪兽出没湖中的记载。

天池边游人如织

  被誉为"天池钓叟"的清末贡生刘建封在《长白山江山冈志略》中说：有猎者四人至钓鳌台见芝盘峰下，白池中有物戏水，金黄色，首大如盎，方顶有角，长项多须，低头摇动如吸水状。众惧登坡，至半，忽闻轰隆一声，回顾不见，均以为龙，故又名龙潭；又云，池中雷声时作，音同炮弹，百里外犹闻其身，俗呼为龙宫演操；又云，平时水声澎湃，响如鸣金戛玉，俗呼为龙宫鼓角。

  在亲历天池短短一个多小时中，经历了数次晴雨交变的天气，见识了云雾飞腾交融的奇景，领略了风起云涌的豪壮。感觉有些不真实，有些不踏实。这个巨大的口是直通向地层深处的。它有着许多不为人所知的秘密与力量。它在安静时已搞得让人惊心动魄，它愤怒时又是一个什么样子，我不敢去想。面对天池我觉得生命是如此的浅薄与渺小。作为一个谦卑的拜访者，我心充满敬意。

  长白山是站在天地间的一个巨人，一个神灵。它是有思想，有生命的。那滚烫的水是证明，那舞动的风是证明，那流动的力量是证明，那神奇的兽是证明。它愤怒时会吐出万丈烈焰让万物为刍狗，让天地为之变色；它安静时会载千山万水，让流水化为一片碧蓝的巨波；它顽皮时会时晴时雨、时风时雾，让四季在它身边生动；它恬淡时群山静穆银装素裹，用洁白的哈达倾诉对天宇的敬意。

141

万花天香

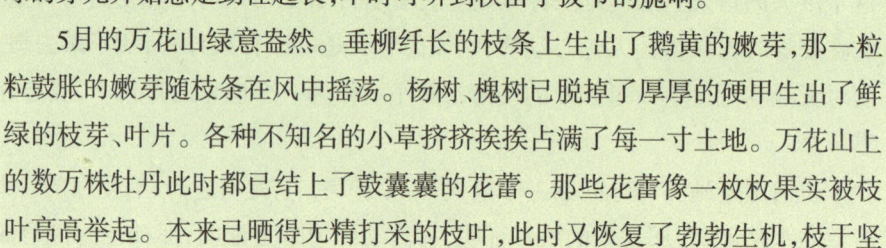

　　春雷声音沉闷拖着长长的尾音，一声过后停一会儿又是一声。随着云层聚积，铅灰的天空变得阴暗低沉。这时雨就淅淅沥沥下起来，天地被雨幕遮盖了，山石树木显得遥远而模糊。久旱的土地吱吱地吸着雨水，那些鲜亮嫩绿的芽儿开始憋足劲往起长，不时可听到秧苗子拔节的脆响。

　　5月的万花山绿意盎然。垂柳纤长的枝条上生出了鹅黄的嫩芽，那一粒粒鼓胀的嫩芽随枝条在风中摇荡。杨树、槐树已脱掉了厚厚的硬甲生出了鲜绿的枝芽、叶片。各种不知名的小草挤挤挨挨占满了每一寸土地。万花山上的数万株牡丹此时都已结上了鼓囊囊的花蕾。那些花蕾像一枚枚果实被枝叶高高举起。本来已晒得无精打采的枝叶，此时又恢复了勃勃生机，枝干坚挺叶脉舒张，叶片绿得有些发黑。在清爽的雨中，牡丹鼓足劲伸展着身形。

　　牡丹丛中长着许多艾草，那灰褐的叶片也在雨中欢舞。快到端午节了，粽子的清香已开始在村庄弥漫。山下的人们很快会到山上来，采拔艾草。人们将带着露水的艾草带回家，搁在家门口、窗台上驱蚊辟邪。清晨登山的人身上带着粽叶的清香，孩子们则在手腕、腿腕缠着五彩丝绳。敏感的艾草能感知到每一双手的差别，是干硬抖颤的老人或柔软纤弱的孩子；是粗壮鲁笨

每到5月人们纷纷来到延安万花山上寻找野生牡丹的芳踪

的男人或灵动柔弱的女子。

  雨下到半夜时分悄悄停了,牡丹舒适地睡去。春日的夜似乎一眨眼工夫便过去了,牡丹一觉醒来天微微亮。清冷的潮气开始转暖,一些性急的花苞,还没等太阳出来便噼噼剥剥将花蕾打开,一些鲜亮的色彩便绽放在了清晨的雾气中。那或是粉红或是明黄的色彩一下子便将整个山谷点亮。即使透过千万重雾障依然会看到那些醒目的亮色。那一朵朵娇嫩的花蕾像刚睡醒的婴儿娇美得惹人爱怜。随着花瓣的伸展,丝丝缕缕的香从花蕾溢出向四周蔓延。那香气浓郁黏厚似袅袅的柳笛在山谷间回荡。

  万花山很快便被香雾笼罩了。这天香国色是女孩儿的精魂呐。早在1500年前,牡丹的香便开始在这里弥漫。花木兰在杜鹃的啼叫声里醒来,她坐在梳妆台前简单梳洗后走出家门。那匹马已早早醒来,精神抖擞等候出发的命令。花木兰备好马鞍,骑上那曾陪伴她驰骋疆场的高头大马,向万花山顶飞奔而去,山顶有块开阔的平地是她每天清晨骑马扬鞭的地方。虽然打了胜仗荣归故里,但她闲不住,仍坚持每天纵马习武。今天的万花山有些不同,在浓浓的山雾中隐着缕缕清香,莫不是栽在西山的牡丹开了? 花木兰心中生出了一丝欣喜。她骑马向花圃赶去,香味丝丝缕缕让她感到了生活的美好。转过一片小树林,看到了晨雾中几点淡红与鹅黄。是啊,牡丹开了! 花木兰轻叹着。那个相约的少年郎也应该这两天到了。

  花木兰到花圃跟前轻盈地跳下马,走向那微风中摇曳的牡丹。那一朵朵娇嫩的花颜色鲜亮，花瓣上沾着新鲜的露珠。她俯下身凑近花朵，呵！好香啊！热烈浓郁不可抵挡。这让她想起了替父从军的那些岁月，在金戈铁马的日子里曾偶遇过这样的香。那是一次战斗前的休整，她和那个少年郎潜上一座山去察看敌情。在山上不经意间就看到了那绽放的花，嗅到了那沁人心脾的甜香，她从此便喜欢上了这叫牡丹的花朵。她顺便采了一朵装在坚硬的铁甲中。那香让她幸福了好多天。她告诉少年郎打仗胜利了，一定在自己家门口种许多这样的花，让那花香装点她的美丽青春。少年郎傻笑着说他解甲后也去帮她一起种花。三日后他们遭遇了一场惨烈的战斗，血流成河，尸横遍野。少年郎在战斗中失散，从此杳无音信。转眼三载，她已在万花山种下了许多牡丹。她每种一株牡丹便会想起他，想起他的好。她一直相信他会回来的，但所有的希望最后变成了无助，纸灰飞作白蝴蝶，泪血染成红杜鹃。在她近乎绝望时却意外收到了少年郎的书信，信中言及他将在牡丹开时带聘来访。按书信所约少年郎应该快到了。想到这儿花木兰的脸瞬间红了，她的心也开始怦怦乱跳。她决定将这个好消息告诉爹爹。她摘了一朵牡丹装在衣兜，带着甜蜜的心思骑马直奔家而去。女儿心思谁人知，笑语对镜理红妆。

太阳从东面的山头冉冉升起，阳光普照大地，山谷间的雾很快散去。山上的一个个角亭，山谷的石桥湖波，湖边的花木兰陵园显现了出来。一座座建筑在阳光下变得特别明亮。万花山周围住的村民陆续走出屋子，有的在院子里干起了农活，有的已拿了农具走向田间地头。炊烟从一个个烟囱袅袅升起。柏油路口高大的石坊边已停了几辆车，三三两两的游人下了车向万花山走去。

一个身材高挑，眉目清秀的绿衣少女一边说笑一边穿过石拱桥向万花山下走去。一个身穿T恤衫的大男孩扛着广角镜头跟在后面。男孩说："玉儿走慢点，小心摔倒。"少女笑着说："花木兰可是我的偶像，你看我的装扮像花木兰吗？""像啊！穿上盔甲就更像了！"少年夸赞着。少女笑得前俯后仰。她忽然就嗅到了丝丝缕缕的香。"好香啊！"少女轻叹着向花丛走去。这时不远处一朵花蕾在不经意间噼剥一声绽了开来，那一团粉艳瞬间便将少女的眸子照亮了。

2012年10月10日于延安宝塔山下

传奇金丁山

雄伟壮观的金丁山

　　一把雪亮的刀急速向我头上砍来,那冰冷的刀划破空气带着尖利的呼啸。我觉得一阵晕眩,忙用手托住身边的石壁。我甚至伸出双手在睡梦中无助地抓了抓。这是第二次梦到大刀,梦到金丁山,我觉得这似乎是一种隐喻,我应该再去那里看看了。

　　金丁山位于志丹西北约35公里处的金丁乡政府旁边。其四面环山,中间地势平坦开阔,洛河顺西山向东流去。就在这平阔的土地上,金丁山孤零零地耸立着。山东西长90米,南北宽70米,高约50米,通体为赭红色砂岩。其形貌奇特如一个大鼎,立于天地之间,在太阳的照耀下一片金红,当地人形象地把这座山称为金鼎山,后为书写方便改为金丁山。古时候人们因了生存的需要,不断在山上进行修筑开凿将其建成了一个奇险的山寨。千百年来当地人先后在山上修建了形态各异,大小不同的石室石洞35间(孔)。窑洞皆随山势而建,雄伟壮观。

　　山寨四面皆为陡峭石壁,古人在其东面开凿出了一道石梯,这是通往山上的唯一通道。石梯窄小陡峭,旁边依稀可见一些拴马的石眼。石梯到达半山腰没了路,眼前是一孔一米宽,两米高的石洞。洞门早已不复存在,石洞的正上方刻"无量洞"三个字。进入洞中是一个近乎60度陡坡,坡上凿有石梯。小心翼翼爬上石梯走出石洞,只见左右两面全是石头垒砌的石室石洞。它们大小不一,环环相套像迷宫一样。在大刀长矛主宰世界的时代,上面若有人把守,下面是根本无法上去，的确是一个易守难攻的险要之处。

出了石洞，便到达了山寨的第一层。这一层共有各类石洞20余间，是山寨的主体。顺着石道曲折弯转一路走过去，便转到了山寨的背面，其西北角有一处开阔的石台，可容纳几百人。崭新的防护栏是近年修建的，站在石台上整个金丁镇一览无余。山下街市井然商铺林立，街市的西北方有一座飞檐翘角的戏楼，特别引人注目，这也是小镇人经常集会的地方。四面山塬蜿蜒盘曲如六条苍龙将金丁镇团团围住。脚下石壁陡峭，沟谷幽深，有冷风直吹上来让人不寒而栗。

金丁在宋代便是一处险要的边关重镇。那时这个地方是汉、回、蒙古等十多个民族杂居交界之地，因生存、信仰的矛盾，时常发生战争。宋朝皇帝为防边患在金丁山北2.5公里的金汤村派驻了禁军，设立边防。当年这里所居人数众多，曾一度设为城镇。县志记载宋元符二年，即1099年在金丁山北设置金汤城。想当年城中每日鼓角争鸣，边疆战士持戈披甲，演习操练甚是雄壮。

千百年来这个地方战火频起，每次烽烟起，同居一地的各族强人为了自己的利益刀戈相向，互相杀伐。清末时，金丁山寨是当地百姓躲避兵荒匪患的重要堡寨。同治年间，乱匪从甘泉一路杀来，到达金丁后发现百姓躲入金丁寨，便将山寨围了个水泄不通，乱匪仗着人多剑长对山寨发起猛烈进攻。山寨上的百姓倚仗天险英勇防守，他们组织起敢死队抡着大刀、棍棒硬是将攻上山的敌人一次次打退。一时金丁山寨下面尸首堆积如山，血流成河，战斗场面壮观惨烈。一连数日围攻不下，恼羞成怒的敌人想出了一条毒计，敌人砍伐了许多木材，堆在山下放火烧山，石山被烧得滚烫。山上人又热又渴却找不到水喝，许多人被活活渴死。最后山寨被攻破，百姓全部被杀害，鲜血染红了洛河两岸。西山的烽火台已在岁月中冷却，但那杀伐的记忆却同死者的鲜血一同渗入了岩石的深处。那向我飞来的大刀是出自哪里呢？我暗暗寻思。

顺着石道往上走转过一个斜斜的石壁，便到达了山寨的第二个门洞，洞上刻有"凌云"二字。较之第一个洞，这个门洞更险要，山洞又窄又低，仅容一个人进入。里面是一个近乎90度的斜坡，洞很深，幽黑阴森，手脚并用才能爬上去。钻出石洞到达地面，眼前豁然开朗。这就是寨顶了。寨顶占地300多平方米,四周全是陡峭的石壁,寨顶距下面一层约6至7米,是山寨的第二道防御屏障。上面建有一座两层仿古阁楼,阁楼下部是"祖师庙",上部是"玉皇庙"。阁楼对面残存一孔石窑,据说系明朝建筑。石窑旁边修了一座水塔,是前些年为解决乡镇驻地用水问题而建的。祖师庙前有一通蟠龙断碑,因年岁久远字迹已模糊,大都无法辨认。被岁月模糊的还应包括一幕幕钩沉的历史,一场场惊心动魄的抗争。

太平天国最后一支捻军部队(西捻军)被强大的清朝军队打得节节败退。走投无路的袁大魁带着伤兵残将从东南顺子午岭,一路逃亡到达了金丁寨。当他们看到雄奇险峻的金丁寨后大喜,将山寨稍加修固便将军队驻扎在山寨上。清兵到达金丁寨后,将其团团围住。山上人据险死守,清兵一连围攻数日无法攻陷,只得撤去。袁大魁部队在金丁山寨休整后,顺洛河而下将部队驻扎在了象咀边的老崖窨窨子中。清兵四处打探得知后,派大军将老崖窨窨子包围了个水泄不通,经过数日围攻山寨被攻破,西捻军全军覆没。

千百年来黄土高原的人们一直在杀伐动荡中痛苦挣扎。无论谁是战争的赢家,遭殃的总是老百姓。民国时期陕北更是民不聊生,土匪四起。金丁山寨被一股强悍的土匪占据,土匪勾结民团整日强抢民女,欺压百姓,无恶不作。许多人被逼得妻离子散,家破人亡。金丁山寨成为令乡民谈之色变的黑匪寨。1935年中央红军到达陕北后与陕北红军联合一举攻下了这个祸害百姓的土匪寨,消灭了盘踞在山上的土匪,山寨从此解放。

近年,随着西部大开发的推进,人们的口袋都鼓起来了。为了活跃经济,当地人在金丁山下办起了庙会,建起了集市。小商小贩,买牛倒马的便从四面八方赶来。站在山上望去只见山下车水马龙,买卖交易、说书唱戏一派红火热闹。在和平时期,大刀已无用武之地,它已变成身边坚硬的岩石。昔日用来防御的堡寨,如今却成了四通八达的市场,时事的变化真是出乎人的意料呵!

2009年1月8日发表于《延安日报》

大隐马头山

　　走访马头山如探访一位暮年老人,我心怀一份敬意,又存淡淡怜惜。时光在给予一个人越来越多的经验见识时,却让人慢慢老去。踏上通往马头山的路途,我心中就这样黯然神伤着。

　　马头山地处陕北腹地志丹县西南部,属原始次生林区。随着车子的深入,越来越多的树林在我们眼前列队舞蹈,招摇枝展。时值仲秋,午后的太阳已斜斜挂于天暮的西北角。那来自浩渺太空的热浪仍灼得人昏昏欲睡。天有些旱了,路上浩荡的尘土在车后跳跃追逐。

　　行至半山腰一处空地停了车,前面山路陡然变窄,几个人顺着林中的一条便道徒步前行。山上松柏、杉树、白桦密密实实挤在一起,山下沟谷幽幽,绿涛漾漾。山风微凉,带着一丝青草、柏树的苦涩。转过一个小坡,几间刷着白灰的平房出现在眼前,一条土狗冲我们狂叫。平房中走出一位老人喊了一声:"别叫了,去!"土狗转身跑了。

　　这么一个人迹罕至的僻壤却有人居住,这完全出乎我的意料。通过和老人攀谈,才知道马头山发现了道士羽化真身。为保护这珍贵的文物,永宁乡政府在山上修了几间简易平房派他们在这看护。问及马头山道士羽化真身发现的过程,老人便兴致勃勃地给我们讲了一则趣闻。

　　前些日子有一牧民经常在马头山附近放羊,也常见半山崖的石龛下立一尊盘腿而坐的泥塑道士。当初并没在意,一日闲着无聊便用拦羊铲在道士身上捅了一下,被捅破的地方露出累累白骨。牧人吓得扔掉羊铲,逃回村中向人

马头山的绿海

们诉说所遇怪事。一个不经意的破坏却让一尊惊世的文物脱颖而出。经专家考证是一尊罕见的道士羽化真身,距今已存几百年了。此消息一经传出,乡民震动,当地百姓皆信其有神通,求拜者络绎不绝。顺着老人的指点,我们怀着半信半疑的心情来到了石龛下,石龛外围已装置了铁栅栏做了防盗门,无法进入,我们只能借助幽暗的光线窥探。

一道士盘足静坐于石龛下,束发阔目、神态安详。其全身被泥土封塑,上有彩绘痕迹。右胸开一洞,里面有肋骨数根色如陈银。那些泥土是怎样封上去的?一个肉体如何在经历数百载而长存不腐?一时许多疑问在心中回荡。铁门外置石香炉一座,香炉中积满香灰,上有香烛青烟袅袅。在我们之前应有不少求拜者来过。道士羽化真身已成为求道者卓然的超脱。

夕阳西下,山川树木都沉浸在一片淡淡的暮霭中。随处可见的残垣断壁,各种青灰而老旧的瓦砾;一块块雕制精美、残破不全的砖石;一通通字迹模糊的碑刻;一根根焦黑残断的梁柱都在诉说着马头山曾经的辉煌与荣光。顺着山上残断的路基迤逦而上,寺庙遗址一座接着一座出现在我的眼前。那些残像断壁强烈地冲击着我的视野,震撼着我的心灵。看着这十几处遗址不难想象这里当年的热闹与繁盛。

我曾在志丹县志上看到这样一则记载,1936年中央红军为了团结各方面抗日力量,派代表赴马头山与当时北方影响很大的民间组织哥老会代表2000多人召开了一场盛大的会议。会开了三天三夜,会上产生了两个重要组织,即中华抗日救国会、中华抗日救国军。这让平寂的马头山又一次充满了驿动,马头山又一次迎来了它的辉煌。

当年秦国统一六国后,在北方修建了著名的古代高速公路秦直道。直道

149

从甘泉入志丹境内穿永宁镇马头山而过。通途给马头山的繁盛创造了得天独厚的条件，也为此处庙宇盛景的出现打好了基础。

夜夜木鱼敲夜月，朝朝铁马响晨风。明朝洪武年间，太祖皇帝想通过祈天顺民的方式达到长治久安的目的，遂诏令在马头山修建寺庙。此后历朝历代不断增修扩建，到清朝时其所建的庙宇之盛，规模之大在北方已是屈指可数。据史载，依山势建庙宇十余座，有道士数十人，香客络绎不绝，盛况空前。这样一座宏大的庙宇群却毁于一次次戍边的冲突战乱中。其中最厉害的应是同治六年的回民暴动，十几座庙宇被烧得残破不堪，后虽经重修但一蹶不振。

它的繁盛是一个时代的偏爱，而它的衰落是一个缓慢而渐行渐远的过程。由繁盛到衰落，由喧闹到寂然，这中间有多少不为人知晓的秘密被岁月淡化埋藏。

夕阳西下，天边有淡粉的光返照在古老的山川林海间。一丝神秘迷幻的氤氲在山谷中慢慢升起扩散。脆生生的鸟鸣在山梁上飘来荡去。断垣、老墙的残影被挂得悠长。山静极了，能听见大地的微喘。也许这才是它的本来面目吧，物我两忘，静读风月，阔谈云天。

在我看来，这静坐的道士应是缩小了的马头山，而暮气中的马头山却应是放大了的道士呵！隐于群山万壑中的马头山如一神祇，兴与衰，荣与败，在无常中转换平衡，马头山的平寂应是它一种豁达的选择吧！从人世间的繁盛与喧杂走到精神的繁盛与智慧，这应是一个巨大的飞跃与超脱。大德与大道在寻常的审视中都应是孤独寂淡的吧。

2008年3月发表于《延河》第3期

绵山之火

介子推一觉醒来天已大亮。大雾从沟谷慢慢升起弥漫开来。大雾之后必是晴空,介子推心中充满喜悦。他回看老母睡得正香便没去打扰,悄悄走出山洞拿了木桶到沟中打水。每日汲水晨练是他必修的早课。

这雾与往日不同似带着淡淡的烟味,介子推觉得怪异。他提着一桶水爬上山坡觉得小腿肚隐隐作痛,这让他想起了一个人,那个名叫重耳的年轻人。他们曾是多么要好的朋友啊!

作为晋国的公子,因其显赫的地位与身世遭到了后母的嫉妒,后母打算加害他。为了保命,重耳离开了王宫过着四处流亡的悲惨生活。究竟是哪一天介子推已记不清了,但他能清楚记得与那个年轻人相遇的场景。重耳虽然落魄却充满了志向,眉宇间透出不凡之气。他与介子推一见如故,两人在一起谈人生、谈国家、谈理想。共同的抱负、追求,让两个人很快成了朋友。

见到重耳后介子推做出了一个很大胆的决定,追随重耳成就一番大业。也正是这个决定使他背负了一生的痛,这是后话。

后母为灭异己对重耳的迫害不断加码,她派出的杀手频频向重耳进攻。重耳带着介子推一帮人为躲避杀手四处奔逃。一连数日的奔逃,缺衣少食让身体虚弱的重耳累倒在了亡命奔逃的路上。据大夫说这是营养不良引起的,如果不吃肉,重耳可能会死掉。看到重耳病倒后他身边的人纷纷离开

151

了,介子推却日夜守候左右。重耳病情不断加重,介子推看在眼中急在心里,那个苦难的日子吃饭都成问题哪来的肉呢?割肉饲君,这个想法一出现介子推自己也吓了一跳,但这可能是唯一能救公子的方法了。奄奄一息的重耳疲惫地对他说:"介子推你走吧,我不行了,你一个人逃命去吧。"介子推清楚离开重耳后他的抱负功业都将付之东流。介子推知道他不能扔下重耳独自逃生。介子推哭着说:"公子你不会有事的,好好休息吧。接连几日他见重耳的病越来越重,跟随他的人也越来越少,心急如焚。他清楚割肉饲君是唯一可行的办法。一日,他找了一个无人的地方忍着钻心的剧痛将腿上的肉割下来一块,让手下的人炖汤给重耳吃。重耳从来没有喝过那样美味的肉汤。他对肉汤大加赞赏,当听到那是介子推割了自己的肉来炖汤救他时感动得流下了热泪。多好的朋友啊!他承诺以后要重重报答他的救命之恩。介子推说他不要报答,只要重耳当上王做一个开明的君主就行了,重耳点头同意。肉汤让重耳的身体渐渐好起来。重耳的勇敢、坚强,宏图大志与介子推的细密仁孝成了重氏政权集团的完美组合,很快他们的身边便聚集了一大批英雄奇士。

　　火,大火烧起来了!一个樵夫急匆匆跑来给正在打水的介子推报信。介子推向远山望去,果然见滚滚浓烟向山谷深处弥漫过来。他忙问是谁放的火。是晋文公重耳,他找你几次你躲着不愿见他便放起火来,要逼你出山呢?快往山外跑吧!不然会被烧死的。樵夫说完急匆匆地走了。

　　介子推一下愣了,老母还在山上,他忙跑去找老母。

　　经过一番不懈努力,重耳在介子推等一帮人的辅佐下终于实现了自己的理想成为晋国的国君。一时跟随者、沾亲带故者纷纷前来邀功请赏。重耳最想看到的是介子推,他想只要你开口,金银财宝、名车宝马、美女佳丽只要我有的都可以给你,但他却偏偏没来。这反倒让晋文公诧异了,你介子推虽割肉饲君但也不能居功自傲啊!做了国君手头的事也确实多,亲信要提携,朝纲要整治,社会要安定。一时忙得焦头烂额的晋文公便忘了介子推。一日忽听臣子们说城墙上有人写了一首诗,说他忘恩负义,介子推当年割肉救他,他却在当了国君后忘了介子推。一国之君威信最是要紧,晋文公听后忙召集亲信一同赶往介休找寻介子推。人没有找着向邻居们打听才知他在绵山隐居了。绵山纵横几个县,横跨百余里,林木葱郁,里面藏一支部队也难以发现,何况是一个人，这如何找寻？晋文公正犯愁，这时一位大臣提议可以在绵山三面放火，留一条路供他逃生，我们只要在路口等他便可，晋王觉得有道理。这可是一个最好的办法，不用费时去找，便可轻易逼介子推出来。于是晋文公便下令放火，他和一帮亲信等在唯一可逃生的路口。

老母已起床，见介子推慌慌张张跑来便知道有大事发生了。自从介子推跟了晋国公子后，他总是担惊受怕，如今总算功成身退可安安静静地享受天伦之乐，不想又要出事了。当他听介子推说晋文公放火烧山后，便催介子推赶快逃命。她知道自己走不动，介子推背着她只会使两个人都无法脱身。按介子推的个性既使被烧死也不会去见晋文公的。他是个孝子，为了保护母亲不由分说背了她就往山下跑。因年老体弱，介子推本来就行动不便又背个老母亲，两人行动缓慢跑不了几步就得休息。烟越来越浓，恰逢深冬，山风凛冽，火借风势四处乱窜，火苗子从沟谷很快烧了上来。介子推背着老母经过一棵老柳树边时，实在跑不动了他放下母亲休息。刺鼻的烟味呛得他快喘不过气。下山的小路已被浓浓的烟雾封住什么也看不见，他不知该往哪儿走。周围的树枝在火中发出啪啪的响声。"你快逃命去吧！别管我了。"老母说。"不，我不能扔下你，我们一块走。"介子推揉了揉发酸的腿，喘着粗气准备摸索着走。但他马上就意识到已走不了了。四面全是火，呼啦啦地烧过来，他本能地抱住了母亲……

晋文公和一群亲信一直等了三天三夜都没等到介子推。他有一种不好的预感。等到山火渐熄他和一帮人忙进山找寻，他预感的事终于发生了。在一棵烧焦的柳树下介子推和他的母亲两人紧紧地抱着，两人已被火烧得焦黑。晋文公看到这凄惨的一幕不由得号啕大哭起来。无情的火他见得太多，但这把火烧得他心痛。不应该啊！他叹息着，是他的一时糊涂造成的大错，让这亲如手足的朋友活活被烧死了。他一连几天悲痛欲绝。让厨房熄了火不吃不喝。为了让天下人都记住这个惨痛的教训，他下令今后每年在介子推被焚之日，即冬至后第一百零五日不准点火，人们必须吃冷食。他记住了这个教训，年年在这一日都要赶到绵山祭拜他的朋友。在祭拜之期整日以冷食充饥。这个习俗便一直保留了下来成为寒食节。绵山的大火如今已熄灭两千多年，但晋文公对介子推的忏悔之情却永远被人们记住了。绵山之火总是让人思之扼腕。

苍凉之上菩提叠映

　　风在狭长的沟谷旋转、聚集而后呼啸着扶摇而起。遇陡峭的山崖借势而上，穿林过谷向我直扑过来。我忽然体验到了一种奇妙的感觉，好像地心的引力瞬间消失了，我的身体轻薄如纸，被风吹得就要飘起来。我的身体不由自主地向后仰去，我弓着脊背努力和风做着对抗、保持着身体的平衡，但还是被风吹得退了好几步。好强劲的风啊！不知是紧张还是用力过猛，我出了一身汗，浑身凉沁沁的。

　　过了好一会儿风开始转弱，心情总算恢复了平静。我极目向远处望去，延安市像幅画卷在我眼前展开。四山苍茫，一条狭长的沟谷由北向南延伸，到宝塔山下分成两岔，成了个大写的人字，延安城就坐落在这个人字形的沟谷中。沟谷将延安市区最负盛名的宝塔山、清凉山、凤凰山分割在了三个不同的地方。沟谷中的高楼一座挨着一座，塞得满满当当，一些被挤得似乎要从山隘口溢出去了。在楼层之间，公路恰如人体繁密的血管，而车辆行人则似不断涌动的血液，在灵动、滋养着都市。隔沟相对的是宝塔山，仲夏的山塬草色葱茏，树木繁盛。那座声名远播的宝塔矗立在山顶广场中央。广场里有一些人影或走或站，他们衣着鲜亮像一簇簇盛开的花朵。

　　右首沟谷对面是凤凰山，山势蜿蜒似凤凰飞旋。山上草木繁盛，一些亭台楼阁在山林隐现。那里曾是杨六郎、范仲淹、沈括等人镇守边关的地方。1936年中央红军到了延安，中共中央领导人曾在凤凰山下的窑洞、房舍中住过好长一段时间，他们在那里指挥全国的革命运动，直至胜利解放全中国。

　　我站的地方是延安时期的中央印刷厂、新华广播电台、新华通讯社总社等旧址所在地,现在已建成延安清凉山新闻出版革命纪念馆。纪念馆前矗立着一座象征着新闻、广播、印刷出版的三人汉白玉雕像,旁边有石碑,上面镌刻着毛泽东题写的"深入群众 不尚空谈"八个大字。这是中国唯一的一座新闻出版专业博物馆,里面陈设着许多很有价值的历史文物。我在那里转了一会儿,略作小憩和几个朋友继续往山顶攀登。

清凉山古称太和山、万佛山。隋代以来这里佛教开始大兴,唐、元、明、清历代都有能工巧匠心怀虔诚在这山上雕塑佛像。山上各类佛洞、佛像随处可见,这些古迹中气势最宏大的要数半山腰开凿的万佛洞。四个巨大的佛洞依山势开凿而出。石洞内石柱上四壁上密密麻麻地雕塑着形态各异、大小不一的罗汉、菩萨、佛陀万余尊。石佛大者两米多高,小者仅二三十厘米。从墙底一直到穹顶,一尊接着一尊排列有序。窟顶中央雕琢着复斗式莲花藻井,有宝相花、如意云纹、飞龙、朱雀、几何纹等图案。雕造精美,富有动感。一尊尊佛像或站或坐,或伏或卧,或慈眉善目、或丑脸怒目,形态各异栩栩如生。有些佛像雕琢得特别精细,衣褶毛发纤毫毕现,真是巧夺天工。千万尊佛聚集在一个石洞中显得繁密而气势恢宏。

万佛洞周围还有仙人洞、碑林、月儿井等历史古迹。还有范公祠、延寿宫、庞公祠、印月亭等亭台楼榭。一个个楼宇亭轩形态古朴,各具特色。

山路全是青石台阶铺成。石台阶顺山势或直或曲,或陡或缓一路而上直达山顶太和庙。时值夏日,上山祈福纳凉的游人三三两两在山道间穿行。我们一边聊天一边顺石阶往山上走,都市的喧闹嘈杂声渐渐被抛在身后。抬眼看天高云淡风啸虫鸣,心中顿生出一种跳出三界,远离红尘之感。

快到山顶时,石阶通向一石门。一过山门,眼前豁然开朗。山上树木葱郁庙宇林立,一座座楼宇红墙绿瓦翘角飞檐,显得古色古香。山坡上有许多这样的建筑,在树林中错落有致地排列着。或曰玉皇阁、佛祖庙、老君庙、关帝庙、圣母庙;或曰三霄殿、太乙殿、大雄宝殿、魁星阁。僧道共处一室,仙佛都是一家。每座庙前都立着一个硕大的铁铸香炉,香炉中香束林立,青烟袅袅。旧时陕北因山大沟深,人们生存条件艰苦,生产生活、生老病死基本依靠老天和自身来解决,因此百姓对神鬼仙佛的信仰特别执着。人们有病、有难了来求;生孩子、搬家建房来求;天年不顺亦来求。佛陀、菩萨高坐莲台之上,眼睑低垂俯视芸芸众生,有果必报,有求必应。

有诗云:生生不已蒙盛德,多多益善伏神恩;紫竹林中慈悲主,白莲台上弥陀佛;九重天上朝圣母,万里人间祈子孙;莲花座上春风暖,杨柳枝头甘露春。

陕北处亚热带半干旱地区,终年少雨,一到夏日暑热难耐,而清凉山却空气湿润凉风习习。清凉山的清爽宜人是它独特的地理及环境形成的。清凉山地处延河与南河河谷交汇的地方,终年劲风不断。山上有溪洞、山泉多处,即使久旱无雨山上泉水也从不干竭。特别神奇的是山上有一个"水龙洞"。洞有1500多米长,深入山腹中。洞内怪石嶙峋,终日泉水叮咚如环佩。洞内有一裂缝,数千丈,随山就势直通天外。夏季不论周围有多热,而此山总是凉爽宜人,因此人们称这山为清凉山。山上最凉爽的地方是山腰处的一口井边。那井在一块巨石上凿出,井口直径约三尺深不及一丈。每逢晴朗之夜,井中月影摇曳,因此得名月儿井。井中水虽不多但终日盈盈,从不曾干枯过。站在井边清风徐徐,凉爽宜人,被人们称为清凉第一。

清凉山上建有道观。有几位道士终日持咒诵经,为世间凡人指点迷津,禳灾驱苦。山上庙宇众多,信众亦多。每年山上会举办一两次庙会,在举行庙会的时候,清凉山人潮涌动,拜神的、踏青的、做小买卖的到处都是。登山的队伍

透过清凉山上的小亭看延安市夜景有别样的韵味

排成了长龙,熙熙攘攘的人流挤满了山间的石道。

　　山顶建有戏楼、观演台,说书、唱戏是必不可少的节目。庙会一开始,陕北几个有名的戏班子、说书班子都赶了过来。演古唱今,你方唱罢我登场,把个戏楼踏得震天响。那些游访卖艺的、表演杂耍的、变戏法的则随处找个空地就表演开了,不一会儿便会被热情的观众团团围住。演艺场子就这样一个个形成了,赞叹声、欢呼声此起彼伏。

　　山上人一多,需求就多了,商机也就来了。一些人在山上搭起了简易的小帐篷,开起了酒店、饭馆、熟食店、特色小吃店;有的人则圈出块地摆上各种娱乐、游戏设施开起了游戏场;还有的人推着三轮车,上面吃的、喝的、穿的、用的应有尽有,搞起了流动百货店。庙会期间清凉山变成了人声喧杂的闹市,做买卖的、讲道说法的、抽签算卦的干啥的都有。除了那些虔诚的信徒,更多的是休闲散心的游人。有的埋头独行,有的邀朋唤友,有些则拖家带口来看新鲜热闹。有谈情说爱的青年男女,有挑担的脚夫,有游访的高人,也有糊口的乞者。人们在这里演绎生命的渴欲贪嗔,悲欢爱恨。

　　山庙有佛陀、菩萨数尊高坐莲花台上。众神一律慈眉善目,眼睑低垂俯视芸芸众生。人与仙佛虽近在咫尺,却是两个世界。据说仙佛都居于红尘之外,有大智慧、大德行。不受物累,不被欲缚,不为情伤。他们化形世间万象,却超脱于万物之外。用一些神秘的技术平衡着世界的力量,度化着生命的轮回。

2013年3月19日于延安重玄阁

神奇永宁山

每当我站在高山之巅,看那连绵的群山浩荡于天宇之下,听那来自远古的风声在耳边叹息,我的心绪就久久不能平静。这片伟大神奇的土地啊!它的每一条曲折的河谷,每一座耸立的高山,都承载过感天动地的豪情,都吟诵过波澜壮阔的史诗。

那些随处可见的红石红山,像一团团一束束固化了的火在时光中闪烁燃烧蔓延。一种奇异的感觉总是会在你与这些红石的对视中油然而生。

来到陕北,来到志丹县城。放眼望去,千百座雄壮的山手牵手、肩靠着肩在天宇下浩荡而立。山被厚厚的黄土覆盖包裹着,充盈眼帘的全是那绵密厚积的黄土。但在一些深深的沟谷、陡立的断崖,你会见到截然不同的景象,那才是志丹有别于其他地方的所在。那些山崖全是尖峭裸露的,颜色也不同于常见的土黄与青灰,它呈现出一种奇异的红色。褐红、深红、豆红、暗红,那繁杂的红色像凝固的血。一些纵横交错的纹理如青筋一样在崖壁上突现。那些血色的崖壁已不像山更像是一些巨大的裸露着血肉的兽。一座座山形态怪异,它们应是有血性、神性的。洛河峡谷从吴起塬直贯而下如一条巨大的伤疤,横呈于志丹县境内。峡谷中耸立着无数形态奇异的大山,在突兀的山崖上不时会出现一两个或三五个悬在半山的石洞即"窨子"。那些"窨子"是当地乡民为躲避敌军、土匪而在半山上凿出的另一个家。那些众多的"窨子"将陕北人生存的艰难与恐怖真实地记录了下来,它是刻在山崖上的符号,它诠释的是那个时代的杀戮、动荡、苦难。它们如一个个呐喊的喉在啸叫控诉着人类理性的残缺与血性的暴虐。

沿洛水一直东下，在接近永宁古镇的地方，你会被一座如钟般的巨大红色石山挡住。山背靠巨崖，高耸入云。山上岩石裸露、暴突，色如凝血。"窨子"一排排，一层层密集地出现在你的眼前，它奇异的景象冲击着你的视觉与想象，让你震撼，让你有一种欲哭的悸动。这就是北洛河上著名的奇山——永宁山。

夕阳下的永宁山色如凝血

永宁山距志丹县城东南约28公里，属于子午岭山脉的一部分，东西走向，长2.2公里，宽1.5公里，海拔1312米。它与永宁镇东南的鸡冠山如两座巨大的血色屏风挡在永宁古镇的两边。每当夕阳西沉，这两座山一片艳红，山上似有大火在燃，初到永宁镇的人会以为到了《西游记》中的火焰山。

永宁山因其山势兀然耸立，似一座通天的塔楼，古时被称为石楼台山。传说古时一群躲避战乱的乡民逃到洛河看到河边立一石山高耸入云，石壁如刀切一般陡峭险峻，山上有一些石洞，众人大喜，便凿石阶而上住在洞中。乱匪来时在山洞坚守抵御，匪去后在山周围耕种生息，俨然一个动荡年代中的世外桃源。

因其特殊的防御功能，历代史书对它都有翔实记载。数百年来乡民在山上不断挖洞扩建，到宋朝时永宁山已形成上下三层有大小石窑洞数十孔的山寨。山寨窑洞，大者可容百十人，小者仅容一两人。山洞与山洞有隔有通，错综排列，饮食、如厕、住宅、圈舍各有其用、井然有序。整个山寨可容纳百余户成千人居住生活。山寨上层高居山顶，像妇人高高盘起的发髻，有石洞20多孔。上有瞭望塔，炮台设置土炮数门。中层有约20多孔石洞，曲径幽通向里凹进去。山洞都很大，且洞外地势较开阔。下层距洛河水十余丈，有十多孔窑洞环环相套成为一体，其中一个洞里有水井直通洛河。山上用水可从井中直接汲取。三层石洞各自为寨、寨与寨靠南边断崖上的石桥连通。桥可随意移动,遇到敌兵乱匪时将石桥拆除,山寨与外界便被断开。这一天险曾使住在山寨上的人多次躲过了匪徒战乱杀伐。

陕北在历朝历代都是一个战争频繁,各族征伐融合的边关要地。每一次狼烟突起,就是一次对生命的肆意杀戮,就是一次人性大厦的崩塌倾覆。哀鸿遍野血流成河,青褐的山崖在血的浸染下积满了诡异与愤怒。据史记载,其中几次大的暴乱对这片土地造成的灾难尤为深重。县志记载同治六年乱民暴动保安县境内数十个山寨、窨子——一被攻破,杀红了眼的敌人如一架巨大的刘割生命的机器横扫而过,尸首堆积如山,血流成河,连老人孕妇都不能幸免。偌大一个县侥幸逃得性命者不足四五十人。永宁山寨上住的几百户人闻风拆除石梯,拿起大刀长矛倚仗天险顽强抵抗。敌人搭人梯、放火烧围攻数日,死伤100多人竟然无法攻破山寨。眼见粮草不多而山寨固若金汤,乱匪无奈只得扔下同伴尸首含恨绕道而去。山寨从此声名大震,令暴匪闻之心怵。因其地势险要易守难攻,清末、民国时期保安县衙驻地都设在这里。

永宁山寨以其险要雄奇,地理位置特殊成为洛河上的第一山寨。民国二十一年,保安县长贺耀斌感叹永宁山的雄奇壮伟,慨然挥笔写下了"洛上奇峰"四个大字刻于石壁上。在经历了几十年的风雨后这四个苍劲大字仍清晰可见。

民国时期政治腐败,内忧外患。心怀远大理想抱负的刘志丹从黄埔军校毕业后回到了陕北。作为一名土生土长的保安人,他深知永宁山寨的政治地位和险要地势。1928年他首先在永宁山上建起了保安县第一个党支部——中共永宁山党支部。从此这个奇险的山寨成了陕甘边革命的摇篮。

抚着那粗糙的沙岩,小心翼翼穿过狭窄的石桥来到红石裸露的山寨。眼前的山洞已破败不堪,被岁月烙上深深的褐色印迹。看着那因烟火、水汽侵蚀得表面发酥的石壁,想起当年刘志丹在白色恐怖时期,置生死于度外,在敌人的眼皮子底下搞兵运、搞武装起义,打土豪、分田地,是何等无畏与艰难啊!保安红色革命的星星之火是被一个如山崖般刚强沉稳的陕北汉子用如炬的目光点燃。这股火焰携带着红色山石的神奇与愤怒,由永宁山向着陕甘边燎原。

永宁山因承载了革命的气魄与精神而从北方众多山寨中突显出来，成了一座红色革命发展壮大的堡垒。在刘志丹的引导带领下，一批又一批劳苦大众在这里寻到了马克思主义的革命火种。他们小心翼翼地怀着这一缕微弱的火光，凭着一份执着信念去燃烧、去抗争，将民主自由的火焰燃遍神州大地。在永宁山党支部的组织领导下，保安县广大民众反压迫、反饥饿，争权利、争自由，与国民党土豪劣绅展开了一次又一次激烈的斗争，取得了一个又一个胜利。1929年在党组织的发动下，刘志丹、曹力如当选为保安县民团正副团总。他们用先进的马克思主义来武装民团，把保安县民团改造成为共产党领导的武装力量。

1935年5月，在永宁山党支部策动下，保安民团一个班武装起义，与游击队及当地穷苦的百姓里应外合消灭了反动派，解放了国民党控制的永宁山寨。红旗在永宁山头飘扬的那一刻，也昭示了这红色的雄山成了劳苦大众的天下。

永宁山经历了太多的杀伐与争夺，永保安宁是这里百姓心中最高的企盼。但在充满动荡的年代，没有哪个地方是可以平静安宁的。血色的山崖只有愤怒，只有对杀伐仇怨的记忆。在共产党领导下劳苦大众舍生忘死、英勇斗争将三座大山推翻成了自己家园的主人，永宁山才彻底成了一座和平安宁的山寨。和谐的家园是不需要长枪与壁垒来封闭与孤立的，县委与政府驻地也自然迁到了平阔的沟谷——保安镇。为了纪念民族英雄、群众领袖的伟大功绩，保安县改名为志丹县。从杀伐混乱中走出的永宁山，耸立在岁月的风尘中如一座无言巨碑。

如今的永宁山已失去了昔日的光辉，它如一位历经荣光与阅尽世事沧桑的老人，静静隐于人迹罕至的僻壤。那曾坚固的墙栏已锈烂破败，山崖上的古炮已化为枯木，那粗糙的山崖已爬满了青苔与杂草。但那殷红如血的汁液仍往外渗，那血的红渍似在时刻提醒人们这里曾承载过的英雄的血肉与精神，这里曾经历过的那些不寻常的历史。

2009年9月发表于《延安日报》

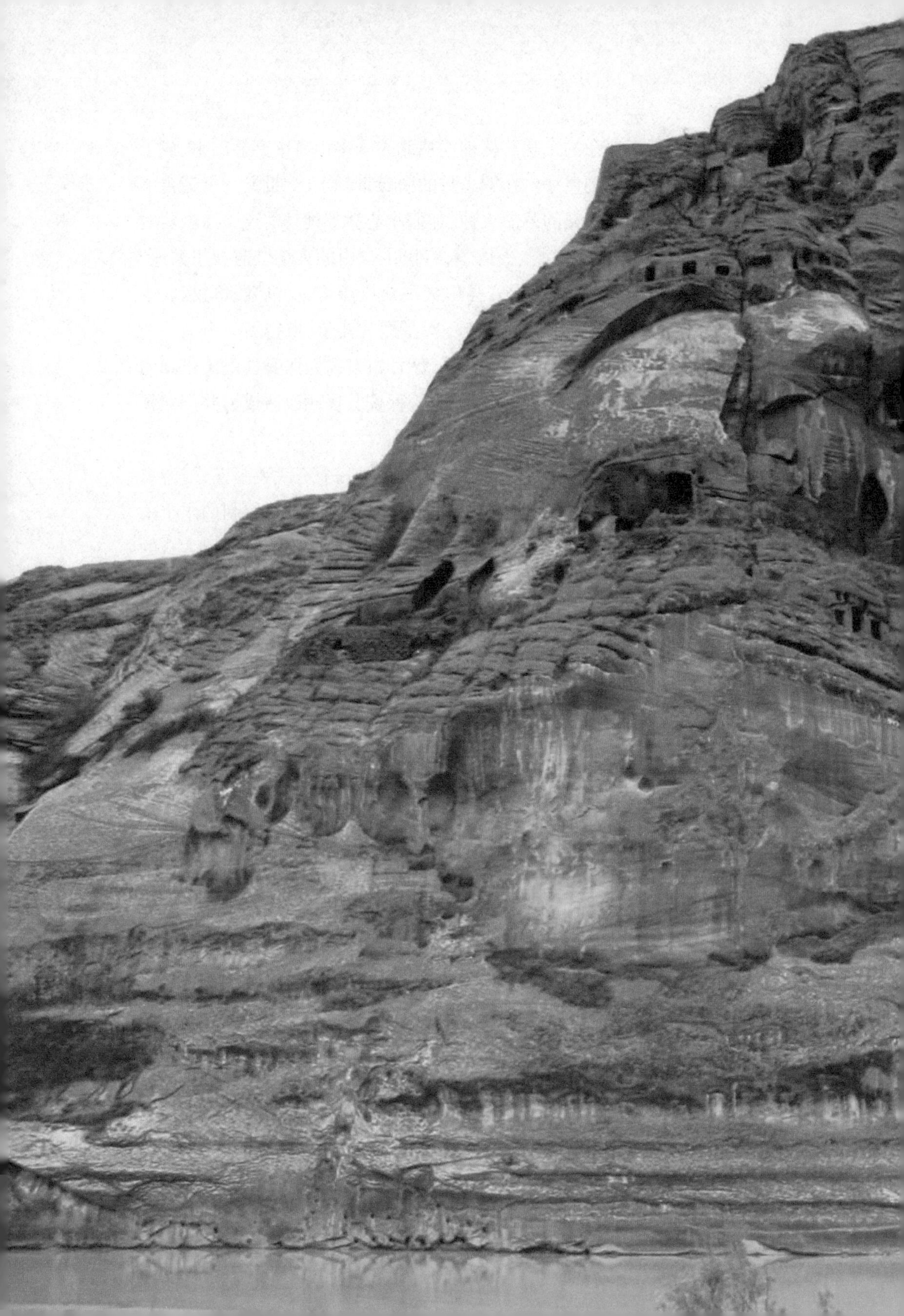

洛上奇峰永宁山在志丹县西南部28公里处的洛河边上。

烟雨黄山

黄山的美像一幅丹青高手精心勾染而成的水墨画，近山铮铮挺拔有苍松点缀其上，远山云蒸霞蔚形态各异有仙气。站在黄山摄影挂历前我看痴了去。它的奇特壮丽让人神往，让人心魄动荡。

不知几时起心中生出了一些牵念，总想着有一天能踏足黄山，亲眼看看那山峰耸立中的云海，亲耳听听风卷劲松与陡崖的声响，亲手摸摸那笔状的山崖，吞吸几口潮湿而清爽的黄山云气，体验一回身临"仙境"的感觉。黄山就这样在我的思念中常常闯进我的梦里。梦中我化身大鸟在旷谷与云海间翻滚、旋舞、飞翔、穿越。那是种怎样的激奋与畅快啊，那些梦境已成了我心中时时温习的一段幸福。

因与黄山有这样的渊源，当我踏着2004年秋日清爽的山风来到黄山脚下时，我拒绝了导游坐缆车上山的提议，跟着几个朋友兴冲冲地拾阶而上，开始了亲历黄山的旅程。通天的石阶时陡时缓，曲曲折折盘旋而上隐入大山深处。我们一边登山一边观赏那些巨峰奇石。一路上去青山郁郁、流水潺潺，越往上走山势越奇，景色越美。从山底到鹅顶十多华里，我们走了一个多小时。一路上游人如织，他们神采飞扬，欢声笑语不断。开始登山脚步轻快没有丝毫不适，待登到山腰才觉浑身燥热，两腿如灌了铅，沉甸甸的。我们放慢脚步走一段路就停下休息一会儿，好在有美景可观，倒也不觉太苦。到鹅顶时发现太阳忽然隐入云中，天暗沉沉的。极目远眺，峭峰前怪石山松在云雾间若隐若现。远处山上的云与地上的雾粘在一起已分不清哪是天哪是地。

导游黄小姐是当地人，热情大方。她用一口不太标准的普通话给我们讲述着她家乡的奇闻逸事,我们边听她讲边跟着她一路往上。身边是巨大的悬崖,下面的沟谷深不见底。有雾从沟谷升起,慢慢散开,空气清爽而湿润。

经过一个多小时的攀爬,我们到达始信峰。人常说凡是名山大川都有它独特的韵味与玄妙。黄山除了山势雄伟峭拔外,更值得一看的就是黄山松。天宇妙化众生,黄山松美得雄健苍翠,奇得特立怪异。其姿态种类繁多:有的头如华盖立于天地间;有的枝干弯曲如伏牛横卧石中;有的根茎裸露,青筋暴突如猛兽藏于山石间;有的和其他树生长在一起,一树千貌浑然天成。人们就根据它们不同的形态、特征,起了美丽的名称。卧虎松因其形如猛虎而得名,龙爪松因其根须似龙爪而显威。有些松树还有着美丽的传说,连理松为两姐妹牵手站立而成,黑龙松为上天苍龙所化。每一棵松树都有它独特的风格,都有它新奇的典故。

天快黑时雾大起来,在山谷间涌动,然后架着风车飞速向四面扩张、弥漫,云海在山谷间悄然出现。站在山顶放眼四顾,无数山峰散列于天宇之下。前面不远处就是万丈深渊,空谷远处,一座座陡峭的山峰大部分都隐在浓雾中,随着雾的升腾那些山峰慢慢变小,最后只剩下一座座山头。雾在旷谷间翻腾、冲突、汇集、舒展,我梦中的鸟似乎已飞入了那滚动的云雾间。云雾不断变浓变厚,不一会儿远处的一些山峰,被云雾笼罩变淡,一点点地在雾中隐去。开始还能看到隐隐约约的影儿,后来完全被云雾吞没,天宇之下出现了白茫茫的云海,近处的山峰、苍松也渐渐模糊起来。雾很快向我们漫来,并将周围的一切用白纱遮起来。大雾开始变得如牛奶般浓稠,周围白茫茫一片。似乎整个世界都被浓雾包围,你已不知身在何处,眼前只有模糊的树影和苍灰的石阶。忽然有大大的雨点从头上落下来,顿时地上被打得噼里啪啦作响。要下大雨了,我们不敢停留,冒雨跟着导游顺原路折向山洼间的旅馆。

我们顺着石阶走了很长时间终于到达宾馆,雨开始变小了,雾悄然散开,视野开阔了许多。大伙忙着赶回房间换身上的湿衣。宾馆住宿条件很简陋,房间里密密麻麻摆满了架子床,我们十多个人挤在一间窄小的房子里。已好多年没有享受这样的"待遇"了,但出门在外只能将就。天渐黑,爬了一天的山都很累,我们早早上床休息了。

第二天,一早起来就听到沙沙的雨声及潺潺的流水声。外面仍然在下雨，我们吃了早点，带上雨具开始登山。山路很滑，能见度很低，我们走得小心谨慎。从始信峰走到莲花峰已到中午了，山川树木全浸在雨水中，树木因雨的清洗变得翠绿油亮，山崖则呈现出一派青褐。远山是看不清的，只有一些模糊的影儿，让人感觉好似一个美丽而潮湿的梦境。同行中有几位老人行路不太方便，虽然有时需要我们帮扶一下，但他们个个精神抖擞，似又回到青年时代，一直冲在队伍的前面。飞来峰是《红楼梦》电视剧开篇的一个场景，它孑然耸立的身姿吸引着无数人的目光。上飞来峰有一小段石道窄而陡，那些老人上不去就喊着：朋友！替我们摸摸那石头吧，我们终于到这里了，总算是亲眼看到它了。

到达光明顶时雨停了。在一块巨大的青石上来来往往聚满了人，有的坐下小憩，有的站在石上闲聊。从四面八方登山的人一拨一拨赶了来。一时间，到处都是人，光明顶显得混乱、拥挤、热闹，像个大集市。此时大家都有些饿了，便相约去游客中心买了面包、火腿、热水、方便面，简单垫了垫肚子继续赶路。

雨后空气清爽温润。雾很大浓得化不开，近处的山石还能看清楚，远处的巨石、山峰全成了一个个模糊的影儿。黄山的迎客松早已声名远播，它的身姿被制成各种纪念品广泛流传。在刚开始登山时听一些人议论说那松是人造的，真的已经枯死掉了，我带着疑问向迎客松走去。那里围了好多人，穿过人群我不由得笑了。迎客松生长在悬崖边，粗壮高大，那枝叶浓翠得娇艳欲滴。整棵树雄壮得不得了哪会枯死呢？一股股云雾不时从山谷间升腾而起，如纱般将山川遮了起来。那时隐时现的苍翠有一种芬芳而神秘的美，它的孤傲奇姿在云雾中愈加显得风情万种，真是一株神奇的树啊！站在迎客松前我突发奇想，它见到的第一位客人是谁呢？也许是一个砍柴的樵夫，也许是一个游访的高僧，但斯人已远去，而松树常绿常青立于悬崖，笑迎海内外四方来客。昔日孤松青峰在此修行，可否会想到当年的寂地如今会有这番喧闹呢！

带着对迎客松的恋恋之情，我们依依不舍离开莲花峰。跟着娇小的黄小姐一路穿洞过桥往山下走。深深的沟谷望不到底，一团团云雾在山间缭绕、弥漫。我走得小心翼翼，在一路的新奇欢悦中到达下山索道，一行人乘索道腾空而起，向山下飞去。

2012年3月15日于红都

玉龙是一尊神

云南像一个花枝招展的美丽少女，又似一个色彩斑斓的梦幻。它的妩媚与高贵让我魂牵梦萦。

2008年仲夏一个偶然的机缘，随了旅行团乘飞机直飞它的怀抱。一踏上大理首先看到的是一座头顶白冠的大山，其如一个顶天立地的巨人雄立于天宇之间。有淡淡的雾岚在山腰间缠绕，它银色的身影在云雾缭绕中愈显得美丽而神秘。这就是玉龙雪山，一个朋友说。它是一个神呢，当我第一眼见到它时便生出了这样的想法。

"它像一个神呢！"我自语。这时纳西族的一个兄弟笑了：你可真有眼力，玉龙雪山是"三朵"大神的化身，是我们纳西族的保护神。每年农历二月初八，我们这里都要举行盛大庆典活动欢度"三朵节"，来表达对玉龙雪山和三朵大神的崇敬之情呢。我不由得暗暗惊叹，那让天宇为之静穆的雄山早已高耸于纳西族每一个人的心之圣地。

回到宾馆后我特意查了关于玉龙雪山的资料，它是云南云岭山脉中最高的一列山地，南北长35公里，东西宽约20公里。群峰纵列，山顶终年积雪，山腰经常云雾缭绕，远远望去，宛如一条玉龙伏于天地间，故名玉龙雪山。它由13座山峰组成，海拔均在5000米以上，是世界上北半球纬度最低的一座有现代冰川分布的高山。

关于玉龙雪山，纳西族民间流传着一些美丽的传说。据说很久以前，纳西族出了一对英武的孪生兄弟，哥哥叫玉龙，弟弟叫哈巴，他们的父母很早就去世了。父母去世后他们相依为命，和乡亲们在金沙江淘金度日。一天，从北方来了一个凶恶的魔王，它霸占了金沙江，不准人们淘金。人们失去了生活依靠，一些人被迫离开故乡艰难度日。这时玉龙、哈巴两兄弟站了出来，他们为拯救困苦的人们挥动宝剑与魔王拼杀。他们厮杀了两天三夜，哈巴弟弟因体

玉龙雪山融化的雪水滋润了美丽的丽江小镇

力不支,不幸被恶魔砍断了头,变成了无头的哈巴雪山。玉龙哥哥拼尽全力与魔王展开了殊死搏斗,他一连砍缺了十三把宝剑,终于打败了魔王夺回了金沙江。玉龙哥哥为了防止恶魔再次侵扰,站在金沙江边高举着十三把宝剑日夜守护。后来他和他的剑就变成了十三座雪峰,雄立于金沙江边,而他战斗流出的汗水顺沟谷流出化为了黑水、白水。

又过了许多年,一个叫"三朵"的神灵来到雪山住了下来。他正义勇武能征善战,经常为当地人扶危济困,千百年来纳西族人都崇奉他为保护神。据东巴古籍记载,三朵属羊,所以在过去,每年农历二月初八和八月羊日,各地的纳西族都要到丽江白沙玉龙祠隆重集会祭拜三朵神。有的还在自己家中举行"祭三朵"仪式,以祈一年的平安顺达。

玉龙雪山主峰是扇子陡,山脊呈扇面展开。它在一马平川的丽江坝子北端高高耸立着,像一尊身着银盔玉甲、容貌英武刚猛的勇士昂首云天。它与丽江古城仅隔15公里,高差却达3200米。山上终年冰封,山腰森林密布,山下四季如春,构成世界上稀有的"阳春白雪"景观。由于主峰山势陡峻,地质结构复杂,是迄今无人登顶的"处女峰",这更显出它的雄伟神秘。它美丽的传说、雄壮的山势引起了人们无尽的遐想和探奇的渴望。

因了它巨大的高差与奇特的气候特点,对于登山的人体质要求比较高。特别是坐缆车上山,血压高心脏不好的人会有危险。据朋友说,前几年有一个北京的男子在云南旅游时,结识了当地的姑娘,两人产生了恋情。他们相约去玉龙雪山游玩,当他们坐缆车上山时,美丽的女孩突然犯了心脏病,待急救人员赶到时女孩已停止了呼吸。女孩的父母按当地的习俗将女孩葬在了玉龙山下。伤心欲绝的男孩子,每年都来玉龙雪山祭奠他心爱的恋人,有一次他再也承受不了失去恋人的痛苦,便纵身跳下了云杉坪,去寻找美丽的玉龙第三国。

云杉坪深藏于玉龙雪山深处,其海拔3365米,四周密林葱郁,古木参天,就像一个世外桃源。纳西语称为"吾鲁游翠阁",意为"玉龙山中的殉情之地"。传说年轻的男女在玉龙雪山脚下的云杉坪殉情的话,他们的灵魂就会进入"玉龙第三国",摆脱世间一切烦恼,升入理想的爱情国度,得到永生的幸福。过去,许多纳西族青年男女互相爱慕,却因世间的种种阻碍无法相恋、相守时,忠贞刚烈的男女就会穿上最漂亮的衣服,戴上最喜爱的物件,来到云杉坪殉情,他们双双纵身跳下悬崖含笑而去。他们相信,在那里钟情的恋人可以尽情地躺在雪水滋润的鲜花丛中,沐着清纯无比的皎洁月光,饮着最靠近天国无比晶莹的天赐露水,长久地相守直到永远。因此,云杉坪也成为人世间一个浪漫而充满感伤的地方。

因独特的地理环境,玉龙雪山景色迷人。山顶白雪皑皑,山间林木葱茏,沟谷水草润泽。草垫如绿色的巨毯,铺满沟谷,山间的湖水碧蓝莹澈,如雪山睁开的眸子美丽动人。传说在这美丽绝伦的灵秀之地,住着一对爱神。女的叫游祖阿主,男的叫构土西古。他们以绿草鲜花为地毯,晨雾流云为纱帐,日月星辰为明灯,五彩雉鸟当晨鸡。他们整日骑着红虎和白鹿,弹着口弦吹着竹笛,率领着无数的飞禽走兽,在云和风中嬉戏游走。他们不停地呼唤着人世间悲苦受难的有情人,让他们在这个美丽的地方永生永世相守。

站在高高的山顶我突然产生了一种强烈的渴望,渴望纵身跃下去找寻那美丽绝伦的第三国。但我知道,我的智慧不足以引导我找到他。我的第三国只能在匆碌的生活、繁杂的琐碎中寻找了。我想,玉龙雪山的纯净、美丽、雄壮、神秘已成了一座高高的丰碑立在人们心中,已成了当地人们躲避丑恶,逃离苦难的一块圣地。它通向一个地方,那是芸芸众生超脱的高点,是美与自由的净土。

秋日里陕北高原被满山满洼的苹果染红

乡村恬淡

高原山村

关于一头骡子的遥远记忆

　　那个牲灵是属于乡村，属于土地的。那些高楼构建的峡谷，水泥构筑的长堤没有它的立足之地。都市在排斥乡村的窄小破败，尘土泥泞时也排斥了在乡村昂首阔步的骡子。在都市它的地位已被一些力气巨大，不知疲倦冒着灰色烟雾的钢铁所取代。在没有骡子的城市中奔忙，我也渐渐将与我打了数年交道，并在我腹上留下深深蹄印的骡子忘却。

　　中午暑热，我躲着烈日顺墙角穿过一条街巷。正午的街道如烤得发烫的铁板，除了疾驶而过的汽车什么也没有，死寂、惨白、灼热。一段斜坡上我突然发现了一个衣衫灰褐有些褴褛的中年人，正吃力地拉着一辆三轮车缓慢而上。车上载的是煤，煤块在车的中部高高隆起来。车子很重，轮胎扁扁地泄下去。那种车子在平地是可以被骑着如风般奔跑的，此时车上装了满满的煤块，又是上坡，他已不能骑在车上自得前行。煤的重量与路的角度把他从车子上拉下来。他埋着头，撅着屁股，浑身用力与车子较着劲。汗水不断从他黑红的脸膛流下来，他不时用衣襟去擦。

这样热的路面，如此沉重的负荷他一定累坏了，他几次停下脚步喘息。看着青筋暴突的他我突然就想起了乡村的那头骡子。

骡子可是好劳力呵！它被养在二叔搭的草棚子下面，整日吃着最好的料。它驮二三百斤的荞麦、土豆一口气能走几十里地。它似乎很高傲，即使驮着重物依然昂首阔步，只有在上坡时它才会低了头撅着屁股吃力上爬。它的力量也让它多少拥有了一些骄傲与自得的资本，它总是在我接近时，扬着骄傲的头颅，冲我不友好地嘶叫。它的高大与敌意引起了我的敬畏与厌烦。就在我试图与它慢慢相处、缓和隔阂时，它却在一块麦地边将我踢伤，它踢我是嫌我阻止了它的偷嘴。从此无论是什么样的骡子我看到都特别害怕并充满憎恶，而它们似乎更怕我。它们似乎有一种天然的感应，有我在的场合没有一头骡子能安静下来。

我固执地认为所有的骡子都是丑陋、贪婪、多疑的怪物，它不通人性的蹄子踢伤我的同时也伤害了我的自尊。在没有人看护的情况下，我总是有一种狠揍它们一顿的迫切欲望。

那个拉煤块的中年人，他的一走一顿，他甩头的神情及黝黑的长方脸膛，都在让我不断地确认它就是一头充满力量的骡子。

车子到达半坡一处平缓地带时，他将车头一拐停在了路边。他喘了口气，撩起衣袖在脸上擦了一圈后往四下看了看，见没人便从车子上抱起一块巨大的煤扔在水沟边的一个小土坑里。他用脚快速地将路边的土拨在上面。这一切都是在几秒钟完成的，动作迅速一气呵成。我想他干这事应不止一次，是个老手。做完这些他拿出一支烟，蹲在路边悠闲地吸了起来。此时他的愁苦似被一只看不见的巨手抹去，他脸上漾出了幸福的笑。烟抽完，他又推着车子艰难地爬上了坡，向一个街角拐去。

好聪明的骡子，我不由得叹服。买煤一般都是买者跟了拉煤车子一块去装煤、过秤、开票，再相帮着一块拉回去。也有些人怕脏、怕累就直接叫一个"煤车子"去装煤，拉了来凭票领钱，很少有人复秤，这便给了他们可乘之机。刚才那百十来斤的煤应是拉煤者的小算盘，就像当年那头偷吃麦子的骡子一样沾些小利罢了！

在鄙夷的同时我却又同情起他来。那毕竟不是一头骡子，那个年纪正是生命背负担子最沉的时候,上有老下有小都得顾啊。那么大的岁数了,却要像骡子般拼着命干活,挣那点微薄的运费来维持生计,确实不易。

　　印象中的那头骡子力大无穷,它常驮着巨大的布袋在村庄穿行。我在羡慕它力量的同时也颇为感伤,因为它是骡子,所以拼命地干活就是它的宿命,啥时累不死,啥时无法摆脱驮物的苦役。再看看那些生活在城市边缘的穷苦百姓不也是这样吗?老人、孩子、道义、责任那些种类繁多的重,哪一个都放不下,都得招呼着,埋头扛着,一步一步向前走。他们或许偶尔会耍点小聪明,得一点小恩小惠,但苦难的本质根本无法改变。

　　在这样的思度下,我开始重新对童年的乡村生活进行了逐一思索、回望。对那头养在二叔草棚下的骡子的过去时光进行了逐一追忆。在确认与赞叹中,就别有一番滋味在心中慢慢散开了。我想那头骡子虽然偷嘴、踢人,但它活得确实不易,我应摒弃前嫌,多说一些它的苦难和奉献,甚而奉上一些赞美才是。

　　骡子!你这头体格魁梧,在乡村昂首阔步的骡子。

2008年12月6日发表于《延安日报》

唢呐风吟

那棵古铜色的树在高原的厚土中孕育生长。那带着结瘤，张开孔洞的根须狠命扎向土地，饱吸泥土浑厚的风韵，岁月如洗的华彩，在高原乡民的吟唱中不断养炼生长。那枝干上面闪着金属光泽的花朵盛开，涨大承接太阳灿烂的日华，四季律动的歌吟，不断润泽闪亮长成一口圆圆的喇叭。高原人的爱恨情仇在经历了千百次风沙的吹打后，顺着那鼓圆的腮帮子，狭长的木杆，晶亮的喇叭口喷吐而出，化作一簇灿烂的花朵，盛开在高原乡民的情爱之上。那金色的花朵一开就是数百年，在那悠长的岁月中愈长愈美丽，这就是陕北的唢呐啊！

唢呐这一神奇的乐器在元朝时便从波斯传入了陕北，它属于管乐器，由哨子、芯子、号管和铜碗子四个部分组成。哨子一般是在芦苇秆上缠绕铜丝而成，相当于人的嗓子，是发声器。芯子与铜碗子是用铜皮捶打而成的扩音器，中间由号管相连。号管又叫唢呐杆，一般选用柏木，用推刨推成一尺左右中空的圆柱形，再用通条通开大小一致、间隔均匀的八个小洞（正面七孔，背面一孔），一支漂亮的唢呐就成形了。

唢呐一到陕北便以其亮丽的音质征服了高原的人们，它如高原的风沙一般融入了人们的生活。在陕北，几乎每个村子都有一些吹唢呐的人，这些人被称为"吹手"。吹手很少独立演奏，一般是五人合奏。两个吹唢呐，一个打鼓，一个拍镲，一个敲锣，合起来称作"一班"。"一班"的合作让唢呐有了丰富的音律与内涵。在高原乡民生息离丧的舞台上，唢呐成了最诗性的倾诉与吟唱。

浪漫的陕北人对唢呐充满了难以诉说的迷恋与偏爱，它和陕北的信天游一样，充斥在陕北人生活、生长的每一个地方。人们遇喜事时吹，遇白事时吹，高兴时吹，愁闷时也吹。唢呐在黄土地常年的滋养中积聚了岁月的欢畅与悲情，承载了大地的神圣与庄严，有了神性。一个新生命的出生、一孔新窑的站立，一对爱侣的结合，离不开唢呐鼓天荡地的欢唱；一次不幸的灾难，一个病者的乞告，一个苍老生命的终结，更离不开唢呐幽婉情深的倾诉。它给新生活、新生命带来了祝福与欢乐，给受灾的人、逝去的灵魂送上了安慰与祈祷。

　　优秀的吹手总是将爱恨情愁浓浓地融入那绚丽的高音中，并用那优美的旋律准确生动地歌吟出来。遇喜事时他们会演奏《迎亲调》《得胜回营》《大摆队》《将军令》等一些欢快的曲子，吹到情浓处，摇头晃脑，手舞足蹈，扬扬自得。欢乐的旋律溢满空气，一时天地沸腾，物我两忘。遇到丧事时通常会演奏《小寡妇上坟》《光棍哭妻》《走西口》《兰花花》等悲伤的调子，吹奏者神情哀伤，曲调低沉哀婉，幽幽咽咽，如泣如诉。那伤心的泪似满溢的池水涨满吹者的身体一直从眼中流出，凄凄惨惨，苦不堪言。真是见者心伤，闻者悲痛。

　　童年在乡村度过，记忆中只要村中某家院中有唢呐响起则其家户肯定是有大事发生了。从那隐隐约约、急急缓缓的曲调中也便很快猜出哪家要娶妻嫁女了，哪家老人驾鹤仙游了。曾参加过无数次红白喜事遇过许多吹手，曾有那么好几拨吹手班子用那悦耳的旋律，真挚的情感，将我感动得迷失了方向。我曾想，若能做个吹手，就这样在美妙的旋律之上风吟一生是一件多么让人幸福自得的事啊。

　　曾在脑海中定格且时时能忆起的，是在志丹县白草台村看过的一次婚事。娶媳妇的是一个远亲，我应邀而去。那天中午，随了村里的人早早便等在山脚下，直到日落西山才听到那亢丽的唢呐声在天边隐约响起。"来了！新娘子来了。"随着一阵呼叫，果然就在远处的山梁上腾起了一抹尘土，尘土中隐约出现了一些小点，小点慢慢变成了一溜儿人影。人影越来越近，一支人与毛驴组成的迎亲队伍出现在眼前。新娘子骑在毛驴上走在队伍的中间，她穿着一袭碎花红装，蒙着大红盖头。下坡时由两个衣着整齐的妇女扶着，驴儿似通人性走得小心翼翼。那些山里长大的吹手即使在陡坡上也吹得神采飞扬，摇头晃脑。夕阳在新娘子身后如火焰般燃烧着，发出绚丽的声响。

　　村口打了火堆，浓烟在不太干的柴草上袅燃。村庄的老老少少全走出窑

象嘴古村落依山而建，气势不凡。它已成我记忆中的一道风景。

洞来凑热闹。十几头毛驴、二三十人的队伍似一支远征凯旋的战队威武地进入村口。走在最前面的吹手一边鼓腮吹吟，一边舞蹈着前进。新娘子一袭红艳，她低着头在驴身上一颤一颤，像是微风中摇荡的花朵儿。村庄早已沸腾，心急的小孩子围着迎亲的队伍奔跑嬉闹，大姑娘则怀了秘密的心事红着脸偷看。唢呐手把曲调一转，一曲《得胜回营》绚丽而起。那高音中有嘚嘚的马蹄踏过旷野的轰鸣，有边关鼓角在风烟中的回响，有胜者的朗笑，有歌舞的律动。在明丽的唢呐声中人们迎着娶亲的队伍进入村庄，欢乐的场面荡气回肠。

　　陕北的唢呐把根深植于厚土之中，它的花朵却繁茂在高原人豪迈生息的枝头之上。它在岁月的养炼中已活了，有了魂，有了神的光芒。它给我的影响、震撼是长久的，以至于在我一个人静坐时，耳畔就会响起那种带着滑音与金属光泽的歌吟。它那亮丽的旋律充满了神秘的力量，穿越时空在高原长吟不息。

2009年4月发表于《鄂尔多斯日报》

割　麦

你轻轻将手一挥,那半个馒头便像一块石头般旋转着掉入了垃圾筒中。它似乎很有分量噗的响了一声,那噗的一声响在我心中振荡了好久。那余音似一把刀直插进我的心中,我感到一阵刺痛。你可曾知道你那般随意扔出的是我冒着酷暑,脑袋发涨,皮肤刺痛,嗓子冒烟在山上收割的那把麦草。

小时候觉得衣衫褴褛,整日吃不饱饭,饿得四处乞食的苦难,是一个遥远的近似童话的故事。从小丰衣足食在父母的疼爱中长大,然后上学。在学校过着衣食无忧的学子生活,整日读书写字从未吃过半点苦,受过一点累。学校搞义务劳动干一会儿工夫,便觉得已干了很多,开始叫苦叫累。总是想当然地认为一切都会轻易获得,世界就是遍地阳光,丰裕充足的。

师范第二年暑假闲着无事可干,恰遇二伯家种的十几亩麦子成熟了,他来请我帮忙收割。我想都没想便爽快答应了下来。

头一天坐车回到农村天已黑了,因要早起,吃过饭便早早睡了。第二日,天不亮便和几个亲戚拿着镰刀上了山。借着月光我们往麦地赶,十几里的山路曲折难行,待我们到达地头天已微亮。麦子像流动的海,从山头一直漫到谷底。早晨空气清爽,几个人分头开始收割。起初还觉得挥镰自如,心情惬意,但很快就感觉不适。脸上、脖子痒而刺痛,麦芒像箭一样飞向我,刺向我的身体。每次挥镰手脸都火辣辣地痛,想放弃不干,但碍于情面,不好开脱,只能硬着头皮挥镰。太阳一出来天便热起来,汗水不由自主地从头顶、身上往出冒。割麦子要从根部割,这样就得将腰弯得很低,时间一长就感觉腰似要折坏了。我觉得头发晕,腿发软,肚子也不争气地叫起来。太阳到山头尺把

179

高时，送饭的才赶了来。

此时已感到头重脚轻，口渴生烟，也顾不得饭的好坏，一蹲下就猛吃猛喝起来。那吃相可笑极了。吃完饭歇了好一会儿，体力才渐渐恢复。

乡村破旧的老屋

二伯说："怎么样，还行吧！"我硬撑着说："还行。"休息了约一刻钟后大伙站起来接着割麦。那浩荡的麦子似乎比早晨来时还多，早晨只割开了一个小豁，我不知道什么时候才能将那麦子收完。

太阳越升越高，阳光如利箭刺透大地。地上的水分已在数日前被抽干，干硬的黄土发出刺眼的白光。土地与麦芒在阳光中被一点点烤热，麦田里的风都是热的。闷热的土地使我头脑又开始发涨，我感到呼吸困难。我看到别人都在埋头挥镰，我也不好意思停。艰难地伸手抓住麦子，挥镰割下然后直起腰将麦子一捆捆放好，由小捆再搬成大捆，最后摞在一块扎成拢子。

近午后时我已热得头晕眼花，身上的汗已成了胶，油腻腻地粘在衣服上。太阳像利箭刺破我的身体，我感到身体的每个部分都很痛。身体中的水分被刺得不停地往外流。我嗓子冒烟，浑身燥热发痒，整个身体似乎被炼成个火炉热得透不过气来。

后来感觉手也不听使唤，每割一把麦子我都得站着大口地喘半天气，二伯说："孩子，去树荫下歇歇吧，你常不干活受不了的。"我问他手里这把麦子能打多少粮，二伯看了看："磨成面粉差不多能蒸一个馒头吧。"一个馒头？我如此费力，皮肤晒得焦黑头皮晒得发麻，额头上的汗就要将眼睛粘住，一镰刀才收割到一个馒头，粮食来得可真不容易啊！

正想着，一不留神镰刀就在手上划了个口子，血飞快地流出来。"你这孩子,让你休息,你怎么把手割破了。"二伯说着在地上抓了一把土按在我的手指上。我被二伯扶着深一脚浅一脚地离开麦地,走到了一棵老杜梨树下休息,土止血的效果很好,血已不流了,只是慢慢往外渗。二伯拿出了手帕给我包上。

"你别干了,待会儿回去给你二姨说让把刘三的锄头还过去,人家这两天要用。"二伯说完拿了镰刀又进入了麦地。我目送他过去,只见那麦田才割出了一个小角,麦子浩浩荡荡伸向远方。啥时能割完啊!我叹了口气。

割麦这般的辛苦,这是我所没有料到的,这简直就是一场苦役。但农民一年四季企盼的就是此时的收获,即使再苦再累也得干啊!我到乡村卫生所将手包扎好,硬撑着又上了地,二伯从村里又叫了两个帮手,大伙干了三天才帮二伯把麦子收完。

回家后全身发热头晕目眩,口中火泡一个接一个地长。六味地黄丸,连翘片吃了好几天,体内聚的火才渐渐退去。以前上校灶常常会将吃剩的或口感不好的馒头顺手扔进墙角的大铁桶中,那时候根本不会想到那馒头的源头会充满了如此的苦难与艰辛。

割麦对我的影响太深了,让我的思想发生了巨大的转变。开学的第一天就与一个同学差点干起仗,起因就是半个馒头。当他把吃剩的半个馒头拿着往铁桶中扔时我就觉得难受和委屈,似乎他扔的就是我在烈日下收割的那把麦子。我过去拦他时被几个同学挡住,我没能阻止,我的麦子被随手扔掉。我气得浑身发抖,要和他拼命。我的同学不明白,我为什么会对一次小小的浪费产生如此强烈的反应。从那以后我每次打了饭总是拿在宿舍吃,我不愿看到那些馒头被随手扔掉。那可是农民顶着酷暑在痛苦与艰难中一点一点收割的血泪啊!

那次割麦对我影响是那么深,它让我懂得了粮食的来之不易,让我知道了农民的艰辛与伟大。后来我无论在什么地方吃饭,从来不会扔掉一粒粮食,因为我知道那粮食背后的很多事情。比如它的快乐、它的苦难。

2012年3月于红都

无 夜

羊肉在锅中咕咚咕咚冒着热气。窑里破例点了两盏麻油灯,显得格外亮堂。丝丝缕缕的肉香在窑中四处窜动,我的鼻子不停地捕捉那香气游走的线路。肚中的稀饭已消化得所剩无几了,但我不敢提吃肉的要求,我知道这是给那些辛劳的父辈们吃的。他们为着家族中一个神圣的使命,此时正在遥远的老梢林与一切可能出现的危险战斗。

二婶、小妈都从她们的窑中赶了过来帮忙。炒葵花子、炒豆子、蒸馒头、炒菜,一帮人忙得像过节。今晚我们兄弟几个都兴奋得无法入睡。等着拉料子(柏木)的车回来,等着那个喜庆的场面,等着丰盛的晚宴上桌。

爷爷、奶奶年事已高。乡村有个不成文的规矩,家中长辈上了年岁要早早置办料子做棺材以防不测,以显儿女的孝心。这是乡村人家装门面的大事,每户都很看重。料子是紧缺货,很难买,要通过种类繁多的手续,要打通各种各样的关节,要秘密地搬运,要精心制作雕琢。爷爷、奶奶生了十个儿女,有两个没抱起。已成家的二女六男,各显神通,各尽其能。经过数十日的奔波、乞告、赞美、打点,总算做好了一切准备工作。

林场负责人传过话来说,料子好了,可以去拉了,一家人喜出望外。父亲、二爸、三爸等一帮人不敢怠慢。一大早,买了绳,雇了大卡车,直奔遥远的林场。路不好,走走停停耽搁了许多时间,待料子装起天已近晚。因车只有一天空闲时间,他们必须连夜将料子拉回来。林区的路特别难走,有些地方仅容一辆车勉强通过,路边是悬崖,又逢黑夜,一路的凶险可想而知。几个叔父反复商量,做好了不怕苦、不怕死的准备,从林区一路冲锋而去,很有一种欲献身伟业的味道。

夜已深了，母亲不时要到崄畔去张望看那黑幽幽的旷野可能出现的细微亮光或车的鸣响。肉做好了，瓜子、豆子都炒好了，啤酒、土酒也都备齐了。一伙人没事干都上炕围坐一圈，拉话聊天，我和小弟兴奋得睡不着，一会儿在炕上听大人说话，一会儿偷着拿几颗瓜子吃，大人看见了也只是笑说。

小弟一会儿要玩猫捉老鼠，一会儿要玩弹子棋，我迁就着他。不知过了多长时间，我已有些困了，忽然就听到了车的鸣响。

"回来了！"大人们说着快速向外走去。

我也忙下了炕冲入漆黑的夜中。已是初冬，很冷，我打了个激灵。小弟跑出来躲在我身后紧紧抓住我的手，他怕黑。不远处车的灯光在缓缓移动。嘟嘟的鸣笛不时在空旷的山野响起。车顺山路一直开到院子里停下。车上的人们飞快下来，一窝蜂跑回家里。"快上饭，一天没吃东西！快饿死了。"有人开始嚷嚷。司机说明天还要用车，料子得连夜卸。家里人将羊肉、米饭、馒头全端上了炕，叔伯们一个个狼吞虎咽地吃起来。我和小弟一人得到了一小块羊骨头，小孩子经不住诱惑，拿起骨头冒着被烫伤的危险不管不顾地吃起来。

母亲说菜凉了要去热，父亲说先别热，等料子卸了再热吧！不一会儿，一盆羊肉、一盆米饭、一盆馒头便被吃了个精光。所有人全跑到外面，搬的搬、扛的扛，将料子全部从车上卸下来放在院子里。一件大事总算妥了，庆祝仪式也拉开了序幕。

菜的香味，再次在窑中弥漫开了。爷爷、奶奶被请了过来。叔伯们先是彼此客气地敬酒，一圈过后一帮人开始划拳斗酒。我和小弟在旁边好奇观望，窑中吆喝猜拳声不绝于耳，酒一杯杯被输的人喝下去。

一些人的脸慢慢红了，他们的话题也由喝酒转到了一路上遇到的趣事

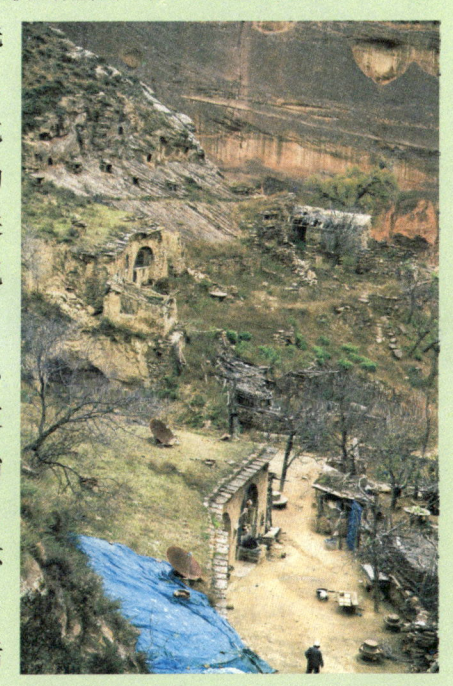

洛河畔边的村庄

与凶险。二爸说，鬼孙子，他背料子，一只狼离他就几米远，站着看他，他喊了一声，打着火机子才把狼吓走。

小叔说，路上好险，要不是他下去先用大石填那个坑，车就翻到山谷里去了。

张师傅说："你们选的料子好啊！能做两副上好的棺材呢！"

古老的村落、羊圈、时光

父亲笑着说："是啊！这一路你辛苦了，可要多喝几杯呵！"

张师傅说："没事！出门人起鸡叫，睡半夜是常事。"

小弟嚷着要去撒尿，要我陪他。到院子里时发现天边已现出了一片灰白，地上也是一片灰白。正纳闷，觉着头上脸上有雪粒子打过来，麻酥酥的，下雪了。再细看地上已铺了一层雪粒子，像细沙，踩上去吱吱作响。我和小弟张开双臂学着鸟的样子兴奋地在院子里跑着圈，我告诉他，我们是在飞呢！他把自己当成了小鸟，高兴地叫起来。在木料堆爬上爬下，新鲜的原木散发出淡淡的清香，让人迷醉。

小叔从窑里出来惊奇地叫了一声："这狗！下雪了。"说完他在墙角快速地解手又匆匆赶回窑中去斗酒了。

天渐渐由灰白转亮，田野一片苍茫。雪由小粒转大，成了一大片一大片白色的羽毛。我觉得奇怪，这夜怎么这么短？似乎还没开始，天已亮了。叔伯们的精神怎么这个好？干一天的活，喝一夜的酒，仍精神饱满，拳斗得热闹异常。我和小弟在漫天大雪中笑着，绕木料在院子里转圈，快乐得像两只在大雪中飞舞的蝴蝶。

一个小镇一棵松柏

从来没有一个小镇的名字因一个人被叫得这般响亮；从来没有一个小镇因一个人的倒下而站得这般强壮。站在开阔的文化广场看着小镇林立的高楼大厦，繁华的闹市、商铺，宽阔的道路，路上川流不息的车辆，美丽的公园，那些神态优雅散步的老人、情侣，我的心潮起伏思绪万千。小镇的变化太神速了，简直像被施了魔法一般。

关于小镇的记忆是初次徒步远行。我跟着爷爷离开熟悉的山村顺着曲折的羊肠小道一路前行，我们要到遥远的小镇去走访一位远亲。路太远，那时又没有交通工具，我们只能跋山涉水抄近路走。一座又一座山，一条又一条沟被我们甩在身后。不知走了多少路，总算走到小镇边的炮楼山。夏日的午后，太阳已偏西，但仍热情地将它的火箭射向大地，空气中没有一丝风，干燥闷热。我的腿似灌了铅，走得摇摇晃晃，呼吸越来越困难，感觉快要窒息了。一些晶亮的水珠从爷爷的额头渗出来。路边郁郁葱葱，一些顽皮的小草从土坎上跳下来，跑在路上玩耍。我们要找的远亲住在小镇的西山上。为赶近路我们一直绕着山道走，小镇在眼中慢慢呈现出它的轮廓，我看到一些低矮的瓦房稀稀拉拉散在沟谷中。

爷爷吭哧吭哧喘着气，爬到一个山坡上时我们都累坏了。他一屁股坐在一棵老杜梨树下说歇一歇吧，我靠着他旁边找了一块土疙瘩坐下，爷爷解开打了好几层补丁的灰布衫哗哗地扇着风。我似潜了好久的水，坐在土坡上大口喘气。小镇的全貌就在那时出现在我的眼中。

陕北的山太大，而小镇又太小。它们大都以一些沟谷，河流为坐标生长

扩张的。小镇坐落在一个狭长的沟谷里,沟谷的这边是高耸的炮楼山和小石山,对面是广袤的太平山和瓦窑山,周河似一条玉带顺着沟谷流向远方。小镇就坐落在河谷边。小镇建于宋朝,后来在朝代的更迭中数次成为不同民族互相征伐的疆场,战乱中几次废建。一条东西走向的土城墙已残破不全,城墙下零散地住着几户人家,有烟雾从那冒出来。一些机关院落,也冒起了炊烟,他们应该开始做晚饭了。小镇东南是一些瓦房与石窑洞,窑洞顶部平阔,瓦房顶则有着高高的屋脊。那些房顶全都长满郁郁葱葱的瓦菲、黄蒿。小镇的西北是成片成片的玉米、高粱。此时它们正在空阔的沟谷茁壮成长。在小镇的北面是一个小土坡,长了许多郁郁葱葱的松柏。我指给爷爷看,他说那是坟,里面埋了一个大人物。小镇跟他叫相同的名字。我幼小的心中充满惊异,一个小镇能跟着一个人叫名字,这个人真了不起。那些松柏是哪儿来的?那是一些来自天南海北的大人物种下的,它们是怕太阳晒着那下面的人呢!我下决心一定要看看那座坟,那些松柏。

刘志丹故居院落里长着一棵枣树

　　二十几年就那么顺手一挥就过去了。在这二十多年中我曾无数次踏访过那个叫陵园的地方,无数次被园子主人的英雄事迹感动得一塌糊涂。他让我幼小的心中产生了强烈的冲动,我决定不断努力要长得像他一样的大。在那次爬山不久,我就随父母搬到了小镇。我很快知道那个陵园叫志丹陵,是刘志丹将军长眠之所。那儿去的人不多,所以特别幽静,我经常一个人偷偷躲入那里看书。后来陵园进行了维修,建了高大的门坊,收起了门票,我便去得少了。并且也渐渐明白,我无论怎么长,也长不到他那么大了。我发现自己已长大,我开始用一个成人的眼光审视这一切。在陵园的那一座座石碑上,在文史资料的记述中,我懂得了一个人在一些特定环境、时间中所迸发出的光辉和力量是那般明亮夺目,他已超越了一个普通生命的本身。他的名字不仅仅指向小镇,指向陕北,他和陕甘宁和新中国都有着千丝万缕、难解难分的联系与纠结。

  刘志丹于1903年出生在小镇北30多里的一个叫娄子沟的小山村。在中国遭受列强侵占,军阀割据民不聊生的时代,他从小就树立了报国救民的远大理想。1925年从黄埔军校毕业后,回到他的故乡保安县搞起了兵运与武装斗争。他带领一帮穷苦汉子夺太白、上南梁、打土豪、分田地。成功地建起了陕甘边红色革命根据地,使四处奔走的中央红军得以停下脚步,休养生息。中央红军在陕北一待就是13年,在全国百姓的支持下打败了日本帝国主义,打败了国民党,取得了全国的胜利。面对中国近代史,谁也绕不开这个名字。陕甘边苏维埃革命根据地和他的创始人刘志丹。

  如今又回到我当年站的地方。身边是旧时的山石,旧时的花草,但眼前已万事皆非。小镇长得真快,它已从一个乡村孩子长成都市青年。老城墙已没了踪影,低矮的瓦房与窑洞已摇身变成了一座座高楼大厦。昔日长玉米、高粱的旷野如今已盖了广场、大道。跨河大桥在周河上空穿梭,光亮的水泥路上各种车辆来来往往。

  当年城南的沟谷、荒滩已成了功能齐全,设施完善的生活小区。当年城北的荒地此时已成一个巨大的工地。塔吊、脚手架到处都是,挖掘机、推土机日夜轰鸣。河堤干净整齐,志丹陵的松柏已长成一片绿色的幕帐。

  小镇传承了刘志丹的精神品质,在新的征程中树立了雄伟的建设目标:生态大县、文化名县、经济强县……每一句口号都响亮,每一项建设都惊天动地、令人振奋。红都的得名源于一个英雄的感召与凝聚。生命是有限的,生命也是易损的,但人的精神智慧却可穿越生命的黑暗长廊,在岁月中熠熠生辉。小镇因了一个人的精神信念而名播四方,健康茁长。而伟人没死,伟大不死,他就如脚下的小草,身边的松柏,常青常绿,常年活在志丹人的心中。

  2011年5月发表于《昌平周刊》第17期

老虎坝的午后

　　蚌被几个光着脊背,身穿短裤的小伙子从积满泥浆的水中捞出来。那几个年轻人并不上岸,一边嬉戏一边顺手一甩,那些扁圆的蚌便似长了翅膀一个个掠过水面在空中划出一条长长的弧线砰砰地掉在草地上。一个七八岁的小孩在草地上跑来跑去将那些蚌集中在一起,不一会儿草地上便堆起了一个蚌的小堆。那些蚌散乱地挤在一起,有的呈青褐色,有的呈紫红色,像一枚枚浑圆饱满的果实在午后的阳光中散发着亮光。我曾记得有人说:"蚌外表虽丑陋,但壳里往往都藏着亮晶晶的珍珠呢!"

　　午后的阳光像一波金色的粉末,给河水、小船、河中戏水的孩子都抹了一层金。我和一个叫静的女孩坐在湖边看那些在水中捞贝的人。静是那种喜欢幻想的女孩,她美丽纤瘦。青春期过剩的精力在发育着她的身体的同时,却也困惑着她的头脑。她好奇而敏感的神经,经常处在失控的边缘。她不厌其烦地规划着她可能具有的美好未来及未来对她百依百顺的帅哥,她兴致勃勃地将我拉过去参与她伟大的设计。听说每个蚌都抱着一颗美丽的珍珠呢!我想转变话题顺口说。她信以为真,离开我跑到蚌堆前好奇地查看。她挑了一个颜色褐红的蚌用纤长的手指抓起来,向河里的少年挥了挥并恳求男子将蚌送给她。埋头干活的男子听见有人叫,抬起头看了她一眼,脸瞬间红了。他站在水中迟疑片刻,当他明白了静的意思后冲她笑了笑,点了一下头,转身又去干他的事了。她拿了蚌如获至宝,生活的自得美好瞬间在她纯真的脸上绽放。她拿着蚌翻来覆去地看,珍珠会在哪儿呢?她宝贝着手中的东西。

　　水塘前面与一个巨大的人工湖相连,后面是一片小树林,再过去是小山坡。静的朋友——一对恋人此时正在小山坡上交流着彼此的渴望与冲动。因小树林的遮挡看不清他们的脸,我想此时对他们来说,世界已经不存在了,只有彼此。他们真幸福,静叹息着。不知我能不能遇上一个那样对我好的男人,她还沉浸在对未来的憧憬中。

阳光斜斜地照下来,5月的沟谷已一片葱茏。向阳的坡洼此时反而呈现出一片暗绿来,而背坡被阳光照得明亮通透。沟谷狭窄幽深,在较开阔的地方摆着一些可折叠的桌凳。人们三三两两坐在桌边吃着烧烤,说笑着。卖烧烤的是一男一女,男的肥胖壮实,女的矮小纤瘦。他们像是一对夫妻,活干得默契而亲昵。此时男子正熟练地翻动着手中的肉串,女子在烤炉边拼命扇着火。一缕缕辛辣的烟味从肉串中冒出来。

谷口与一个巨大的水坝相连,那一汪碧绿的湖水一直漫向两里之外的山边。不断有小船在沟谷与对岸穿梭,将人们送过来又接过去。来来往往的人令这个狭小的沟谷显得热闹而拥挤。

静的朋友牵着手缠缠绵绵地从小树林里走出来,脸上洋溢着青春的幸福。静看着他们一脸坏笑,女孩子有些害羞低了头。你别那样!你的朋友都受不了了,我笑着说。好吧!今天你们这样开心可要请客哦!静对她的朋友提要求。男子点头哈腰,像是在认错。

我们离开水塘穿过一片小树林,走到卖烧烤的地方找了一张桌子坐下。勤快的女人很快便将烤熟的鱼和肉串拿了过来。肉很新鲜,但吃起来味道却不怎么样,清清淡淡满是焦糊味。这并不影响我们快乐的心情,也无妨,有这绿树成荫的沟谷,有这波光粼粼的湖水,有这5月柔软的阳光和几个无忧无虑的朋友已经足够了。在忙碌的工作之余,在喧杂的都市一隅能找到这样片刻的闲适安静也是一种福呵!我很享受这种恬淡闲适的时光。

沟谷里有一条山路,劈开荆棘曲曲折折向山坡伸上去。我知道顺着那条路一直过去,穿流过溪就会到达距今70万年前的恐龙的村落——黄龙山。在那些由生命链条串起的漫长岁月中除了老虎,还有一些更加巨大凶猛的野兽曾在这些山峦与沟谷间游荡、猎食。但现在这里除了偶尔有兔子倏忽间从树林跳出又急速跑远外,就只剩一些不知名的鸟在枝头鸣叫飞舞了。

水让乡民们的劳作变得有趣而丰富。鱼、虾成了乡民种在水中的庄稼。

秋日的水塘颜色亮丽

它们被一茬茬播种，又被一茬茬收获。乡民们的生活就在播种与收获间铺展、完成。静羡慕地说这里的农民可真幸福，不用再上山耕作了，只要守着这个湖泊便会有鱼、蚌吃，他们也不用像城里的人整日为生计发愁奔波！

夕阳由赤红变为赭红且越来越暗淡。一些人开始陆续离开，老虎坝显得空旷而安静。看着渐暗的夕阳和朋友开着不远不近的玩笑，我知道老虎已成了这个沟谷最不真实的传闻。我们愉快地喝着啤酒吃着烤肉，享受着这难得的安逸时光。看着空旷的沟谷，沟谷中隐秘的树林，我忽然有一种渴望与期待，期待那来自幽谷深处的一声长啸。

2011年6月发表于《雪莲》

岁月之上

坐在草原眼望着蓝天

佛如是说

你是我前世的孽缘，我是你后世的浮屠。佛如是说。

你穿着大氅背着足够一年吃的干粮，三步一施礼，五步一叩首走向空气稀薄的地方。你用身体亲吻丈量脚下的每一寸土地，好似在丈量你未来生命的里程。高原紫色的太阳将你晒得焦黑而枯萎，但你的虔诚永不动摇。你相信彼岸在前方，在脚下，那就是光明与指引。你一直在放低自己，直到放下欲的屠刀，用你的身体去忏悔，用你的灵魂去赎罪。

佛说一粒种子是一块顽石千年的涅槃，一只昆虫是一粒种子万年的超脱。而一个人啊！是一只昆虫千万年的信仰。凡世间生命都是我，是我的因果。它来到世间就要呼吸、聆听、触摸，生长、繁衍、死亡。它有生的权利爱的自由，饮食的需要，繁盛的欲望。智慧的人啊！你在这个世上不但要关照它更要爱它。爱生命世界的一切：一切的真善美，一切的假恶丑；一切的真相，一切的空罔。

用爱来证明你的存在，你的不凡，你的信仰。让爱成为你生命旅程的目标，饮食的渴求，阿鼻的气息。这便是大爱，智者的爱、佛的爱。记住：人生是徒劳的，如果没有延续；生命是无意义的，如果没有爱。

初见你时我正是春华少年，鲜嫩、美丽、自信、无畏。我相信世界一切的可能都可由我去完成创造。多么自恋而又自负的少年啊！有父母的关爱呵护，有大量时间去学习、倾听、欢娱。记忆的绳结上拴着一朵美丽的花。那个美好的夜晚，舞会的喧闹，你波光明媚的眼眸洋溢着春日的气息，婀娜多姿的身段摇曳着春柳的柔媚。你让我迷醉，让我懂得了什么是刻骨铭心，什么是除却巫山不是云。关关雎鸠在河之洲，窈窕淑女君子好逑，求之不得日思夜无眠。我四处打听你的足迹，鼓足勇气找寻你。我们开始相会聊天，开始交流彼此的过去，开始规划共同拥有的未来。一切似乎那么美好水到渠成。我们交流的方向也很快从思想转向肉体，生命的探寻让人惊喜，滑腻、滞塞、迷茫、清晰。在探寻中我一度迷失，不知所措。你调皮的使坏，机敏的引导，山重水复疑无路，柳暗花明又一村。是曲径通幽，是失魂般迷醉，是梦幻般香甜。我体悟到了生命火山爆发的震撼，身心血脉贯通的畅快。

我们如磁石相互吸引，放纵欲望与肉体将整个世界拒之门外。当我们不顾一切冲破彼此的防线占领彼此的身体，让欲望的烈火毫无节制地燃烧时危机也悄然来临。就像火焰在热烈燃烧之后很快冷却只剩灰烬。我们的热情也很快在彼此身上耗尽。降了温的感情让两个无知少年惊慌失措，无法应对。最后竟在相互刻薄的指责与伤害中各奔东西。

去怜惜一切。用你的善良、悲悯、同情去关注世界。关怀帮扶那些弱小的生命，受伤的生命，苦难的生命，迷茫的生命。不要计较他是一个盗贼或一个娼妓，一个杀人者或被杀者，一个动物或一只昆虫。每一个生命来到这个世界上都是缘自因果。每一个生命的存在都有它的合理性，它的生死静动由我佛来引导，我佛来裁定。让他自然地生存，快乐地生长。去施惠于他们，让他们体魄顽健，走出迷茫，脱离苦海。

多年不见，你依然身形婀娜容颜俊美。你的欲望已如脱缰野马无法驯服。一个放纵欲望挥霍青春的女人，一个在男人堆里徜徉挣扎的女人。你把自己彻底地打开让不同的男人在你的身体里横冲直撞。让肉体放纵，灵魂沉沦。你心中只有占有，用身体来赚取那些奢迷混乱的生活。无节制的欢爱、酗酒、吸烟、饕餮。我的至宝，我心灵最深处的痛呵！让我充满悲伤。看到你自虐般挥霍肉体与青春，我才知道我的善良、悲悯在人世间有多么软弱、苍白。你清淡地笑了笑说把肉体交给一个男人与十个男人有何区别？有区别吗？也许没有！

那是你的选择，你的旅程，你的宿命。我无法改变，我唯一能做的是让你在独守中不被寂寞，放纵时不被受伤。你让我忘却过去的一切，以初遇的心情与姿态和你吃饭聊天。回忆曾经共同拥有的美好，找寻彼此身体隐藏的秘密。我们相互爱抚、进入，交换彼此的味道、渴望与坏脾气。你说你身心俱痛，你要用肉体的放纵来止痛疗伤。以后我们各奔东西不要想念也不要相见。

佛说菩提本无树，明镜亦非台，不能着一物，何处惹尘埃。爱由心生，生如一梦。何必执着于那些虚幻呢？生命无常，菩萨是救苦之主。彼岸不远，佛祖是指路明灯。佛即是无，法即是空。除却一切杂念，一切欲望，一切执着。弃我相，弃人相，弃众生相，弃寿者相，方可除却一切苦厄，出六道轮回，到达极乐世界。

我之将老忽明悟，心静如水，心如止灰。应友之约为人解惑，在返回途中于古城老巷突然与你相遇。你身材婀娜如斯，貌美如斯，只是青纱锦罗换了粗布长褂，银丝霜雪换了青丝乌发。你轻叹，终于还是见了！这么多年你已断绝与世间一切往来，整日深居简出，缝衣煮饭，吃斋礼佛。你万念皆空，从善如流。在行将寂灭之时要远赴世之高巅，用风烛余生来为青春赎罪，为万物祈福。让万物苏，让万物生，让万物长。

我怅然！我用理智及一生光阴寻找的道口，你却用肉体与欲望证得。由此可见彼岸之路是多么的广博与弘阔，错综而神妙呵！当我们的双手相握四目相对久久无语时，忽就豁然。我认出了你你也认出了我。我俩本为一体，你就是我，我就是你呵！这不会错，一个人分成两半在截然不同的方向、空间会走这么远！由相见到相识竟然用掉了一生的光阴。佛祖拈花不语，迦叶见而笑！顿时，我心中如雨后现彩虹，四野澄澈。

你是我前世的挚缘，我是你后世的浮屠。佛如是说。

2013年4月13日于延安重玄阁
2013年7月发表于《延安文学》第4期

苍穹有双眼睛

我受伤了,不是普通意义的伤,那样明晃晃裂开在身体的某个部位,是隐疾、暗伤。它在体内某一个秘密的地方,有时又在身体中的某些部位狡猾地游走,看不见摸不着,却时时发作骚扰我,张着嘴撕咬我以显示它的存在与力量。

那个伤产生的时间已经很久,也许是几年前,也许更远,甚至可能是在出生前在父母或更早的一些人的身体里已经开始出现,裂开。它在漫长的时光中没有消失而是通过一种奇异的力量进入我的身体,当我感到不适时它已变得巨大而深刻。

我一直在寻找那个伤口,我相信,它应该是有一个口的,它当初很小,但随着时日的流转越来越大,大得触目惊心。我想,如果不尽快找到、医治,它迟早会大到将我的身体可能穿越的一部分时光吞掉或将我苍白羸弱的身体吞掉,将我对你的爱吞掉。

是什么让它变大加深?是一次次来自同伴的赞美或羞辱,或是一次次爱的占有与迷失?是一次次欲的放纵与回归,或是如许的得取与丧失?我不能确知。

那个火热的夏日,西山充满了躁动迷幻的气息。是这种可怕的气息鼓励着我和融一见面便紧紧地相互吸引。我们避开所有的差异与障碍自自然然地牵着手,让脚步印满西山的小路。自自然然交流着彼此在对方身上找到的惊喜、品尝、赞美着我们的收获。在爱的旗帜下我们奋力冲向爱的阵地,拼命地往一块挤,互相舒展与穿越。除了我们,我们不需要任何东西,两个人竟可

朝拜的行者一路拜着走向心中的圣地

以有这样大的力量,将整个世界都挤到了一边去。我们贪恋着彼此的身体,坚信这便是生命的全部意义。

爱可以让人高大,亦可以让人变傻。两个贪婪的傻子很快便发现那些由两个人共同制造出的荆棘与伤痛竟是那样多。将世界挤到一边太费力,两人很快便感到精疲力竭。我们很快明白仅仅为了占有肉体便抛弃整个世界是多么荒唐可笑的选择。

爱的床是如此脆弱,在一转身之际便断裂、塌陷。爱的刀剑在冲杀中将彼此划伤。伤痕累累的我们决定从此不爱。伤便成了烙印,印在心上。

儿时有一个特别要好的玩伴叫成,他大我两岁,聪明伶俐人见人爱。我们整日在一起做游戏、捉蚂蚱,帮父母割猪草、喂鸡,享受美好的童年。一天他和我翻脸,我们相互咒骂,最后决裂分手。他一个人孤单地往家里走,却在一起拖拉机事故中被摔下陡崖,他无声无息地倒在血泊中。我哭着跑去看他,他却闭着眼不愿看我,扔下亲情、玩伴头也不回地离开了这个世界。我伤心欲绝,丢失玩伴的伤痛便在身体中生根发芽。

在北京地铁站大厅,一群陌生的脸孔,匆匆走过。一个高位截肢的人趴在地上,双手举过头顶向人们乞求。我在不经意间被他抓住了裤腿。我一惊马上意识到他是一个残缺的无赖,我不会给无赖一分钱。我使劲甩了一下腿,他的手被甩开。看着他沮丧的脸我突然想起,在陕西的一个小县的街角处,总是趴着一个高位截肢的中年人,身子矮小,头特别大,他背一个话筒唱着一些跑调的老歌。我不忍心看他,总是躲着走。有时不经意撞到了他跟前,我只好在身上寻一两元纸币放在他的碗中,匆匆离去。我总是觉得身体某一部分隐隐作痛,好像他的残疾是我的罪过,苍穹有一双眼睛在看着我。我的心一颤,连忙在裤兜搜寻,在裤角缝中我总算找到了一枚硬币扔进他身边的破罐中,他很开心地笑了。我匆忙离开,头也不回地往前走,准确地说是在逃跑。我总觉得有一双眼睛在看着我,看着我的罪过。

我的伤就这样被时时唤醒、撕裂。我总是觉得我的伤,有时竟长在别人的身上,失恋者、截肢者、贪婪者,他们的身上都有我的伤。不管我的伤有多少,有多深,有多大,但我欣慰我知道它的存在,不论它长在哪里,它都会偶尔出来咬我,伤害我羸弱的身体和更加卑弱的心智。我提防着它。我相信这个暗伤,既然也长在别人那里,对别人也应该起作用吧!我的伤我知道了,那么你的呢?

苍穹中的那双眼睛,看着我也看着你。

你的伤在我的心里。

光明之引

宇宙混蒙,两仪盈冥,无形、无象、无我、无人之爱恨情迷,无世之纠葛繁沉。

我生,聚天地日月之精华。四肢百骸结而成体,堕尘世之苦厄。拔励体肤,活络经脉。光明灼灼,引我于无常五界。终日仰息,易寒易热,生百病,食五谷,泄九污。

我生,我为人子、人女、人父、人母。食人骨血,饮人慧脉,通大智,穿越混沌空蒙深渊,肉胎情动,启欲望之门。

我生,欲行极乐,享极苦。携七情六欲堕人间百媚、百丑、百尊、百恶、百甘、百苦、百福、百侮。竹马当步,迷途不渡。

尘世有我,有贪欲。童爱食,嗜睡,喜忧于瞬息,学语稚;少贪乐,奔达于亲情,嬉戏于世间,心映万奇,不知苦悲;壮逐欲,酒之迷醉,肉之纵情,财之阔占,利之耀荣;老惧离,嗜气、嗜才、嗜色。贪生畏死,惧悲、惧苦、惧伤、惧累。

尘世有我,历苦厄。历百病、百痛、百难、百诘、百忧。生命无常,凡胎易损,或被情所绞,或被物伤。体有恙,有八寒八热之躁症。苦由物化,由心生。光赐我温暖,亦将我灼伤,焚化。

尘世有我,行缘法。积善救命,饮血杀生。帮人、救人、伤人、伐人。被扶起、被提携、被关爱;被推倒、被压制、被伤害。生命混杂,尘世为五色,我尽染。

受光明惠。我思、我闻、我觉、我悟。以我羸弱之肉体缚天地之宏力,以微薄之智慧渺窥宇宙之天机。宣经布道,著书立说,凭一家之言,宣万众之爱事。

受众生惠。我爱、我欲。亲情如胶、如蜜,我疼、我痴、我守。恋情如火,我

石洞外面阳光耀眼

追、我焚、我化、我融。友情如月,我洁、我皎、我清淡,我牵念。

受大德惠。我聪、我智。以佛为渡舟,道为桨楫,寻生之本源,悟得真我乃为一空虚,空至静。无我相、无人相、无寿者相,无众生相。万幻皆灭,万欲皆枯。

光明之引,宛若星之流火。瞬息明亮,瞬息华美。我如飞蛾,逐火一生。在黑暗中明亮的目,在光明中顿盲。光明引领,彼岸永灭、永寂,无色、无声、无形、无我。

你我如何能到达同一时空

我看见了你。看见了你的色彩,看见了你的纤俏或臃肿,看见了你的丑陋或美丽。在这样的倾诉中我突然意识到,多年来我一直在一个误区中前行。对世界的发现、认识除了眼睛还是眼睛。我太相信自己的眼睛,因此放弃了许多重要的感官。这导致了我认识的偏狭与错误,在许多时候我一直是被事物的表象所吸引迷惑着。我真不敢相信自己多年都迷失在偏狭而错误的人生中而不自知。

上天给了我眼睛的同时也给了我大脑、耳朵、口鼻、皮肤、身体,让我拥有了许多认识了解外在环境的技能,但我却一直不明白这些。在经历了人生诸多变故、坎坷、失败、误解、背叛、伤害后,才明白对世界、人我的认识方法太过简单,手段太过偏狭。面对繁杂美丽的世界除了用耳朵听眼睛看,还要用手去触摸,鼻子去识闻,用心灵去感知,用头脑去思考,用事件去检验。这样才能让混沌的世界清晰,让黑暗的路途光明,让隐藏的真相显现。我忽然觉得心澈澄明,迷雾正在望、听、触、嗅中消散隐去。

师者曰:世界是个东西,东西是会动弹的,动弹是有下数的。我不苛求你永远伴我左右,因为你是独立的生命个体,你生命的某些历程、片段是属于别的人和事物的!我不苛求友情的天长地久,因为生命本就没那么长,爱一个人的时光永远无法长过生命!我不苛求幸福天天拥有,因为生命本身就是个悲剧,所获得的幸福永远都不会比失去的更多!我不再骗自己,但请相信!我会珍惜生命中经历的一切,一切的缘聚缘散,一切的花开花谢。

在见证了自然与生命创造的奇迹,明白了世界的纷杂有趣后,开始对世界重新认识与反思。我觉得人与人,人与物,人与环境相处的时间与空间并不是那么简单的。真实世界不单单是事物呈现的表象,还应有更加宏阔有趣的内容。数次失败的交流与对决让我有理由相信，世界是由许多的空间与时间构成，每个人都暗藏在不同的时间与空间之中。而我却只看到了一个平面的时空，一直在用同一时空的思维去交流。这就注定了没头脑的失败和可笑的叛离。能在同一个时空相遇是一种缘分，能在同一个时空相互珍惜交流是一种福分。但这种福缘在人的生命中都过于稀少，很多人都是在彼此截然不同的时空中交往，错失在时空的鸿沟中。通顺变成了坎坷，坦途变成了路障，美好变成了龌龊，善举变成了恶行。不同的时空是很难产生共同的认知与判断的，因时空的阻隔，亲近与信任最终变成疏离与背叛。

那时我们还年少，你爱做梦我爱笑。不知怎么相遇了，两情相悦时光好。初恋是多么美好的事啊，那是上帝给恋人创造的独特时间与空间。相同的时空，两心相悦的历程。思维的通达和情感的起落超越了生命本身，也超越了自然界的法则规律。两个截然不同的人共用一个头脑，一个感知，一个习惯。你的一个眼神我就明白你想要什么，你的一个动作我就清楚你想做什么。你也知道我的好恶，我的需求，我的渴望。

身居两地，我们竟能感知到彼此身体的细微变化与不舒适。你身体纤瘦但体质很好，很少生病。一天深夜我突然醒来感觉到心里很难受，那是对来自你身体变化的条件反射。有一种奇怪的感觉告诉我，你有一些不好的事要发生。我开始担心起来，打你电话不通，煎熬一夜无法入眠。第二日清晨匆忙赶到你的住处，看到你肤如炭火，病得厉害。我急忙送你去医院又是打点滴，又是吃药，两天两夜高热才退去。医生说再晚送几个小时，后果真不敢想。听你说那天晚上突然发起高烧，一下子烧到40多摄氏度，昏昏沉沉神志不清，但能感觉到我一直在你身边呼唤着你。我们已心灵相通，用真爱点亮了彼此的第六感。是爱让两个彼此想亲近的人，身体、感觉、思想完全在一个时空同步。

多么准确同步的时空啊，你的左脚迈出，我的右脚跟进。它让我们彼此靠得那样近，不仅可以听到彼此的心跳，感受到对方的呼吸，还可以轻易地获知对方的想法、爱憎、渴求。更神奇的是我们可以洞悉彼此生命的走向，预知对方关键点将面临的惊喜与危机，可能遇到的机缘与伤害。两个相互重合心明眼亮的灵魂，两个人没有阻隔与限制的未来。

我们曾相信，彼此会永守承诺相伴终生。但事实证明我们错了，年轻的我们在生长的同时也在不断变化，从身体到好恶。这是进化的自然规律，没人能改变。在这种变化中我们也越来越疏离曾经共同拥有的时空，直到彼此错失在两个完全不同的地方。即使偶然的交会也是在各自的方向，各自的空间。以致后来到了互相记不起，认不出的地步。交流变得困难重重，越来越失去意义。两个时空不同的人除了指责与伤害，已很难在彼此身上找到快乐与欣喜。

一个研究佛学的朋友说每个人都有自己的气场，相同气场的人交往是互益的，反之则是互损的。我相信气场应该是形成时空的决定因素。它和人们的好恶、习惯、信仰、兴趣紧紧相连。当我们差异太大时，我们产生的气场应截然不同。它分割了我们应该共同拥有的时间和空间，让你在与我擦肩而过时，陌生得无法相识；让你我紧紧相拥时，却深深体会到了孤独及彼此遥不可及的距离。

可怜的人啊！在相同的时空吸引，在相异的时空猜忌。猜忌产生了距离，距离产生了疏离，疏离产生了排斥，排斥产生了敌意。心存敌意的灵魂还是远远离开的好！去自己的时间、空间做自己的事，寻自己的梦。就像火焰冲向天宇，流水汇入江湖；就像燕雀衔泥哺雏，虫豸挖洞护卵；就像孝子不离衰亲，秧苗不离泥土。

愿生活在不同时间、空间的人都过得很好。不爱！也不相互伤害。

2013年5月7日 于延河畔

让梦想装点生活

　　人生是虚无的,如果没有工作的话;人生是孤独的,如果没有朋友的话;人生是可悲的,如果没有爱的话;人生是暗淡的,如果没有梦想的话。

　　据测算,人一生可使用的有效时间也就10000多天。在这短暂的时间里有好大一部分还不由自己支配。所以可供人自己支配的时间更是少之又少。在这可贵的人生历程中有许多东西是不可或缺的。比如工作,它充实了我们平凡的生命,证明了我们生命的价值;更比如梦想,它提升了我们生命的激情,点亮了我们人生前行的道路。因此梦想是人生最重要的财富。

　　有梦想的人是乐观的人。一个人从出生到死亡要经历许多的事情,有些带给我们快乐开心,有些却带给我们的是伤痛苦难。所谓人生之事不如意者十之八九,如意之事十之二三。大部分人经历的困苦挫折远远多于快乐幸福,所以人生的悲哀远远大于快乐。但在这种情况下,有的人却整天面带微笑,过得自得其乐。经过调查了解。原来这些人都有一个乐观的心态,有一个坚定的信念。他们相信,一切都会好起来,未来会更加美好。他们心中都有一些切实而美丽的梦想在前方等待,正是这些梦想让他们不管遭遇多么坎坷艰辛都会笑着面对,乐观处置。

　　有梦想的人是勤劳的人。梦想是美好的希望和原动力,有梦想的人不会整天无所事事,不会懒惰地去虚度时光。他们在生活中会为梦想积极地去做一些事情,为梦想的实现而努力。在他们的努力下梦想就会越来越近,最终成为现实。莱特兄弟看到天上飞的鸟后就产生了一个梦想,他们梦想着能造出一架机器载着人像鸟一样在蓝天上飞翔。有了这个梦想后他们便辛勤劳作,设计飞行器图形,制造飞机模型。经过不懈努力,辛勤工作,最终制造出了可以载着人类在天空飞翔的飞机。诺贝尔看到修路的工人顶着烈日艰辛地用镐挖掘着石头,便梦想着能制造一种东西帮人解决这些繁重的劳动。他为了这个梦想开始辛勤劳作,经过无数次实验后终于制造出了炸药。他的梦想大大提高了人类开山修路的工作效率,也使自己成了富翁。这样的例子随处都是,不胜枚举。是梦想让人积极地投身到劳动中去,展示自我的价值,推动了时代的前进。

　　有梦想的人是热爱生活的人。人生好比大海上的波浪,有时起有时落。起时顺风顺水,好事连连,皆大欢喜;落时艰难困苦,坎坷挫折一起涌来。有些人往往在人生的低谷失魂落魄,自暴自弃;这些人就是缺乏智慧、缺乏梦想的人。因为他们不明白苦难会过去,不相信美好会实现。所以整日浑浑噩噩,好像是有体无魂的稻草人。更有甚者,上吊跳楼,结束自己的生命。只有那些有梦想,并坚信梦想的人才能勇敢地面对苦难挫折,用积极的态度面对生活中所遇到的一切,热爱生活更热爱生命。让一切向好的方向转化,让艰难困苦慢慢过去。热爱生活的人,也会得到命运的眷顾。在接受风雨的洗礼之后,欣赏美丽的彩虹。

　　有梦想的人是有创新能力的人。任何梦想都是高于生活本身的。它像一朵圣洁的莲花盛开在每一个人的前方。除了等待,获得梦想的方式方法很多。但往往最有效的方法,都是人们通过不懈努力,不断创新中找寻到的。每一个人的生存环境是不一样的,梦想目标是不一样的,也就没有现成的路可走,只有在创新中才能找到最适合自己的路。梦想与现实的距离是劳动,梦想与现实的捷径是创新,所以说有梦想的人都是有创新能力的人。他们在寻梦中创新,在创新中实现梦想。

　　有梦想的人是幸福的人。一个人幸福感的产生除了健康的身体,安定无忧的生活,积极的心态,更重要的应该是心存梦想,并为之不懈地努力。当一个人通过努力一步步接近梦想的成功之路时,就会体验到更多的快乐、满足与幸福。苏联作家奥斯特洛夫斯基说:"理想是没有止境的。对我来说,没有比做一名战士更大的幸福了。个人的一切都不会永葆青春,不能像公共事业那样万古长存。在为实现人类最大幸福的斗争中,要做一名永不掉队的战士,这就是最光荣的任务和最崇高的目标。"正是有这样的梦想,当他全身瘫痪,双目失明后仍然觉得自己很幸福,以惊人的毅力同病魔做斗争,创作了不朽之作《钢铁是怎样炼成的》。

近代伟大的中国经过几代人的不懈努力,走出了山河破碎的泥沼,走出了一条符合中国发展的特色社会主义道路。随着经济快速发展,人们解决了衣食住行等一系列生活基本问题。百姓的日子越来越好,国人的幸福指数也不断提高,社会和谐国泰民安。在这样的环境中,有梦想的人无疑会生活得更幸福,更充实。因此说有梦想的人是幸福的人。

十八大提出"在中国共产党成立一百年时全面建成小康社会","在新中国成立一百年时建成富强、民主、文明、和谐的社会主义现代化国家"。这是亿万国人共同的梦想也是国家的梦想。国家主席习近平说:"实现中华民族伟大复兴的中国梦,就是要实现国家富强、民族振兴、人民幸福。"国家的梦想不是悬在空中的,它是要通过一个个具体的地方、家庭、人的梦想的实现来完成的,它和我们每个人都息息相关。只要我们每个人都怀揣梦想,并为之努力,我想国家的梦想也就为时不远。在我们一个个小梦想实现的时候,也就是国家大梦想成真的日子。因此,让我们携起手来为我们自己的幸福,为国家的梦想努力吧!

2013年8月1日于延安重玄阁

身体里的风

黄河在这里像一匹脱缰野马跃入了龙槽,那巨大的水涛声震耳欲聋。

巨浪席卷着巨浪,急流推涌着急流。那褐黄色的水从山谷涌出纵身跃起冲向苍茫天宇。它似要去拥抱天空,但它沉重的身体很快把它拉回来。它在天空做了一个翻滚后扑向大地,那巨大的冲击力到地面后改为向前的推力,推着它飞速奔流。它似千万匹脱缰的野马,挟裹起旷野的飓风、沙尘狂奔着,嘶吼着从上游席卷而下;它又似千万面巨型战鼓急速敲响冲锋的鼓点,震颤着,舞蹈着,不绝于耳。那巨大的轰鸣让人忘却了所有的恬淡与安静,心脏跟着鼓点跳跃,心灵跟着节奏舞动。

黄河以其摧枯拉朽之势一路浩荡、集聚,越集越多越流越快终于在壶口天堑一跃而起,向深深的石崖纵身跳下。它在高空稍做停留便一头扎向深不见底的龙槽,那巨大的身体像小山压下去,震得地动山摇。在它强大的冲力下生出了一股飓风在深谷旋转、呼啸,而后又直冲而起。那飓风席卷着水浪、沙石,卷过山崖、崖壁噼剥作响。它卷起的洪流在空中舒展了一下腰身再次撞入深潭,撞击出千万颗晶莹的水珠。那水珠又一次被上升的气流浮了起来飞向高空,阳光一照,那整个巨型的沟槽上空出现了一片艳丽的七彩虹。那虹巨大的身影如神龙般横跨了黄河两岸。那便是涅槃后的黄河;那便是黄河雄壮的野性;那便是黄河夺人的魂魄。

黄河在龙槽冲撞一番后向我冲过来,在我身边的石槽里迅疾而过。它挟带的风猛烈地撕扯着我的衣服,压迫着我的每一寸肌肤,让我寸步难行。我觉得自己的身体中似乎也刮起了一场风暴。风暴在丹田聚集往下直达涌泉。而后一路向上经血海、石门、中庭、华盖、到印堂最后到达百会。也有一部分由两臂的天泉、曲泽一路而去经手掌散出。我闭了双眼,静立在山崖上。张开五指伸直双臂感触无所不在的风。静听黄河的呐喊与喧哗，静听飓风带来的嘈杂、诅咒与咆哮。

壶口的巨涛是黄河最雄壮力量的展现，是它狰狞的显像。黄河从青藏高原上的雪峰流出穿越十多个省区，途经数千公里最后进入大海。这样的历程使它拥有了许多的神奇与能力，它自然便有许多的法相与显现。在巴颜喀拉山雅拉达泽雪峰有一股清溪从沟谷汩汩流出。水流舒缓清亮，这是黄河的雏形，是它美好新生的显像。此时它如一个纯美恬静的处子，欢快地昭示着青春的美好与活力。那舒缓跳跃的溪流中带着微凉的风吹过我的脸颊，吹进我的身体。这多像我刚出生时吸入的第一缕清风呵！这风清凉、舒缓，充盈着淡淡的甜味。我一来到这个风水同在的世界，风便开始在我的身体中旋转流动，聚积交换。从那一刻，我生命中的风再不曾停息过。它在我的身体与浩瀚的天宇间不停穿梭，它让我的身体触摸到了天宇间的一切。一切的光亮或黑暗；一切的湍急或舒缓；一切的冷热或干湿；一切的坚硬或柔软。

黄河最初只是一波浅浅的清泉，它先往东南，而后折向东北转了大大一圈，最后又折向东南。那山泉一路奔流一路有许多河流加入、汇合。它像一块巨大磁石把它所经过地方的河流、溪水都吸引、聚集到一起，那水也就越来越大，越来越壮观。到宁夏时黄河已成了浩浩荡荡的洪流。此时的河水碧绿幽深似一个略有所成的中年人。它清澈巨大充满力量，它挟带的风也是这样，虽不烈但很强劲，缕缕不绝，绵绵不尽。这些行走的风遇晴空万里便成了微风，摇荡茅草、树叶。遇电闪雷鸣，则成狂风，墙倾楫摧，生灵涂炭。

我每日清晨都会身穿运动装，顺着曲折羊肠小道一路小跑上西山晨练。到达山顶时天刚由苍灰转亮，我到一处开阔的空地开始做吐纳运动。天慢慢亮起来，一些人陆陆续续来到山顶跑步，做健美操。也有几个面色赤红的人每天坚持打太极。他们和我一样，每天坚持锻炼着自己的肌肉，自己的肺。力图让身体聚积更多的风，使身体变得更加强健有力。

黄河一进入华北平原就会从壶口的梦魇中清醒过来。河槽开始变得开阔起来，水也变得平静宏大。随着泥沙的沉淀渐渐由赤黄转为青绿。此时它已如一位阅尽沧桑的老人，博大睿智。它带着大量的碎石、泥沙、生命、梦想一路向东。当然它依然带着风，这风已去了燥，火气变得宏厚温和。风伴随它

壶口瀑布,黄河之水天上来。

一路向前,最后进入大海走完生命的历程。

它的风进入大海后依然在旋转、流动、聚集,在大海的山谷间,在海洋的生命中穿行。这些风让大海充满活力、动荡与生机。有些风终年在大海中流动聚集,繁荣着大海的生命;有些则又回到了陆地,四处游荡;有些成了吹动白云的微风;有些成了鼓荡海浪的飓风。

我是一个身体强健热爱运动的人,在不停地运动中我觉得自己体内的风越来越大。在欣喜体魄顽健之余也开始苦恼。它们力量变强后似乎越来越难以控制。它们经常在我的体内肆意游走,让我精力充沛,乐于运动冒险而不愿安静。它们同时也在改变着我的生活习惯,改变着我的心性,让我变得性情焦躁并且特别容易激动,容易发怒。有时会莫名地咆哮喝斥身边的亲友。人们由惊生疑,敬之畏之,远离之。

看到壶口我突然明白,我年轻气盛的身体中,聚积鼓荡的正是这样的风。巨大、乖张、暴戾。有无惧无畏的勇气,有冲锋陷阵的豪情,有摧枯拉朽的气势。它是飓风,是勇者的风,是暴怒的风。但我平凡宁静的生活中却似乎不需要这些。我需要可控的燃烧,可平和交流的时光。我渴望的是平稳通达舒缓的风。

站在巨涛边,我闭了眼深深吸气,静听风涛。黄河之水昼夜不停在天宇间流淌,在壶口跃起跌落,涅槃寂灭。我站在这巨大的轰鸣声里开始祈祷,希望那波涛卷起的大风能给我心中燃炽的火降降温。让我暴戾躁动的心能安静下来,让我心生虔敬、平和、爱怜。让体内的风在我平淡的生命历程中平缓运行穿越。

死亡是一个门洞

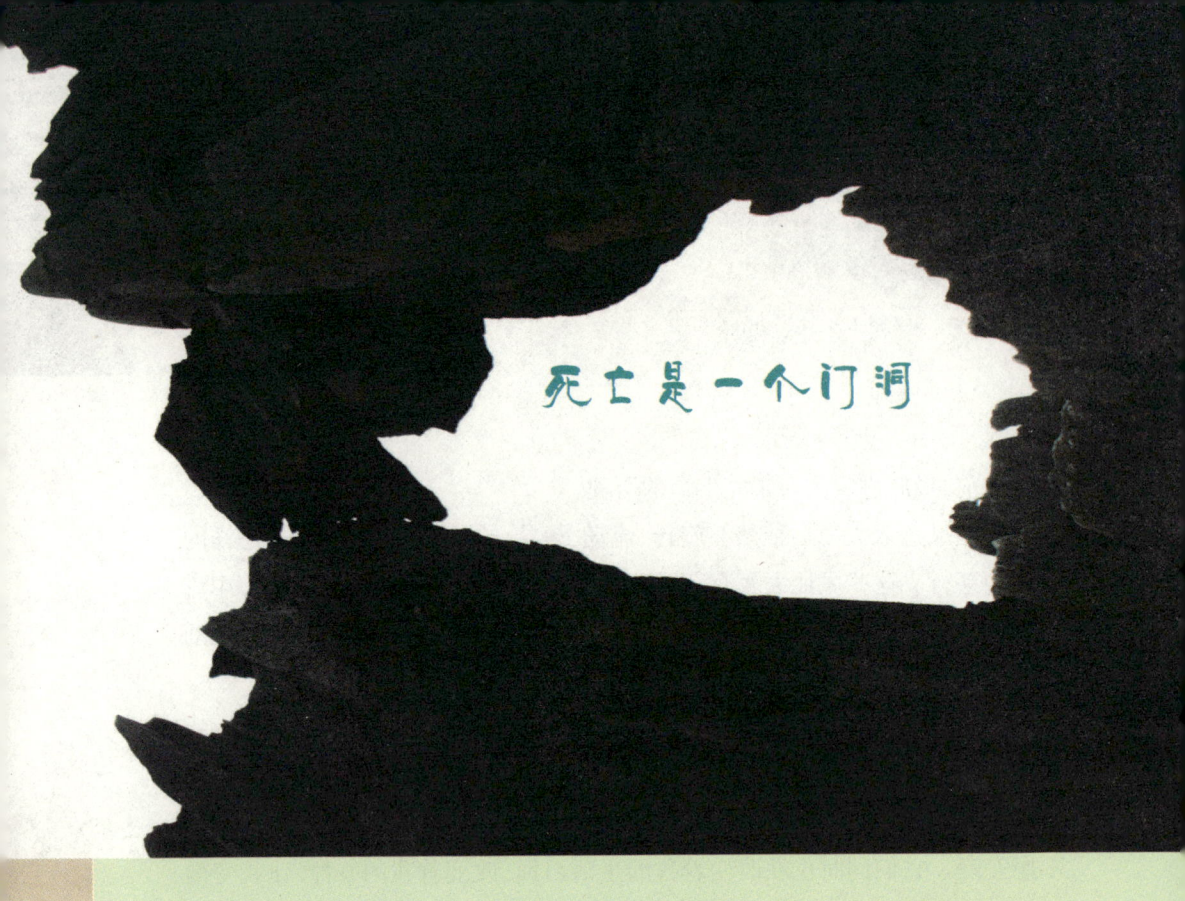

  我突然意识到了死亡。那腐败的死神的气息,开始在我的周围无所不在地弥漫,生命被死神收割的过程也越来越多地在我眼前出现。我想逃离但无法做到,花圈、棺材、尸体开始在我的眼前不断出现,而后是我的梦境,我的脑海。

  生命的烛火在风中摇曳,她艰难地吸着气,给缺氧的烛光吹风。一位慈祥的老人,一位疼爱过我、赞美过我、指责过我、咒骂过我的老人行将告别自己的身体。她一直保持着清晰的头脑,即使弥留之际也是这样。她见证了我被情所伤又为情所缚后,笑着对我说你走出阴影总算又见太阳了,但她的太阳却不多了。她和我都清楚,她的太阳已到西山边,只剩一抹余晖了。三天前离开医院被抬回家,她很平静,她清楚,医院已无力回天。母亲们准备着老衣,棺木。比起迎接生命的出生,那些准备繁杂得多。母亲们清楚,生命离散的日子总是远远长于相聚,她们只能通过那种烦琐的过程来弥补离失将要面临的巨大空白。

  我匆匆赶到她身边,眼睁睁地看着她的身体一点点干枯、焦黑。肝、胆、肾全都背叛了她的身体,它们合谋着将她身上的水分吸干,给她干硬消瘦的脸上抹了一层深深的蜡黄。她的皮肤已变黑,血色与肌肉都被一种可怕的力量吞噬,只剩一层皮紧紧包在骨头上。一股腐臭从身体的某些地方发出来。

我从来没有想过生命在即将结束时,会让身体发生如此大的变化。只一瞥,恐惧与悲伤便如一座大山重重向我压来。我的世界顷刻充满了忧伤与迷幻,头脑中似有一把锥,尖利呼啸着拉过去。

在我的印象中她一直是那样倔强、健康、充满活力。她含辛茹苦地将三个女儿一个儿子拉扯大,等到他们都自立门户后,她仍闲不住,在偏远的山村开了一个小百货店。买东西的都是乡邻,价格自然很低。因交通不便,每次进货都要赶着毛驴走四五十里的山路,为了拿好货要早早排队,和其他进货的人挤场子。她瘦小的身体积蓄着惊人的力量,大老爷们儿都挤不过她。进到货后,她会兴高采烈地赶着牲口一口气跑回村里。活做得既辛苦又不挣钱,家里人看着心疼,劝她放手,但她主意特牢,谁说也不济事。整天仍是自顾自地忙着,没一刻清闲。

"我变臭了,我要死了!"

她,我的亲人说完这句话后将双眼紧紧闭上,她似乎要尽力将世界关在外面。风已把她身体的水分榨干,她眼中流出了一些混浊黏稠的液体。过了好长时间她张开嘴,艰难地吸气,空气好像变得很黏稠,黏黏滞滞地进不到她的身体。

死亡的线条太过生硬,它的形状过于丑陋。它与生长的反差是多大啊!50年前她正是妙龄少女,她的美丽像花一样绽放。俊俏的脸蛋,一对水汪汪的大眼睛,乌云般的秀发一直披到腰上,她充满了魅力。还有她纤美的身材,白嫩而富有弹性的肌肤,银铃般的俏笑。那时她是多么香啊!她的香,她生命的亮光,让许多人为之倾慕,她的美曾那样残忍地折磨过那些火热的眼睛和饥渴的心。她的美让她的男人骄傲了那么久,自得了那么久,满足了那么久。但短短几十年这一切都不复存在了,一朵枯萎的花诉不尽生命的哀伤。

在她62岁时便送走了那个老实、懦弱的她的男人,我的外爷。在男人被送上山的那些天她没流一滴眼泪,默默地指挥操持着那些后事所牵涉的繁杂仪程。剩她一个人了,儿女们不敢再让她待在农村。她被接到城里,在几个儿女家轮着住。她闲不住，总是抢着干活，不论在哪家都是主厨。她在我家做饭时特别反对我的挑食，每次发现总是很严厉地咒骂。她的咒骂让我很受伤，在她面前我没有一点自信。

我觉得自己的身体也开始出现一些腐败的气味，力量、水分也一点一点离开我的身体，生命的亮光渐渐暗淡。死亡的门洞已经打开，里面漆黑一团，我看不清门洞后面的光景。

那应是一个别样的世界。不需要眼睛，不需要鼻子，不需要口，不需要身体，在人世间速朽的一切那里都不需要。我的亲人行将闭门而去，离开她已开始变坏的眼睛、鼻子、口、身体。进入一个永恒的山谷，一个可供灵魂自由舒展、飞翔的天堂。

佛说死亡是生命通向永恒的门洞。它会让一个牵牵绊绊赶来的人，将包袱甩得干干净净，爽爽利利地走。不论你在人世间曾经多机灵，抓住过多么丰厚的东西，在这个门洞前都将放弃。包括手，包括贪欲，包括身体本身。

一个如此完美纯粹的门洞呵！

一个如此需要盛赞的地方。

我的心突然就亮了，速朽竟这般的好，可以让生命这般的轻松洒脱，可以让灵魂这般的完美重生，自由的舒展。

外婆悄然地进入了那个门洞，她应该快乐了，她终于可以放下那些尘世的操劳，那些虚幻的美丽，那些难逃的责任，那些无助的罪债；那个速朽了的，会发出各种味道的躯体；那些个无尽的精神的苦役。

柔弱的外婆在生前便流干了眼泪，那一半是因了伤，那些来自身体与心灵的伤痛；一半却是因了爱，那些迷惑了她一辈子的爱。如今她便不用有泪，不会有泪。她将带着世间亲人的思念穿越死亡的门洞上升到一个自由而完美的空间，去生活，去爱。

你的泪落在我的心里

5月的阳光轻轻跳到花瓣上,花瓣上的露珠眨动着眼睛。树木吐着绿芽,小鸟在林中歌唱。田野中牛儿悠闲地吃草,村庄里乡民们匆忙地劳作。小城一片喧闹,街上车水马龙,人声鼎沸。教室中学子正在读书,琅琅的读书声在校园回响。一切都那么美好,一切都那么和谐,一切都那么有序。你拿着讲义、拿着锄头、拿着公文包,走向你的工厂、你的学校、你的田野。这时突然就刮起了风。

大水突然从地上冒出。那些水在地层中流了千万年了,它们一直是往低处走的,这是它们的生长法则啊!可今天它们疯了。丢开所有的规则与尺度,横冲直撞向着地面、向着村庄、向着街道、向着花朵、向着小鸟、向着儿童横冲而来。

它们要干什么?那些发疯的大水。

大水哗哗地从地层往外流,大地也跟着疯了起来。它打了一个巨大的响鼻后,开始拼命摇摆、滚动、跳跃。好似沉睡了千万年的一头巨兽突然醒来,要奔跑、要撒欢了。失控的大地在一瞬间打破了世界的平静,一声巨响后天昏地暗,山崩地裂。道路一条条断裂,沟谷一条条断裂,农田一片片断裂,楼房一座座倒塌,桥梁一座座倒塌,大山一座座倒塌。

天塌了!!!

天塌了,天地便不仁了,不义了。

房屋楼宇被摧毁,埋在了大石下面;角雉、马鸡被活埋在了大石下面;水鹿、云豹被活埋在了大石下面;老人、孩童被活埋在了大石下面。埋得那么迅速,那么深。那不是一个两个生命,那是成百的禽鸟,是成千的牲灵,数万的人啊!

千百万的亮光,千百万的灵异,千百万的鲜活,千百万的生命,生命啊!

就在那么几分钟时间,那美丽的山川,美丽的街道,美丽的校园便成了人间地狱。可爱的孩童,慈祥的老人、美丽的少女,健壮的后生……瞬间便成了一具具四分五裂、残破不堪的尸体。那是千百万的生命,千百万的亮光啊,怎么能说毁灭就毁灭呢,是谁,是谁这样干的!

你这个可恶的、卑劣的魔鬼啊!

汶川、青川、绵竹、江油、映秀……这些生长竹子,生长熊猫,生长歌谣,生长青山绿水的美丽家园,在大地撒欢的瞬间便成了废墟,成了地狱。房屋倒塌了,医院倒塌了,学校倒塌了,工厂倒塌了。大水冲毁了农田、大山填埋了沟谷,大楼压碎了生命。我的父母、我的孩子、我的兄弟姐妹、我的身体,在那一瞬间便被活生生地压在了瓦砾下面、楼房下面、石头下面、大水下面。

所有的平静,所有的美好,所有的财富,所有的努力全部被摔得粉碎。在垮塌了的大楼下面,我的老师用身体护住孩子,我的孩子用双手刨出老人,我的老人用拐杖顶住大地。

天地雨纷纷。

天哭了!为了那千百万倒塌的家园,为了那千百万破碎的山川,为了那千百万丢失的收获;为了那千百万被埋入地下,已死了的生命;为了那千百万在岩石下面抗争的生命,为千百万在废墟上伤痕累累的生命。

你来了,那千百万的伤便全挤进你的心里,成了巨大的痛,挤压你,噬咬你。你哭了,撕心裂肺地哭。为你的亲人,你的朋友,你的爱人,你的学子。你的泪啊!如洪水般流入我的心里,汪得满满的。那水啊!是鄱阳湖,是洞庭湖,是海啊!满世界的大水,满世界的伤痛就那样满满地汪在我的心里。

灾难像天一样的塌了下来。很快,子弟兵来了,医疗队来了,地震专家来了,志愿者来了;铁锹来了,挖掘机来了,飞机来了,药片来了;干净的水来了,粮食来了,蜡烛来了,帐篷来了。

全四川的人们,全中国的人们,世界各地的人们都来了。神州大地伸过来千万只手。爱抚的手,鼓励的手,救援的手。小孩子将攒了几年的钱罐拿来了,情侣把结婚的戒指拿来了,健壮的人们将自己的鲜血拿来了,老人将虔诚的祝福送来了。

　　救援的人用手挖,用铁锹挖,用铲车挖。伤者一个接一个从瓦砾下面、石头下面、大楼下面被救了出来,你流泪了;听见温总理说:"要不惜一切代价救人,只要有一线希望都要尽百倍努力"时,你流泪了;看见废墟中的小女孩被救出后脸上露出明亮的微笑时,你流泪了;看见人民子弟兵没日没夜地挖掘废墟,护送伤员,清理土方累得昏倒后,你流泪了;看见那个被挖出的母亲已安详地闭上了眼睛,怀中不足月的孩子还在吸吮着乳汁,你流泪了。

　　你的泪啊!就这样流着,一直流到我的心里。

　　天地不仁啊!但自强的四川人是压不垮的,自强的中国人是压不垮的。大楼倒了我们再建;桥梁断了我们再修;亲人去了,我们在悲痛中站得更直,更坚强。生命的亮光不会灭,生命的意志不会垮。躺在废墟中的你,强忍着伤痛不停地鼓励着更深处的姐妹;从废墟中爬出的你,来不及包扎伤口,便又冲向废墟去搜寻活着的人;你累得昏倒,醒来便又冲入抗震救灾队伍中。那么多伤者被你救出,那么多逝者被你含泪掩埋。我知道你的泪流过后,你会坚强地走向废墟,让美丽的家园重现,让悦耳的读书声重现,让温馨亲情重现。我心中的泪也会还给鄱阳湖,还给洞庭湖,还给大海。

　　我将祈祷,将永生祈祷。

　　愿逝者安息!愿生者快乐。

2008年6月

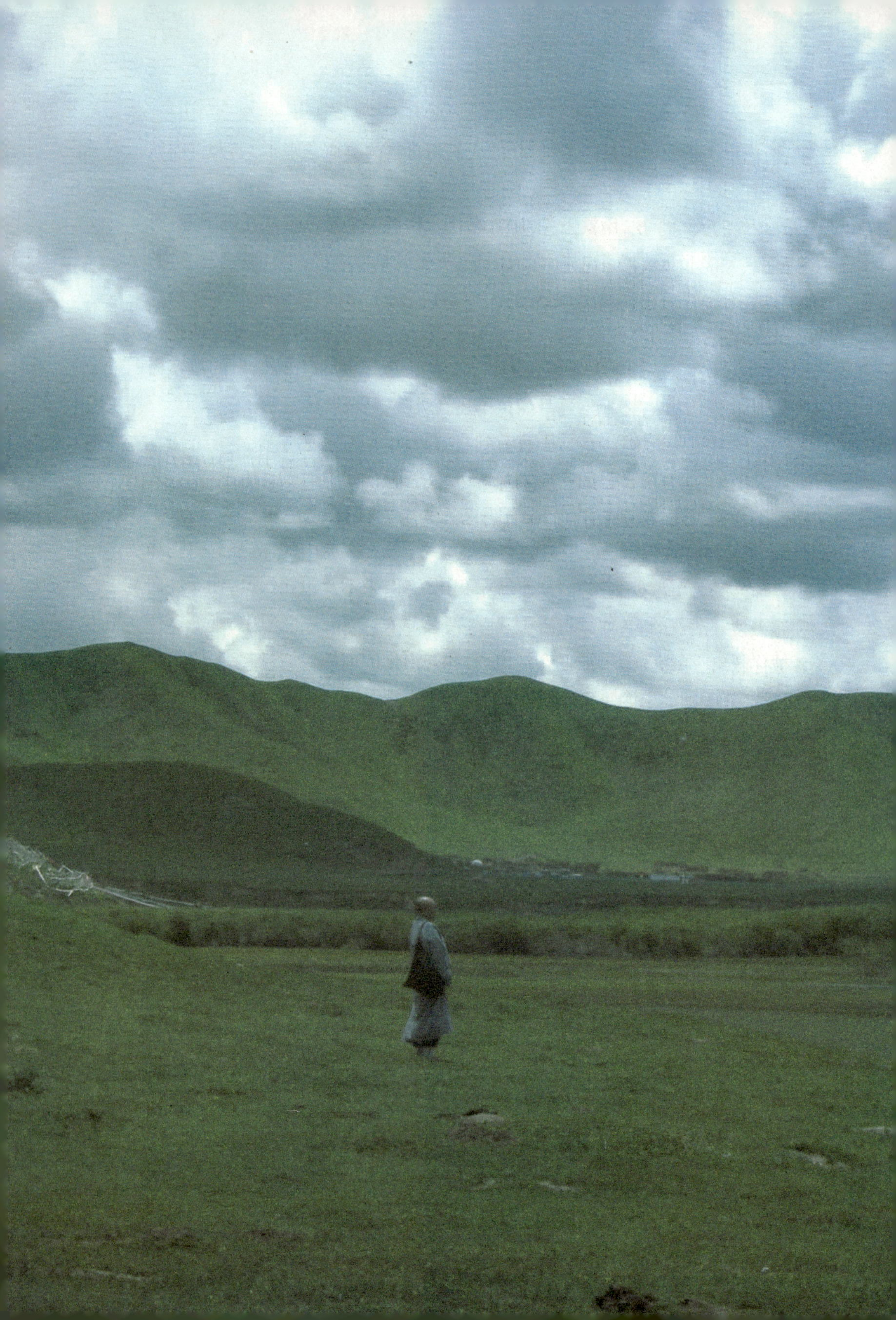

在草原偶然看到的一位行脚僧人在静静凝望着远处的湖水

仰望星空恬然一生

生命是神奇的！

生命的诞生昭示了星球的神秘；生命的生长丰富了自然的秩序；生命的明亮映射了天宇的光辉。

生命是悲哀的！

生命的开始都会指向结束。不论生命的脚步多么有力，不论生命的脚步迈向何方，它的终点都指向虚无与死亡。这是生命的必然，无人可以改变。智者曰：世界上没有任何生命可以永恒。如果它流动，它就流走或者消散；如果它存着，它就干涸或者腐烂；如果它生长，它就朽败或者凋零。

你哭着来时别人笑着迎接，你安然离去时别人哭着送走。这悲哀又短促的一生，与你纠缠不清的是挫折与苦难。它们有些来自你身体本身，有些来自外界的偶然或是预谋，但更多的来自你的心魔。它们的名称很多，贪欲、虚荣、嫉妒、仇恨。它们噬咬着你，捆缚着你，改变着你，逼迫着你去追逐、战斗、欺骗与索取。

特别是这日益货币化的时代，奔跑成了人类生活的常态。每个人都埋着头行色匆匆，你无法停步，更无法后退。饮食男女平凡家庭，柴米油盐酱醋茶哪一样都得惦记着，都得操持着。那些琐碎很具体，不离不弃将你压得抬不起头，喘不过气。关注琐事的时间久了，眼界也小了，只能看到脚下，只看到了自己的困苦与艰难。斤斤计较，锱铢必较成了生命的常态，成了生活的全部。好似每一个鸡毛之事都足以影响一切，改变一生。

人们似上紧发条的齿轮，一刻不停旋转奔波，劳于行而无暇思考，困于物而几成奴隶。在劳碌奔波中,有了一些收获,也得到了认可,便会沾沾自喜,感觉自己很重要,已成了某些人,某些事件的不可或缺者。也许你觉得自己做的一些事很伟大,无人能比无人可敌,离开你世界会乱了秩序,地球会停止前进。真是这样吗?你离开试试?

我们在执着追寻中得到的越多,牵挂的也会越多,烦恼自然多。这是不容置疑的。上帝是公平的,他给了每个生命一样多的东西,当你想要别的时就要用已有的去交换。因此在这里得到的,就会在其他地方付出去。生命的杯子一旦满了便不会再去承载,我们从别处借去的终将要奉还,我们从别处聚来的终将会散去。贪婪而不知足的生命显得徒劳而可笑。我们都知道生命是短暂、可贵的,时光如流水一去不返。既然这样,为什么不学会放弃呢?当你懂得放弃你就会明白。简单清贫所得到的快乐不会亚于豪奢繁复;粗茶淡饭所得到的快乐不会亚于锦衣玉食。幸福是减法,当心中需要得越少时,离幸福会越近。

在埋头奔波的间隙你应停下来抬头看看天,看看银河星辰。在那宏阔的世界中地球显得多小啊,生命竟似微尘。面对宇宙,一切都应该看开看淡了。

烦恼往往裹着幸福美丽的外衣,迷惑着人引诱着人。许多人不明就里,似扑向火焰的飞蛾。明亮的灯光制造了美丽的陷阱,让飞蛾奋不顾身冲向死亡,许多人就是这样去做的。人们兴冲冲、乐呵呵地走向捆绑自己的绳索,束缚自己的网子。更有甚者自掘坟墓而不自知。

当你在匆碌中懂得停步,在操持中懂得思考,在索取中懂得放弃,你就找到了全新的人生,会看到一个更宽广的世界。当人们懂得仰望星空,在宏阔的宇宙中看到自己渺小的倒影,就会懂得自省与谦卑,就会明白人生的意义在于创造而非消耗,生命的价值在于奉献而非索取。

仰望星空需要一些知识的准备,一些智慧的引导。宇宙的宏阔与奇奥让人类的各种观察识别系统显得无所适从,力不从心。漫天星河在无知者眼中是闪光的小石头,是空幻的迷梦。人类只有借助一些科学的手段才能认识了解它们,借助知识传播它们。当我们学习、了解它们后就明白眼中的那些细小星光是恒大的星体,是一刻不停运行的宇宙,是华丽的诞生与巨变,是伟大的创造与湮灭。

仰望星空需要懂得克制，更需要勇气。人从出生就注定了他与生俱来的恶，占有、掠夺是动物的本能，繁衍、求生是生物的天性。这些主导着动物世界的生存状态与秩序，同样约束着人类。一个幼儿在教育、道德、信仰的引导下，慢慢长大，心智健全有了人的一些美好习性。一个正常的人是人性与动物性的复合体。在道德、信仰不足的时代，人会生出更多的掠夺、占有欲。它让生命长时间处在计较、争斗的生存环境中。人变得自私、贪婪、伪善，人与人变得陌生、猜忌甚至充满敌意。人被一种不良的生活风气、生存习惯绑架。要摆脱这样的生存习惯无疑是需要巨大的克制与勇气的。只有控制欲望，心存友善才会改变这些。当人离动物性越来越远时，才会离星空越来越近。才可能脱离动物本能的恶，让生命上升到天使的高度。

生命的质量是有差别的。当你懂得放弃，学会赠予时你就会有全新的生命领悟。你会体悟到，获得的好处远远比付出的更多。现实就是这样，当你刻意地去争、去夺，所得到的可能不是福而是祸。当你放弃并且赠予时，你所需要的反而会找上门来，不求而自得。一如求道者对于道的获取。道本不可求索不可争夺，只应去参、去修、去悟。在生活中践行道的法则，在观察中领悟道的真谛，不断提高自身的德行与智慧才是通达道的法门。

仰望星空不是一种偏好，也不是一种姿态。它应是一种生存的状态，一种生存的智慧。在仰望中放开胸襟，领悟宇宙的博大、深奥。让生活变得自然顺畅，恬然舒坦；让生命变得智慧和善、高贵美丽。一切顺应自然，顺应天道，合乎宇宙天地的律动。让天宇在胸怀中辽阔！仰望星空恬然一生。

2013年8月22日 于重玄阁

眉　醉

是一阵小风将我送到四川的。

小风过后就开始下雨。车子在雨雾中穿行,有时跑得飞快,有时忽又停了。我在车上迷糊,被颠来颠去。

这就到了!随着一声吆喝,车子在路边停了下来。大家陆续下车,雨也骤然停了。天光明亮,我一抬头,湿漉漉的成都哗啦一下呈现在眼前。

葱茏的街巷边摆放着布满青苔的水缸,青砖黑瓦的屋宇雕梁画栋。雕花的窗棂,古色古香的商铺。这就是文殊坊了。一条条充满古老历史韵味的街巷,一栋栋满载文化脉络的殿宇、屋舍。文殊院内香烛袅袅,佛光闪耀。我随几个文友穿街过巷到一小楼下。楼门挂一横匾,上书"武陵人家"四个遒劲大字。店内布局规整,陈设考究,装饰精雅。内有楼梯,大伙拾阶而上至一雅室,众人依次落座。

天地突然变得出奇安静,四眼明澈。忽见一浓眉长者,昂首阔步而来。他怀抱一翠色竹筒,手持竹槌。竹筒约碗口粗细两尺多长,他用竹槌轻击竹筒上方。"咣"的一声脆响过后,一缕清香便由竹筒溢出,在房子里弥漫开了。

是竹的世界,是绿的天国。苦竹在风中摇摆,水竹在涟漪中舒展,人面竹在鼓腹而笑,紫竹在清露中闪烁。应是一场畅快的急雨刚刚过去,天地润泽。太阳扶摇而出,有烟雾在竹海凝聚。竹海奏起香的交响乐:竹笋笼着娇嫩的清香;竹茎弥漫着甜甜的沉香;竹叶散发着幽幽的苦香。这些香气在潮湿的泥土中发酵,在清清的溪流中回荡、凝聚、扩散。世界已不存在,只有香。那清新淡雅的香无处不在,是香的盛宴。

221

竹筒中的酒被分开盛在人们桌前的玻璃杯中。酒淡黄色凝着薄薄的雾气,酒面浮着一层细小的微沫,香气在室中变得更加浓郁。主人先敬酒,后客人回敬。酒杯开始频频飞舞碰撞,主三客四,客四而主三。气氛融洽热烈,人们在说笑中推杯换盏。淡淡的香甜不停流入我的身体,我开始热血沸腾,唇齿流芳。

竹香在林海中酝酿,激荡。在竹海深处的巨竹中孕育、幻化终成人形。竹人在竹筒中做着梦,舒展身躯。它随巨竹共生共长,饮山风食清泉蜜露。有时会啼哭于清晨雨中,有时会长啸于月夜风头。竹人以竹为家吞吐日月之精华,采纳天地之灵气。灵也、运也、造化也。

席间众人情炽而趣雅。传递着美酒,传递着喜悦,交换着坦诚与赞美。从美酒谈起,再论美文,后叙歌谣。谈不尽兴开始唱歌曲。酒一杯一杯喝着,歌谣一首接一首被传唱。由独唱到合唱,美酒点燃了人们的激情。陕北的信天游高亢清亮,青海的花儿温婉动情,四川的山歌婉转悠扬。酒局成了歌宴。

竹人随竹生,随竹长,逾三载。在一月夜长啸一声破竹而出。我乃竹神,为竹中老酒凝幻而成。今得出竹,定让世人见识我之手段。说罢竹人一脚跺得地动山摇,天崩地裂。他长啸一声,呼出酒气让山间百兽色变,令林间飞禽遁迹。茫茫林海为之倾覆。竹人太过猖狂,惹怒天神。天神高坐云端念动咒语,声似裂锦。竹神忽僵立山间,难以动弹。

我奋力挣扎,觉有清冷之气聚于眉,两眉瞬间凝固。眉由黑变绿,由软转硬,最后竟然成两片竹叶。"汝眉已醉,还不扑地成竹。"随着天神一声厉喝,我觉浑身僵硬似铁,昏然睡去。不知身为何物,身在何年。有歌声在耳际萦绕"青竹气,碧竹衣,竹窖美酒醉赤眉———"

第二日上午,我惊醒于床上。醒后觉两眉硬似竹叶,难以动弹。恍然想起曾做梦,梦化竹人。我想,要解此醉可能需要一阵小风,一缕清新的竹香。我离开房间出门寻竹。

2013年4月发表于《延安文学》第4期

一万朵花的祝福

我想,我是醉了。在那个清爽的月夜。

借清亮的月光我穿过马路,下天桥左转便到了你住的院子。院子有一棵巨大的法桐,一个小小的花园。朦胧的月光下,它们显得奇特而鬼魅。花园中的月季、茉莉此时正争着展示它们的诱惑力。它们的香在院子里肆意游荡。

"你放手吧!"分明是你的轻叹。

你蹙了眉,忧伤。

我只是一个平凡的人,缺乏拿捏的技巧,更缺乏放手的智慧。我不放弃,我像个任性的孩子固执地坚守。你的叹息沉闷而意味深长。

窗户开着屋里的灯关着,里面黑沉沉的。你应该在,这个时候你喜欢关了灯一个人坐在房中听音乐。你说光的缺席会让你更专心地感知时间与空间的存在。

果然有轻柔的乐曲从幽暗的屋子里传出。乐声舒缓悠扬,是长笛或竹箫。那些声音舒展,游荡如香气般袅袅地化开融入了这深深的夜中。

我轻轻绕过你的窗前,走过砾石铺成的小路来到门边。门虚掩着,我轻轻一推,哗啦——大片月光便闯入了屋子。

"舒伯特,是舒伯特。"当那位年长的音乐老师提问学生时你迫不及待地站起来说。你说完后便意识到了自己的失态,脸颊瞬间红透。同学们哄堂大笑。老师为了安慰你笑了笑说,他也喜欢舒伯特。他让你坐下和他一同开始美妙的音乐之旅。

后来我一给你提舒伯特你的脸就红,那好像是一句咒语,可瞬间点燃你的咒语。在那魔咒的作用下你无法平静。我知道不只是舒伯特，还有贝多芬，还有肖邦，还有施特劳斯……这些人挤满了你心中最圣洁的领地。

未央湖总是热闹喧杂。我们顺着湖边走。湖边的长条椅上坐满了人。热恋中的情侣，神态安详的老者，早熟的儿童……我们不停地走，找寻。好像在演绎生命一样急促，疲惫。

你说要留在城市。一阵小风吹乱了你的秀发，你习惯性地用小指划拉了一下。你说已习惯了都市的拥挤、热闹。我抓住你的肩膀，本想责备你几句，突然有风从天空吹来，你的眼光一闪便有花朵在那里盛开，我顿时无语。

我知道我们的缘分已到了尽头。不同的指向暗示着完全不同的生存轨迹。我没有留在都市的能量，更没有割断亲情的勇气。我生命的风向标总是指向高原，指向都市的背面。

你从床边站起来，浅笑着向我招了招手，后指了一下床边的椅子。我坐下和你分享查理斯·克莱德曼的告白。"这扇门永远向你敞开，不论何时都欢迎你的叩访。"一曲完后你轻轻说。我知道这份带有挽留的承诺是有一个前提条件的。留不在这座城市，叩访就显得遥遥无期，显得苍白而缺乏说服力。

"我是来道别的，明天我将乘北上的列车回去。"我轻声说。已拥有的美好即将放手，我心中隐隐作痛。

"哦？这么急！这一天终于来了，你真舍得……"

"我就要离开这座城市，你不给我来点祝福吗？"我明白，自己已无力抓住的东西与其苦苦坚持不如痛快地放手。我突然就觉得，开开心心地过好一时一刻，真的很重要。

你眼中隐隐闪现出泪光。你牵了我的手，半日无语。

"我送你一万朵花的祝福！"过了好久你一字一顿地说。

一万朵花呵！一万朵，我心中轻轻念叨着。

我的泪像决堤的洪水冲了出来，我感到一阵眩晕。一万朵花的祝福让我铭记一生一世。

后 记

突然感觉自己又成了孩童,兴奋地对每一个看到的熟人通报《落花红落花白》要付梓的消息。这个集子收集了我近几年断断续续写的小散文60余篇。有些是对生活命运的粗浅感受,有些是对美好往昔的追忆,也有些是外出游览的一些见闻。我觉得投入感情最深的还是吟唱陕北风土人情的文章。

陕北三月桃花开,红的红来白的白。白花欲赛冬日雪,红花欲醉漫天霞。

清明前后,当陕北高原还是一片苍茫萧索之时,桃花、杏花就在清瘦的枝杈间出现了。北国的杏花、桃花呵,总是开得那般绚烂,那般壮美。一开就是一山,一开就是一洼。那桃花谢时啊!彻天彻地都是那红红白白的花瓣飞舞,眯了人的眼。那景真是醉人。

人的生命历程中总会有许多奇特的相遇与碰撞。有些如背运中的落井,困苦中的疏离让你陷入困境与苦痛;有些却似寒冷时的炭火,烦躁中的清凉让你倍感惊喜与快乐。可喜的是,在我散文创作的这几年,所遇到的竟然都是雪中送炭的帮助与鼓励,这让我振奋之余更多的是感动。

在写作越来越边缘化的时代,我的坚持有些不合时宜。但我是这般迷恋书写的焦虑与自由,这有什么办法呢?我只能不停地在纸上行走,直到走不动,这是我的宿命。那时我就告诉朋友们,我要搁笔了,永远!

这几年陆续写了一些东西,它们像我的孩子一样,每一篇都曾令我欢快过、苦闷过、激动过、忧伤过。它们构成了我生命历程中不可缺失的一些重要片段。这些都是我的命,我的忧伤啊!它们累积得多了,就想着编个册子一股脑拿出来放在读者眼前,让人们看看,说道说道。但总是每次要下定决心时却

225

放弃了,这里除了自信心的问题,也有些其他的原因。一些朋友知道后积极鼓励,坦诚地劝说,无私地帮助,终于让该长的长出来,该落的落下来了。

感谢在我生命低谷徘徊时,站在我身边的人,向我伸出援手的人!执着的争辩,善意的指责,真诚的赞美,每一个过往都令我念念不忘。是他们的陪伴、劝导、支持让我笔耕不辍。这本文集的出版得到了延安端居轩马占林先生,中国散文学会副秘书长、陕西省散文学会会长陈长吟先生,延安秦仙阁艺术工作室郭勇先生的鼎力支持。在此特别感谢!

有一些生命,天生就是为了绚丽绽放而生的;有一些选择,注定就是要壮怀激烈的。他们让平淡的生活变得有了意味,充满了冒险与不确定,更让孤寂的岁月变得迷人而充满诱惑。美好的东西似乎总是不会久长,一如烟花的绚烂,一如偶遇的惊喜。好花能有几日红,但毕竟舒展过了,怒放过了,绚烂过了。这,已足够。

花开了,必会谢,冬去了,春就来。自自然然地生,自自然然地长,自自然然地灭。多好!

我不期望我的每篇文章都能打动您、说服您、感化您、激怒您、迷惑您,让您忧伤,让您惊喜,让您迷惘。但只要您走进我的世界,在此驻足、小憩,我就知足了,我就要感谢您!在此奉上我最热烈的祝福,最甜美的赞颂,最深沉的祈祷!为您的每一时,每一刻,每一天。

王　炜

2015年春月于延安凤凰山麓